KB130864

자기 앞의 생

La Vie devant soi
Text by Romain Gary(Émile Ajar) | Illustrations by Manuele Fior

LA
VIE
DEVANT
SOI

자기 앞의 생

로맹 가리(에밀 아자르) 장편소설 | 마누엘레 피오르 그림 | 용경식 옮김

문학동네

그들은 말했다.
"넌 네가 사랑하는 그 사람 때문에 미친 거야."
나는 대답했다.
"미친 사람들만이 생의 맛을 알 수 있어."

야피, 라우드 알 라야힌 Yâfi'î, Raoudh al rayâhîn

　먼저 말해두어야 할 것은 우리가 엘리베이터도 없는 건물의 칠
층에 살고 있었다는 사실이다. 로자 아줌마는 육중한 몸뚱이를
오로지 두 다리로 지탱하여 매일 칠층까지 오르내려야 했다. 그
녀는 유태인이라서 다른 것들에 대해서는 불평할 처지가 못 되지
만, 그래도 칠층을 오르내리는 일만은 정말 힘에 부친다고 하소
연하곤 했다. 그녀는 다른 일들로 심신이 괴로운데다가 건강도
별로 좋지 않았다. 또하나 미리 말해두고 싶은 것은, 그녀가 엘리
베이터 하나쯤은 갖추어진 아파트에서 살 만한 자격이 있는 여자
라는 점이다.
　내가 로자 아줌마를 맨 처음 본 것은 아마도 세 살 때였던 것 같
다. 그 이전의 일은 기억이 없다. 세 살 이전에는 누구나 아무 생각
없이 사는 법이니까. 어쨌든 내가 기억을 하기 시작한 것은 서너
살 무렵부터의 일이다. 그나마도 어렴풋한 것들이다. 우리가 살고
있던 벨빌에는 그녀 말고도 다른 유태인과 아랍인, 흑인들이 많이
살았지만, 칠층을 걸어서 오르내려야 했던 사람은 오직 로자 아줌
마뿐이었다. "아무때고 난 이놈의 층계에서 죽고 말 거야"라고 그
녀가 한탄하면, 아이들은 일제히 울음을 터뜨렸다. 누군가가 죽으

면 으레 그렇게 해야 한다고 생각했기 때문이다. 로자 아줌마 집에는 아이들이 보통 예닐곱 명쯤 우글거리고 있었다. 때로는 그보다 더 많을 때도 있었다.

처음에 나는 로자 아줌마가 매월 말 받는 우편환 때문에 나를 돌보고 있다는 사실을 몰랐었다. 여섯 살인가 일곱 살 때쯤에 그 사실을 처음 알았다. 누군가가 나를 위해 돈을 지불하고 있다는 사실에 나는 적잖이 충격을 받았다. 나는 로자 아줌마가 그저 나를 사랑하기 때문에 돌봐주는 줄로만 알았고, 또 우리가 서로에게 꼭 필요한 존재라고 생각했던 것이다. 나는 밤이 새도록 울고 또 울었다. 그것은 내 생애 최초의 커다란 슬픔이었다.

내가 몹시 슬퍼하는 것을 보고 로자 아줌마는 가족이란 알고 보면 아무것도 아니라고 말해주었다. 집에서 기르던 개를 나무에 묶어두고 바캉스를 떠나는 가족들도 많고, 해마다 그런 식으로 가족에게서 버림받고 죽어가는 개가 삼천 마리씩이나 된다는 것이었다. 그러고는 나를 무릎 위에 앉혀놓고, 그녀에게는 내가 이 세상에서 제일 소중한 존재라고 몇 번이고 맹세했다. 그러나 나는 금세 우편환 생각이 나서 울면서 방을 뛰쳐나올 수밖에 없었다. 나는 아래층에 있는 드리스 씨네 카페로 내려가서 하밀 할아버지 앞에 앉았다. 하밀 할아버지는 지금은 양탄자 행상을 하지만 한때는 온 세상을 두루 보고 다녔기 때문에 모르는 것이 없는 사람이었다. 또 눈이 아주 아름다워서, 보는 것만으로도 기분이 좋아지는 사람이었다. 처음 만났을 때도 할아버지는 꽤나 늙어 있었는데, 그후로도 계속 늙어가고 있었다.

"하밀 할아버지, 할아버지는 왜 매일 웃고 있어요?"

"나에게 좋은 기억력을 주신 하느님께 매일 감사하느라고 그러지, 모모야."

내 이름은 모하메드이지만, 사람들은 나를 어린애 취급해서 항상 모모라고 불렀다.

"육십 년 전쯤, 내가 젊었던 시절에 말이야, 한 처녀를 만났단다. 우리는 서로 사랑했지. 그런데 그녀가 갑자기 이사를 가버리는 바람에 여덟 달 만에 끝장이 났어. 그런데 육십 년이 지난 지금도 그 일이 생생하게 기억나거든. 그때 나는 그 처녀에게 평생 잊지 않겠다고 약속을 했어. 그래서 오랜 세월이 지났지만 아직도 잊지 않고 있단다. 사실, 가끔씩 걱정이 됐지. 살아가야 할 날이 너무 많았고, 더구나 기억을 지워버리는 지우개는 하느님이 가지고 계시니, 보잘것없는 인간인 내가 어떻게 장담할 수 있었겠니?

그런데 이제 안심이구나. 나는 죽을 때까지 자밀라를 잊지 않을 수 있을 거야. 죽을 날이 얼마 남지 않았으니까."

나는 로자 아줌마 생각이 나서, 잠시 망설이다가 할아버지에게 물었다.

"하밀 할아버지, 사람은 사랑 없이도 살 수 있나요?"

할아버지는 그 말에 대답하는 대신 몸에 좋다는 박하차만 한 모금 마실 뿐이었다.

하밀 할아버지는 얼마 전부터는 늘 회색 젤라바*를 입고 있었는데, 그것은 갑자기 하느님이 부르실 때 양복 저고리 바람으로 허둥대지 않기 위해서라고 했다. 할아버지는 말없이 나를 바라보았다. 아마도 내가 아직 어려서, 이 세상에 내가 알아서는 안 될 것들이 많다는 생각을 하는 것 같았다. 그때 내 나이가 일고여덟 살쯤이었다. 기록해둔 것이 아니라서 정확하다고는 할 수 없지만, 계속 주의깊게 읽다보면—만약 그럴 만한 가치가 있다면—여러분도 아마 내가 그 나이쯤이었으리라 짐작할 수 있을 것이다.

"하밀 할아버지, 왜 대답을 안 해주세요?"

"넌 아직 어려. 어릴 때는 차라리 모르고 지내는 게 더 나은 일들이 많이 있는 법이란다."

"할아버지, 사람이 사랑 없이 살 수 있어요?"

"그렇단다."

할아버지는 부끄러운 듯 고개를 숙였다.

갑자기 울음이 터져나왔다.

---

* 아랍인들이 평상복으로 입는 긴 망토.

내게 뭐라 딴죽을 거는 사람이 아무도 없었기 때문에 나는 오랫동안 내가 아랍인이라는 사실을 알지 못했었다. 학교에 가서야 그것을 알게 되었다. 그러나 나는 절대로 싸우지 않았다. 누군가를 때리는 일은 나쁜 짓이기 때문이다.

로자 아줌마는 폴란드 태생 유태인이었지만, 수년간 모로코와 알제리에서 몸으로 벌어먹고 살았기 때문에 아랍어를 웬만큼 할 줄 알았다. 유태어도 알았기 때문에 우리는 곧잘 유태어로 이야기하곤 했다. 우리가 살던 건물의 다른 세입자들은 대부분 흑인이었다. 비송 거리에는 흑인들만 모여 사는 집이 다섯 가구 있었는데, 그중 두 집에서는 아프리카에서처럼 일가친척들이 모여 살았다. 특히 사라콜레 가족이 식구가 제일 많았고, 투쿨레르네가 뒤를 이었다. 비송 거리에는 또다른 가족들이 많았지만, 일일이 다 열거할 필요는 없을 것이다. 벨빌의 나머지 크고 작은 거리에는 특히 유태인과 아랍인들이 많았다. 구트 도르까지 그렇다가 그후부터는 프랑스인 구역이 시작된다.

처음에 나는 내게 엄마가 없다는 사실을 몰랐고, 엄마가 꼭 있어야 한다는 것도 몰랐다. 로자 아줌마는 내가 그런 생각을 하지 않도록 하기 위해 일부러 엄마 이야기를 피했던 것이다. 나는 내가 왜 태어났는지, 그리고 정확히 어떻게 해서 태어났는지 알지 못했다. 나보다 몇 살 더 많은 내 친구 르 마우트 말로는, 그것이 위생 상태와 관련이 있다고 했다. 르 마우트는 알제리에 있는 카스바에서 태어나 나중에 프랑스로 온 아이였다. 그애는, 카스바는 아직

15

위생 상태가 엉망인 곳이고, 비데는커녕 물조차 없었기 때문에 자신이 태어났다고 했다. 르 마우트는 이 모든 사실을 나중에 아버지가 변명 삼아 말해주어서 알았으며, 아버지는 결코 나쁜 뜻에서 그런 것이 아니라는 말도 덧붙였다고 했다. 르 마우트는 또한 요즘엔 몸으로 벌어먹고 사는 여자들이 위생을 위해 피임약을 먹지만, 자기는 피임약이 나오기 훨씬 전에 태어난 거라고 설명해주었다.

우리집에는 꽤 많은 엄마들이 일주일에 한두 번씩 자기 아이들을 보러 왔다. 그러나 모두 다른 아이들 엄마였다. 우리 엄마는 없었다. 로자 아줌마 집에 있는 아이들은 거의가 다 창녀의 아이들이었고, 돈을 벌기 위해 지방에 가서 몇 달씩 머물러야 했던 그녀들이 떠나기 전후에 자기 아이들을 보러 오곤 했던 것이다. 그렇게 해서 나는 엄마의 존재에 대해 의문을 가지기 시작했다. 가만히 생각해보니 나만 빼고 모든 사람에게 다 엄마가 있는 것 같았다. 나는 엄마가 나를 보러 오게 하기 위해 복통과 발작을 일으키기 시작했다. 길 건너에 풍선을 들고 서 있던 어떤 아이가 말하기를, 자기는 배만 아팠다 하면 엄마가 온다는 것이었다. 그러나 나는 배가 아파도 소용이 없었고, 발작을 일으켜도 소용이 없었다. 나는 좀더 관심을 끌어보려고 아파트 여기저기에 똥을 막 싸갈겼다. 그래도 아무 일도 일어나지 않았다. 끝내 엄마는 오지 않았고, 설상가상으로 로자 아줌마는 처음으로 나에게 바보 같은 아랍놈이라고 욕을 했다. 자기도 프랑스 여자가 아니어서인지 한 번도 그런 욕은 하지 않았었는데. 나는 엄마가 보고 싶어서 그랬다고 소리를 질렀고, 아줌마에게 복수하려고 몇 주 동안 계속해서 여기저기 똥을 싸댔다. 마침내 로자 아줌마는 내가 계속 그 짓을 하면 빈민구제소로 보내 버리겠다고 엄포를 놓았다. 아이들에게 무엇보다도 겁을 주는 곳이 빈민구제소였기 때문에 그 말을 듣자 가슴이 덜컹 내려앉았다. 하지만 일단 정한 원칙에 충실하기 위해 나는 계속 똥을 싸댔다. 하지만 소용없었다. 그 무렵 로자 아줌마 집에 맡겨진 창녀의 아이들이 일곱 명이었는데, 모두 앞다투어 아무데나 똥을 싸질렀기 때문이다. 아이들이란 원래 흉내내는 덴 천재니까. 사방 똥 천지가 되고 나니 내가 싼 똥은 눈에 띄지도 않을 지경이었다.

로자 아줌마는 그러지 않아도 이미 너무 늙고 지쳐 있는데다가, 전부터 유태인이라고 핍박을 받아온지라, 그 일을 유난히 고통스럽게 받아들였다. 그녀는 하루에도 수차례씩 빈약한 두 다리에 구십오 킬로나 되는 체중을 싣고 칠층을 올라다녀야만 했는데, 문을 여는 순간 똥냄새가 진동을 하면, 손에 든 짐을 끌어안은 채 소파에 털썩 주저앉아 자기를 좀 이해해달라는 듯이 울기 시작했다. 프랑스 인구가 오천만인데 그들이 모두 우리같이 똥을 싸댔더라면, 독일 군인들조차 어찌할 바를 몰라 수용소고 뭐고 죄다 내동댕이치고 도망쳐버렸을 거라는 것이었다. 로자 아줌마는 전쟁 기간 동안 독일을 경험하고 거기서 살아 돌아온 사람이라 툭하면 그때 이야기를 되풀이하곤 했다. 집에 들어섰을 때 똥냄새가 진동을 하면, 그녀는 소리를 질렀다. "여긴 아우슈비츠야! 아우슈비츠!" 그녀는 유태인이라는 이유로 아우슈비츠에 강제수용된 적이 있었다. 그렇

17

다고 그녀가 유태인이 아닌 다른 사람들에게 함부로 하거나 하는 것은 아니었다. 오히려 그녀는 유태인 꼬마 모세더러는 종종 더러운 비코*라고 부르면서 정작 아랍인인 나에게는 한 번도 그렇게 부른 적이 없었다. 그녀가 그 덩치에도 불구하고 섬세한 사람이었다는 것을 그때는 깨닫지 못했다. 나는 결국 그 짓을 그만두었다. 아무리 해봤자 별 소득이 없었고 엄마도 오지 않았으니까. 하지만 그 후에도 나는 오랫동안 복통과 발작을 일으켰고, 지금까지도 가끔 배가 아프다. 그뒤 나는 주목을 끌기 위해 다른 방법을 동원했다. 상점들을 돌아다니며 진열대 위의 토마토나 멜론 따위를 슬쩍하기 시작한 것이다. 그리고 언제나 누군가의 눈에 띄도록 일부러 기다렸다. 주인이 나와서 따귀를 한 대 갈기면 나는 아우성을 치며 울었다. 그렇게 함으로써 나에게 관심 있는 사람이 존재한다는 것을 확인하는 셈이었다.

한번은 식료품점 앞에서 진열대 위의 달걀을 하나 훔쳤다. 주인은 여자였는데, 그녀가 나를 보았다. 나는 가게 주인이 여자인 곳에서 훔치기를 좋아했는데, 그 이유는 내 엄마도 틀림없이 여자일 것이기 때문이었다. 나는 달걀을 집어 호주머니에 넣었다. 주인 여자가 나왔고, 나는 사람들의 시선을 더 잘 끌 수 있도록 그녀가 내 뺨을 한 대 올려붙여줄 것을 기대하고 있었다. 그런데 그녀는 내곁에 쭈그리고 앉더니 내 머리를 쓰다듬어주었다. 그리고 이런 말

---

* 아랍인을 경멸하며 부르는 말.

까지 했다.

"너 참 귀엽게 생겼구나!"

처음에 나는 그녀가 나를 잘 구슬려서 달걀을 도로 찾으려고 그러는 줄 알고 호주머니 깊숙이 든 달걀을 더 꼭 쥐었다. 그녀는 벌로 나를 한 대 갈겨주기만 하면 되었다. 실제로 엄마들은 아이들에게 주의를 주기 위해 그렇게들 한다. 그러나 그녀는 일어서서 진열대로 가더니 달걀을 하나 더 집어서 내게 주었다. 그러고는 나에게 뽀뽀를 해주었다. 한순간 나는 희망 비슷한 것을 맛보았다. 그때의 기분을 묘사하는 건 불가능하니 굳이 설명하진 않겠다. 나는 그날 오전 내내 그 가게 앞에 멍하니 서 있었다. 무엇을 기다리며 서 있었는지는 나도 모르겠다. 이따금 그 맘씨 좋은 주인 여자는 나를 보고 미소를 지어주었다. 나는 손에 달걀을 쥔 채 거기에 서 있었다. 그때 내 나이 여섯 살쯤이었고, 나는 내 생이 모두 거기 달려 있다고 생각했다. 겨우 달걀 하나뿐이었는데…… 그날 집에 돌아와서 온종일 배를 앓았다. 로자 아줌마는 롤라 아줌마의 부탁을 받고 위증을 하기 위해 경찰서에 가고 없었다. 오층에 사는 롤라 아줌마는 여장 남자로, 불로뉴 숲에서 일했다. 바다를 건너오기 전에는 세네갈에서 권투 챔피언이었다고 했다. 그런데 그녀가 불로뉴 숲에서 멋모르고 잘못 걸려든 변태성욕자 손님을 목 졸라 죽이고 말았던 것이다. 로자 아줌마는 그날 밤 롤라 아줌마와 함께 영화구경을 한 뒤 돌아와서 함께 텔레비전을 보았다고 증언했다. 롤라 아줌마에 대해서는 앞으로 더 이야기하겠지만,

그녀에게는 정말 세상 사람들과 다른 데가 있었다. 그래서 나는 그녀를 무척 좋아했다.

  어린애들은 전염성이 강하다. 한 명이 어쨌다 하면 당장 다른 아이들에게 줄줄이 퍼진다. 당시 로자 아줌마 집에는 아이들이 일곱 있었는데, 그중 둘은 아침나절에만 머물렀다. 도로청소 일을 하는 무사 씨네 아이들이었는데, 무사 씨는 어찌어찌해서 부인이 죽었기 때문에 쓰레기를 치우러 나가는 아침 여섯시에 로자 아줌마에게 아이들을 맡기러 왔다. 그러고는 오후에 일이 끝나면 아이들을 데려갔다. 그애들 말고도 나보다 어린 모세와 천성이 기분좋게 태어났는지 늘 깔깔거리는 바나니아가 있었다. 미셸은 베트남 아이였는데, 일 년 전부터 베트남 부모에게서 송금이 끊기고 나서는 아줌마가 단 하루도 더 봐줄 수 없다고 늘상 투덜댔다. 로자 아줌마가 선량한 유태인이라고는 하지만 그녀의 능력에도 한계가 있는 거니까. 돈벌이가 좋고 일거리도 많은 곳을 찾아 멀리 떠나는 여자들 중에는 종종 자기 아이를 아줌마에게 맡겨놓고 다시는 돌아오지 않는 사람도 있었다. 그런 여자들은 한번 떠나면 그만이었다. 이런 일들은 모두 제때에 낙태 수술을 하지 못해 어쩔 수 없이 세상에 나오게 된 아이들의 이야기다. 로자 아줌마는 간혹 그런 아이들을, 아이들이 필요한 외로운 가정에 보내기도 했지만, 그것도 법률 문제 때문에 쉬운 일은 아니었다. 여자가 몸으로 벌어먹고 살아야 하는 처지가 되면 자녀 양육권을 박탈당하게 된다. 몸으로 벌어먹는다는 것은 곧 매춘을 의미하기 때문이다. 그녀들은 친권을 뺏길까봐 두려워서 아이를 숨긴다. 그래서 대개 비밀이 보장되는 잘 아는 집에 아이를 맡긴다. 로자 아줌마 집에서 내가 본 아이들에 대해 모두 말할 수는 없지만, 나처럼 그렇게 오래 거기에 사는 아이는 거의 없었다는 것은 분명히 말할 수 있다. 나 다음으로 오래 머물렀던 아이가 모세, 바나니아, 그리고 베트남 아이였다. 베트남 아이는 결국 무슈 르 프랭스 거리의 어느 음식점으로 갔다. 하도 오래전 일이라, 그 아이를 다시 만난다 해도 이제는 알아보지 못할 것 같다.

내가 엄마를 찾기 시작하자, 로자 아줌마는 건방진 녀석이라고 욕하면서 아랍놈들은 다 그 모양이라고, 손을 내밀어주면 팔까지 달란다고 푸념했다. 아줌마는 원래 그렇게 못된 여자는 아니었다. 편견 때문에 그런 소리를 하는 것뿐이지 사실은 나를 제일 좋아한다는 것을 나는 잘 알고 있었다. 내가 악을 쓰기 시작하면, 다른 아이들도 덩달아 소리를 질러댔다. 그러면 로자 아줌마는 엄마를 찾으며 울부짖는 일곱 아이들 속에서 진짜 종합적 히스테리를 일으

켰다. 벌써 빠지기 시작해서 몇 오라기 남지 않은 머리카락을 쥐어
뜯으며 아이들이 배은망덕하다고 통곡을 하는 것이다. 그녀는 두
손에 얼굴을 묻고 하염없이 눈물을 흘렸다. 하지만 우리는 무정한
나이였다. 게다가 벽에서는 석회덩이까지 떨어져내리고 있었다.
로자 아줌마의 통곡 때문이 아니라 너무 오래되고 낡았기 때문이
었다.

　로자 아줌마의 잿빛 머리카락도 떨어져내리는 석회덩이처럼 자
꾸 빠지고 있었다. 뿌리가 약해서 머리통에 제대로 붙어 있지를 못
했다. 그녀는 대머리가 될까봐 몹시 걱정했다. 이렇다 하게 내세
울 거라곤 쥐뿔도 없는 여자에게 그보다 더 끔찍한 일은 없을 것이
기 때문이었다. 그녀는 어느 누구보다도 큰 엉덩이와 가슴을 갖고
있었다. 아줌마는 거울을 볼 때면 애써 만족하려는 듯이 입을 크게
벌리고 억지웃음을 짓곤 했다. 일요일이면 머리에서부터 발끝까지
잔뜩 치장을 한 후 다갈색 가발을 쓰고 볼리에 광장으로 가서 몇
시간씩 우아하게 앉아 있다 오곤 했다. 하루에도 몇 번씩 화장을
고쳤지만 달라지는 것은 별로 없었다. 가발을 쓰고 화장을 하면 그
나마 좀 나아 보이기는 했지만…… 그녀는 자신의 주변이 좀더 아
름다워지도록 집에다 늘 꽃을 꽂아두었다.

　마음이 좀 진정되면 로자 아줌마는 나를 주동자로 지목하고는
변소로 끌고 갔다. 주동자는 감옥에 가서 벌을 받게 된다고. 또 내
가 무슨 짓을 하는지 엄마가 다 보고 있으며, 언제고 엄마를 만나
고 싶다면 감옥에 가는 일 없이 정직하고 착하게 살아야 할 거라고

훈계도 했다. 변소는 너무 좁아서 로자 아줌마같이 뚱뚱한 사람은 몸뚱이를 다 들여놓지도 못할 정도였다. 그렇게 외로운 사람이 들어갈 공간이 얼마나 되는지도 궁금했다. 그런 공간에 혼자 있으면 더 외로울 것 같았다.

우리 중 누구에게 오는 송금이 끊겨도, 로자 아줌마는 그 아이를 당장 내쫓지는 않았다. 바나니아의 경우가 그랬다. 아버지가 누군지 몰랐기 때문에 그애의 아버지를 비난할 수는 없었고, 그애 엄마가 육 개월에 한 번 정도로 조금씩 돈을 보내왔다.

로자 아줌마는 바나니아에게 소리를 질러댔지만 그애는 천하태평이었다. 그애는 겨우 세 살이었고, 가진 거라곤 미소밖에 없었으니까. 로자 아줌마는 바나니아는 빈민구제소에 보낼 수 있었을지 몰라도 그 아이의 미소만은 떠나보낼 수 없었을 것이다. 아이와 아이의 미소를 떼어놓을 수는 없는 노릇이니, 별수없이 둘 다 데리고 있을 수밖에.

바나니아에게 흑인들을 보여주기 위해 그애를 비송 거리의 흑인 가정들로 데려가는 일은 내 몫이었다. 아줌마는 그 일을 매우 중요하게 여겼다.

"저 아이는 흑인을 봐둬야 해. 그러지 않으면 이다음에 커서 잘 어울릴 수가 없게 되거든."

그래서 나는 그애의 손을 잡고 그곳으로 가곤 했다. 그들은 대부분 아프리카에 가족을 두고 온 사람들이었기 때문에, 고향에 있는 아이들을 생각나게 하는 바나니아를 무척 귀여워했다. 로자 아줌

마는 투레라고 불리는 바나니아가 말리공화국 아이인지, 세네갈,
아니면 기니나 그 밖의 다른 나라 아이인지 전혀 알지 못했다. 그
애 엄마는 아비장의 매춘굴로 떠나기 전에는 생 드니 거리에서 벌
어먹고 살았는데, 직업이 직업인지라 국적을 알 수 없었던 것이다.
모세에게도 우편환이 불규칙하게 왔지만, 로자 아줌마는 같은 유태인 처지에 어린것을 차마 빈민구제소로 보내지는 못했다. 나의 경우는 매달 초 삼백 프랑이 어김없이 왔기 때문에 뭐라고 할 수 없었다. 내 생각에 모세의 엄마는 양갓집 출신이라서 뜻하지 않은 아이를 가진 것을 부끄럽게 여겨 자신의 부모, 즉 모세의 조부모에게 알리지 못하고 있었던 것 같다. 모세는 푸른 눈에 금발이었고 유태인처럼 매부리코도 아니었으니까 내 짐작이 옳을 것이다.

매달 어김없이 도착하는 내 양육비 삼백 프랑 때문에 로자 아줌마는 나에게 약간의 존경심마저 품고 있었다. 열 살이 되어갈 무렵 나는 육체적인 조숙함 때문에 곤란을 겪었는데, 문제는 아랍인들은 일찍 발기를 한다는 데 있었다. 나는 로자 아줌마에게 든든한 존재였다. 그래서 아줌마는 그 일에 대해 신중하게 고민했을 것이다. 내가 여섯 살이었을 때 화장실에서 일어났던 사건들이다. 여러분은 내가 나이를 착각하고 있다고 생각할지 모르지만, 그렇지 않다. 때가 되면 언제 그런 일이 일어났고 어떻게 해서 내가 갑자기 어른이 되어버렸는지를 설명하겠다.

"애, 모모야, 너는 여기서 나이가 제일 많으니 모범을 보여야 해. 그러니 제발 엄마 문제로 난리 좀 피우지 말거라. 너희들 엄마에 대해서는 차라리 모르고 지내는 게 나을 거다. 너희 나이에는 감수성이 예민하니까 말야. 그 여자들은 진짜 창녀란다. 맙소사! 거짓말 같지? 놀랄 일이지! 넌 창녀가 뭔지 아니?"

"엉덩이로 벌어먹고 사는 사람들이죠."

"그런 끔찍한 소리는 어디서 들었니? 틀린 말은 아니다만."

"아줌마도 젊고 예뻤을 때는 엉덩이로 벌어먹고 살았나요?"

그녀는 미소지었다. 자기가 젊고 예뻤다는 말을 들으니 기분이 좋은 모양이었다.

"넌 참 좋은 아이다, 모모야. 하지만 제발 입다물고 날 좀 도와다오. 나는 이제 늙고 병들었어. 아우슈비츠에서 나온 후로 좋은 일이라곤 하나도 없구나."

로자 아줌마의 얼굴이 너무 슬퍼 보여서 그녀가 못생겼다는 생각마저 잠시 잊을 지경이었다. 나는 그녀의 목에 팔을 두르고 그녀의 볼에 뽀뽀해주었다. 사람들은 그녀가 냉정하다고들 했지만, 세상에 그녀를 돌봐주는 사람이 아무도 없었다. 혼자 육십오 년 동안 온갖 풍상을 견디어왔으니 때로는 그녀를 용서해줘야 한다. 그녀가 어찌나 우는지 나는 오줌이 마려워졌다.

"미안한데요, 아줌마. 나 오줌 마려워 죽겠어요."

오줌을 누고 나서 나는 그녀에게 말했다.

"아줌마, 엄마 얘기는 이제 안 할게요. 대신 개 한 마리 키워도 돼요?"

"뭐야? 너 지금 뭐라고 그랬니? 이 집구석에 개 키울 데가 어디 있다고? 먹이긴 또 뭘 먹이고? 누가 개새끼를 위해 돈이라도 부쳐준다던?"

하지만 막상 내가 칼페트르 거리의 개 파는 가게에서 잿빛 털이 곱슬거리는 푸들 한 마리를 훔쳐왔을 때, 그녀는 아무 말도 하지 않았다. 나는 개 가게에 들어가서 푸들을

한번 만져봐도 되느냐고 물었다. 내가 천진한 표정으로 여주인을 바라보자 그녀는 내게 개를 넘겨주었다.
나는 개를 받아서 쓰다듬다가 냅다 도망쳐버렸다. 이 세상에서 내가 가장 자신 있게 할 수 있는 유일한 일이 뛰어 달아나는 것이다. 그걸 못하면 살아가는 데 지장이 많으니까.

그 개 때문에 한 가지 불상사가 일어났다. 나는 그 개를 끔찍이
도 사랑하게 되었다. 다른 아이들도 마찬가지였다. 한데 바나니아
만은 예외였다. 도통 관심이 없었다. 그애는 아무 이유 없이도 늘
행복한 아이였다. 흑인이 어떤 이유가 있어서 행복해하는 걸 나는
한 번도 본 적이 없다. 나는 항상 개를 품에 안고 다녔는데 그때껏
이름을 지어주지 못하고 있었다. '타잔'이나 '조로' 같은 게 생각나
기도 했지만, 어딘가에 아무도 갖지 않았던 좋은 이름이 기다리고
있을 것만 같았다. 결국 나는 '쉬페르*'라는 이름을 선택했는데, 언
제든지 더 좋은 이름이 떠오르면 바꿔줄 생각이었다. 나는 나의 내
부에 넘칠 듯 쌓여가고 있던 그 무언가를 쉬페르에게 쏟아부었다.
그 녀석이 없었더라면 나는 무슨 짓을 저질렀을지 모른다. 그때는
정말 위기 상황이었다. 녀석이 없었다면 나는 어쩌면 콩밥 먹는 신
세가 되었을지도 모른다. 녀석을 산책시킬 때면 내가 뭐라도 된 기
분이었다. 왜냐하면 녀석에게는 내가 세상의 전부였으니까. 나는
녀석을 너무 사랑한 나머지 남에게 줘버리기까지 했다. 그때 내 나

* 최고라는 뜻.

이 벌써 아홉 살쯤이었는데, 그 나이면 행복한 사람을 제외하고는 대체로 사색이라는 것을 하게 되는 법이다.

뭐 누구를 모욕하려는 의도에서 하는 말은 아니지만 로자 아줌마의 집은 아무리 익숙해진다 해도 역시 우울한 곳이었다. 그래서 쉬페르가 감정적으로 내게 점점 더 큰 비중을 차지하게 되자, 나는 녀석에게 멋진 삶을 선물해주고 싶어졌다. 가능하다면 나 자신이 살고 싶었던 그런 삶을. 내가 강조하고 싶은 것은, 녀석이 보통 개가 아니라 푸들이었다는 점이다. 하루는 어떤 부인이 쉬페르를 보더니, "아이구, 그 개 참 예쁘기도 해라!"라며, 개가 내 것인지, 그리고 자기에게 팔 의향이 없는지 물었다. 내 옷차림이 꾀죄죄하고 생김새도 프랑스 사람 같지 않으니까 그녀는 녀석이 특별한 종자인 줄 알았던 모양이다.

나는 오백 프랑을 받고 쉬페르를 그녀에게 넘겼는데, 그것은 정말 잘 받은 가격이었다. 처음에는 그 마음씨 좋아 보이는 부인이 정말 돈 많은 집 부인인지 확인해보려고 오백 프랑을 불렀다. 내 예감은 맞아떨어졌다. 그녀에겐 운전기사가 딸린 차까지 있었다. 그녀는 내 부모가 나타나 소란이라도 피울까봐 그러는지 쉬페르를 얼른 차에 태우고 가버렸다. 내가 이 말을 하면 안 믿을지도 모르겠지만, 나는 그 오백 프랑을 접어서 하수구에 처넣어버렸다. 그러고는 길바닥에 주저앉아서 두 주먹으로 눈물을 닦으며 송아지처럼 울었다. 하지만 마음만은 행복했다. 로자 아줌마 집은 결코 안전한 곳이 아니었다. 돈 한푼 없는 늙고 병든 아줌마와 함께 사는 우리는 언제 빈민구제소로 끌려가게 될지 모르는 처지였다. 그러니 개에게도 안전하지 못했다.

집에 돌아와, 쉬페르를 오백 프랑에 팔았고 그 돈은 하수구에 처넣어버렸다고 말하자, 로자 아줌마는 얼굴이 새파랗게 질려서 나를 한동안 쳐다보더니, 자기 방으로 달려가서 문을 이중으로 걸어잠갔다. 그때부터 그녀는 혹시 내가 자기 목이라도 자를까봐 그러는지 잘 때는 반드시 문을 걸어잠갔다. 다른 아이들도 쉬페르 이야기를 듣자 난리법석을 피웠다. 하지만 그애들이 진정으로 쉬페르를 사랑한 것은 아니었다. 단지 장난감으로 녀석이 필요했을 뿐이다.

당시 로자 아줌마 집에는 일고여덟 명의 아이들이 엉겨서 살고 있었다. 그중에 살리마라는 아이가 있었다. 이웃 사람들이 그 아이의 엄마를 창녀라고 고발하는 바람에 사회복지위원회로 보내질 뻔했는데 용케 도망쳐나올 수 있었다고 했다. 그녀는 손님과의 일을 중단하고, 부엌에 있던 살리마를 일층 창문을 통해 밖으로 내보내서 밤새 쓰레기통에 숨어 있도록 했다는 것이다. 다음날 아침 그애 엄마가 딸아이를 데리고 로자 아줌마 집에 왔을 때, 아이는 극도의 흥분 상태였으며 끔찍한 오물 냄새를 풍기고 있었다. 또 앙투안이라고 잠시 머물다 간 아이가 있었는데, 진짜 프랑스 아이였다. 우리는 진짜 프랑스 사람은 어떻게 생겼는지 궁금해서 그 아이를 유심히 바라보곤 했다. 그러나 두 살밖에 안 된 아이라서 별다른 점은 발견할 수 없었다. 그 이상은 기억이 나지 않는다. 아이들을 데리러 오는 엄마들이 수시로 바뀌었고 아이들도 계속 바뀌었기 때문이다.

로자 아줌마 얘기로는, 몸을 팔아서 먹고사는 여자들은 정신적으로 의지할 곳이 없다고 했다. 포주들이 제대로 일을 할 줄 모르기 때문이라나. 그래서 그런 여자들에게는 삶의 의의를 느끼기 위해서라도 아이가 더 필요하다는 것이다. 그녀들은 종종 시간 여유가 생기거나 몸이 아플 때면 돌아와서 자기 아이를 데리고 시간을 함께 보내려고 시골로 떠나곤 했다. 다른 사람들에게 아무런 불편도 끼치지 않는데 왜 창녀로 등록된 여자들이 자녀를 키울 수 없는지 나는 도무지 알 수가 없었다. 로자 아줌마는 그 이유를 프랑스에서 섹스를 매우 중요하게 여기기 때문이라고 했다. 프랑스 사람들은 우리가 상상도 할 수 없을 정도로 그것에 큰 비중을 둔다는 것이다. 아줌마는 또 이런 말도 했다. 섹스는 루이 14세 때부터 이미 프랑스 사람들에게 제일 중요한 것이었고, 따라서 창녀들이 박해를 받았는데, 그건 정숙한 부인들이 섹스를 독점하고 싶어했기 때문이라는 것이다.

나는 로자 아줌마 집에서 아이 엄마들이 우는 걸 자주 보았다. 몸을 팔아 먹고사는 여자에게 아이가 있다는 이유로 사람들이 고발했기 때문이다. 그녀들은 아이를 빼앗길까봐 겁을 냈다. 로자 아줌마는 자신이 경찰서장을 잘 아는데, 그 사람도 창녀의 자식이기 때문에 사정을 잘 봐준다는 것, 그리고 아주 감쪽같이 위조서류를 만들어주는 유태인을 한 사람 알고 있다는 말 등으로 그녀들을 위로했다. 난 한 번도 그 유태인을 본 적이 없다. 로자 아줌마는 그 유태인을 함부로 소개해주는 법이 없었기 때문이다. 두 사람은 독

일의 유태인 거주구역에서 알게 된 사이인데, 구사일생으로 살아남은 후에 다시는 체포되지 말자고 다짐했다고 한다. 그 유태인은 프랑스인 거주구역 어딘가에서 미친듯이 위조서류들을 만들어내고 있었다. 로자 아줌마가 그렇고 그런 여자가 아니라 정상적인 사람이라고 증명하는 서류를 지니게 된 것도 다 그 사람 덕택이었다. 그녀는 그것만 가지고 있으면 이스라엘 사람들조차도 자기에게 불리한 증거를 전혀 찾아내지 못할 거라고 했다. 물론, 죽기 전까지 백 퍼센트 완전히 안심할 수는 없었다. 인생에는 원래 두려움이 붙어다니기 마련이니까. 나는 지금 우리집에서는 찾을 수 없는 미래를 보장해주기 위해 쉬페르를 다른 곳에 줘버렸다고 했을 때 아이들이 몇 시간 동안 야단법석을 떨었다는 말을 하던 중이었다. 언제나처럼 만족스러운 미소를 짓던 바나니아만 빼고. 바나니아 녀석은 아무래도 이 세상 사람이 아닌 것 같다. 벌써 네 살이나 먹었는데도 매일 웃고만 있었으니 말이다.

그 소동이 있은 다음날 로자 아줌마가 제일 먼저 한 일은 내 머리가 돈 게 아닌지 알아보려고 카츠 선생님에게 데려간 일이었다. 그녀는 카츠 선생님에게 대부분의 아랍인들이 그런 것처럼 내가 매독에 걸린 게 아닌지 피를 뽑아서 검사해봐달라고 했다. 카츠 선생님은 턱수염—그러고 보니 내가 수염 얘기를 깜빡 잊고 안 했지만—이 부르르 떨릴 정도로 화를 냈다. 그리고 로자 아줌마를 마구 야단치면서 그것은 오를레앙의 헛소문 같은 것이라고 소리질렀다. 오를레앙의 헛소문이란 기성복 가게의 유태인들이 백인 여자들을 사창가에 팔아넘기려고 약을 먹인다는 것인데, 사실이 아님에도 불구하고 모두들 그 소문 때문에 유태인들을 원망했고 걸핏하면 유태인들을 들먹이곤 했다. 로자 아줌마의 흥분은 사그라들 줄을 몰랐다.

"대체 무슨 일이 있었습니까?"

"얘가 오백 프랑을 받아줘었는데, 글쎄 그걸 하수구에 처넣었다잖아요."

"그것이 이 아이의 첫 발작인가요?"

로자 아줌마는 대답을 못하고 나만 물끄러미 바라보았다. 나는 슬펐다. 나는 다른 사람을 고통스럽게 하고 싶은 마음은 조금도 없었다. 나는 철학자다. 카츠 선생님의 뒤쪽 벽난로 위에는 새하얀 돛이 여럿 달린 돛배가 한 척 놓여 있었다. 나는 불행했기 때문에 다른 곳, 아주 먼 곳, 그래서 나로부터 도망칠 수 있는 그런 곳으로 가버리고 싶었다. 나는 그 배를 허공에 띄워 몸을 싣고는 대양으로 나아갔다. 내 생각엔, 바로 그때, 카츠 선생님의 돛배에 올라탄 그때, 나는 난생처음 먼 곳으로 떠날 수 있었다. 그때 그 순간, 비로소 나는 어린아이가 되었다. 지금도 원하기만 하면 나는 카츠 선생님의 돛배에 올라타고 혼자 바다로 나아갈 수 있다. 물론 아무에게도 그런 얘기를 한 적은 없다. 사람들과 같이 있을 때 그런 일이 생기면 나는 그냥 얌전히 그 자리에 있는 척했다.

"의사 선생님, 제발 이 아이를 잘 좀 진찰해주세요. 선생님께서는 제게 심장에 나쁘니 흥분하지 말라고 하시지만요, 저 아이는 자기가 세상에서 제일 소중하게 여기던 개를 팔았고, 그 대가로 받은 오백 프랑이나 되는 돈을 하수구에 처넣었다구요.

아우슈비츠에서도 그런 짓은 하지 않는답니다."

카츠 선생님은 비송 거리의 유태인과 아랍인들 사이에서 기독교적인 자비심을 베푸는 사람으로 유명했다. 그는 아침부터 저녁까지, 때로는 밤늦게 찾아오는 사람까지 다 치료해주었다. 나는 그에 대해 아주 좋은 추억을 간직하고 있었다. 다른 사람이 내게 건네는 관심 어린 말을 들은 것도, 내가 무슨 소중한 존재라도 되는 양 진찰을 받은 것도 바로 그의 진료소에서였기 때문이다. 나는 자주 혼자 그곳에 가곤 했는데, 어디가 아파서가 아니라 그저 대기실에 앉아 있고 싶어서였다. 나는 한참씩 대기실에 앉아 있곤 했다. 의자가 필요한 환자도 많은데 아무런 용무도 없는 내가 의자를 차지하고 있다는 것을 잘 알고 있었지만 그는 화를 내기는커녕 언제나 내게 다정한 미소를 보내주었다. 나는 그를 바라보면서, 만약 내게도 아버지가 있을 수 있다면 카츠 선생님 같은 사람을 아버지로 택하고 싶다는 생각을 했다.

"이 아이는 그 개를 무척이나 사랑했다구요. 잘 때도 품고 잘 정도였어요. 그런데 그게 무슨 짓이에요? 개는 팔아버리고 판 돈은 버려버렸으니…… 얘는 다른 애들과 달라요, 선생님. 이 아이의 핏속에 무슨 광기 같은 게 흐르는 게 아닐까요?"

"안심하세요, 로자 부인. 아무 일도 일어나지 않을 겁니다, 절대로요."

순간, 나는 울기 시작했다. 나 역시 아무 일도 없으리라는 것을 잘 알고 있었지만, 공공연하게 그런 말을 듣기는 처음이었다.

"울 것 없다, 모하메드. 하지만 그래서 마음이 편해질 것 같으면 맘껏 울어도 좋아. 이 아이가 원래 잘 웁니까?"

"전혀요. 얘는 절대로 울지 않는 아이예요. 하지만 얼마나 날 애 먹이는지 몰라요. 내 속 썩는 건 하느님이나 아시지요."

"그렇다면, 벌써 좋아지고 있군요. 아이가 울고 있잖아요. 정상적인 아이가 되어가고 있는 겁니다. 아이를 데려오길 잘하셨어요, 로자 부인. 부인을 위해서 신경안정제를 처방해드리죠. 별건 아니지만 부인의 불안증을 없애줄 겁니다."

"아이들을 돌보자면 걱정거리가 끊일 날이 없답니다, 의사 선생님. 안 그러면 아이들이 당장에 불량배가 되거든요."

우리는 병원을 나와서 손을 잡고 집으로 향했다. 로자 아줌마는 그렇게 누군가와 함께 걷고 있는 모습을 남들에게 보이는 것을 자랑스러워했다. 그녀는 외출할 때면 항상 오랜 시간 몸치장을 했다. 그녀도 여자이고, 아직 상당히 그걸 의식하고 있었던 것이다. 그러나 아무리 화장을 해도 나이는 속일 수가 없었다. 로자 아줌마가 안경을 끼고 기침하는 모습은 꼭 늙은 이스라엘 개구리 같아 보였다. 장바구니를 들고 계단을 오르자면 몇 번을 쉬어야 했는지 모른다. 그럴 때면 로자 아줌마는 자기가 언젠가는 층계를 오르다 죽어나자빠질 거라고 한탄하곤 했다. 칠층까지 올라가는 것이 무슨 중대한 일이라도 되는 양.

집에 돌아와보니, 사람들이 뚜쟁이라고 부르는 포주, 은다 아메데 씨가 와 있었다. 이곳 사정을 잘 아는 사람들이라면 그런 이름만 들어도 우리집을 찾아오는 흑인들이 모두 아프리카 원주민들임을 짐작할 수 있을 것이다. 그들은 파리 시의 손길이 미치지 못한 탓에 아주 기본적인 위생시설이나 난방시설조차 되어 있지 않은 빈민촌에 살았다.

심지어는 한방에 여덟 명씩 백이십 명이 한집에 살기도 했는데, 변소는 아래층에 하나뿐이고, 그런 일은 참을 수 있는 성질의 것이 아니다보니, 사방 아무데나 싸대는 일이 허다했다. 내가 태어나기 전에는 판잣집들이 다닥다닥 붙은 거리였는데, 프랑스 정부가 미관상 좋지 않다 하여 다 헐어버렸다고 한다.

로자 아줌마 얘기로는, 오베르빌리에의 어떤 집에서는 한방에 꾸역꾸역 모여든 세네갈 사람들이 창문을 닫은 채 석탄난로를 피워놓고 잠을 자는 바람에 다음날 모두 죽은 채로 발견된 사건도 있었다고 했다. 모두 깊은 잠에 빠져 있는 동안 난로에서 새어나온 가스에 질식사한 것이다. 나는 비송 거리로 세네갈 사람들을 보러 가곤 했는데, 그들은 언제나 나를 따뜻이 맞아주었다. 그들 대부분이 나처럼 회교도이긴 했지만 꼭 그것 때문만은 아니었다. 내가 생각하기에, 그들은 내가 아직 아무런 생각도 없는 아홉 살짜리 어린 아이였기 때문에 나를 좋아했던 것 같다. 나이든 사람들은 항상 머릿속에 생각이 많은 법이다. 예컨대, 흑인이라고 해서 모두가 같은 것은 아니라는 생각 따위.

그들에게 밥을 해주던 상보르 아줌마는 디아 씨를 전혀 닮지 않았다. 그 정도는 흑인들의 미묘한 차이에 익숙해지면 금방 알 수 있는 일이었다. 디아 씨의 분위기는 장난이 아니었다. 그의 눈은 마치 남들에게 겁을 주기 위해 달려 있는 것 같았으며, 항상 무언가를 읽고 있었다. 그는 또 긴 면도칼을 가지고 다녔는데, 그것은 어디에 대고 눌러도 휘지 않았다. 믿기지 않겠지만 그는 그 칼로 면도도 했다. 그 집에 살던 오십 명의 흑인들은 모두들 그의 명령에 복종했다. 그는 항상 뭔가를 읽고 있거나 그러지 않을 때는 몸을 만들기 위해 바닥에서 운동을 했다. 그는 아주 건장했지만 그래도 만족하지 않았다. 그렇게 체격이 다부진 사람이 신체단련을 위해 왜 그토록 애를 쓰는지 모르겠다. 그에게 직접 이유를 물어보지는 않았지만, 짐작건대, 그는 자신이 하고자 하는 일을 다 하려면 좀더 힘이 세져야 한다고 생각하는 것 같았다. 나 역시 그처럼 아주 힘이 세고 싶어서 죽을 지경일 때가 가끔 있다. 어떤 때는, 경찰이 되어서 세상에 일어나는 어떤 일도, 세상에 존재하는 누구도 무서워하지 않게 되었으면 하는 생각을 할 때가 있다. 나는 아무 희망도 없이 되동 거리의 경찰서 주변을 배회하며 시간을 보내곤 했다. 그러나 아홉 살은 아무래도 너무 어린 나이였다. 내가 경찰이 되고 싶었던 건 경찰이 확실한 권력을 가진 사람들이기 때문이었다. 하지만 그 때는 세상에서 제일 센 것이 경찰인 줄만 알았지, 순경 위에 경찰서 장이 있다는 것까지는 알지 못했다. 경찰이면 다 되는 줄 알고 있었 던 것이다. 훨씬 나중에 그보다 훨씬 센 사람이 또 있다는 것을 알 았지만, 그래도 경찰총장까지는 생각해본 적이 없었다. 그것은 내 상상을 초월한 것이었으니까. 그때가 아마 내 나이 여덟이나 아홉, 아니면 열 살 무렵이었을 것이다. 나는 모르는 사람들 틈에 끼어 밖 에 있는 것이 몹시 무서웠다. 그리고 로자 아줌마가 칠층 계단을 오 르내리는 것을 힘들어하면 할수록, 아줌마가 헉헉대며 올라와 의 자에 푹 주저앉아 숨 고르는 시간이 길어지면 길어질수록 나 자신 이 점점 더 어리게 느껴졌고 더 겁이 났다.

내 골치를 썩인 또 한 가지는 나의 출생 연월일에 관한 것이었 다. 특히 나이에 비해 너무 어려 보인다는 이유로 학교에서 받아주 지 않았을 때는 무척이나 괴로웠다. 하지만 진짜 문제는 그게 아니 었다. 나의 합법적인 출생을 증명해주는 서류 자체가 가짜였으니 까. 이미 말했듯이, 로자 아줌마는 그런 가짜 증명서를 여럿 가지 고 있었다. 설혹 경찰이 가택수색을 하러 들이닥친다 해도, 그녀는 자신의 조상 대대로 절대 유태인이 아님을 증명할 수 있었다. 그녀 는 독일 점령군에 배속된 프랑스 경찰에게 불시에 잡혀서 유태인 을 감금해두는 경륜장에 끌려갔던 이래로 철저한 자기 방어태세 를 갖춰놓고 있었다. 그때 그녀는 독일의 유태인 수용소까지 갔었는데, 거기는 유태인을 불태워 죽이는 곳이었다. 아줌마는 늘 겁에 질려 있었다. 다른 사람들보다 훨씬 더 겁을 내고 있었다.

어느 날 밤엔가 나는 로자 아줌마의 비명소리에 잠을 깼다. 어둠 속에서 그녀가 벌떡 일어났다. 그 집에는 방이 두 개 있었는데, 아줌마가 그중 한 칸을 썼지만 아이들이 너무 많아서 복작거릴 때엔 나와 모세가 그녀와 함께 자곤 했다. 그런데 그날 모세는 우리와 함께 있지 않았다. 아이가 없는 유태인 가정에서 모세를 양자로 맞으려 하고 있었는데, 아이를 좀더 살펴보며 친해질 기회를 갖기 위해 집으로 데려갔던 것이다. 그 사람들 비위를 맞추려고 어찌나 노력했던지, 모세는 집에 돌아올 때는 녹초가 되어 있었다. 그 사람들은 티에네 거리에서 유태인 식료품 가게를 운영하고 있었다.

로자 아줌마가 비명을 지르는 통에 나는 잠에서 깼다. 로자 아줌마는 불을 켰고, 나는 한쪽 눈을 떴다. 아줌마의 머리는 흔들흔들거렸고, 그녀의 두 눈은 허깨비를 보고 있는 것 같았다. 그녀는 침대에서 빠져나오더니 가운을 걸치고 옷장 아래 숨겨둔 열쇠를 꺼냈다. 허리를 구부리자 엉덩이가 평소보다 훨씬 더 커 보였다. 로자 아줌마는 층계로 가더니 아래층으로 내려가기 시작했다. 그녀가 어찌나 겁을 내고 있었던지 난 무서워서 도저히 혼자 있을 수가 없어 그녀의 뒤를 따라갔다.

층계는 불이 켜져 밝은 곳도 있었고 꺼져서 어두운 곳도 있었다. 아파트 주인이 전기세를 아끼느라 아파트 층계의 자동 타이머를 조작하여 켜져 있는 시간을 아주 짧게 해놓았던 것이다. 집주인은

그 정도로 치사한 사람이었다. 불이 꺼지는 순간, 바보같이 내가 다시 불을 켰더니, 아래층을 내려가고 있던 로자 아줌마가 꽥 소리를 질렀다. 누군가 다른 사람이 있다고 생각했던 모양이다. 그녀는 위층을 쳐다보고 나서 아래층을 살피더니 다시 내려가기 시작했고 나도 따라 내려갔다. 나는 더이상 자동 타이머에 손을 대지 않았다. 거기에 손을 댔다가 우리 둘 다 너무 놀랐기 때문이다. 난 도대체 무슨 일이 벌어지고 있는지, 평소보다도 더 알 수가 없었고 그래서 더욱 겁이 났다. 다리가 후들후들 떨렸다. 마치 사방이 적으로 둘러싸인 최악의 상태에서 최후의 묘안을 내어 층계를 내려가고 있는 것 같은 유태인 여자를 바라보는 일은 정말로 끔찍했다.

이윽고 그녀는 일층에 도달했다. 하지만 거리로 나가는 것이 아니라 왼쪽으로 돌더니 지하로 통하는 계단으로 들어서는 것이었다. 지하실은 불빛은커녕, 낮에도 캄캄한 곳이었다. 게다가 로자 아줌마는 우리에게 거기에 어린아이들을 목 졸라 죽이는 괴물이 있으니 절대로 가지 말라고 했었다. 그녀가 그 계단으로 들어서는 순간, 나는 이젠 정말 끝장이다. 로자 아줌마가 완전히 돌아버린 게 분명하다고 생각했다. 빨리 카츠 선생님을 깨우러 달려가고 싶었다. 그러나 어찌나 겁이 났던지 그 자리에서 꼼짝도 할 수가 없었다. 꼼짝이라도 했다간, 내가 태어날 때부터 숨어 있던 괴물들이 일제히 사방에서 튀어나와 아우성치며 달려들 것만 같았다.

그때 어디선가 불빛이 새어나왔다. 그것은 지하실에서 나온 불빛이었다. 나는 약간 안심이 되었다. 괴물들은 불빛이 있을 때는 거의 활동을 하지 않고, 어두운 곳에서만 활개를 치니까. 나는 계단 끝까지 내려가 복도를 따라갔다. 복도에는 지린내와 다른 악취가 진동했다. 흑인들이 백 명쯤 모여 사는데 변소라곤 단 하나뿐이어서 아무데나 오줌을 깔겨대는 옆집에서 나는 냄새였다. 지하실은 여러 칸으로 나뉘어 있었는데, 그중 한곳의 문이 열려 있었다. 로자 아줌마는 그 문으로 들어갔다. 불빛은 그곳에서 새어나오고 있었다. 나는 조심스레 안을 들여다보았다.

방 한복판에 밑이 푹 꺼지고 다리도 다 망가진, 더럽기 그지없는 붉은색 소파 하나가 놓여 있었다. 아줌마는 거기에 앉아 있었다. 사방 벽은 이빨처럼 돌들이 삐죽삐죽 튀어나와 있어서 마치 허리가 끊어질 듯 깔깔거리며 웃고 있는 것처럼 보였다. 서랍장 위에는 가지가 여러 개 달린 유태식 촛대가 놓여 있었는데, 그중 하나에 촛불이 켜져 있었다. 가장 놀라운 것은 침대였다. 당장 버려도 아깝지 않을 정도로 낡아빠진 고물침대에 매트리스와 이불, 베개까지 갖추어져 있었다. 또 감자자루가 몇 개 있었고, 버너 하나, 양철통들, 그리고 정어리 깡통이 잔뜩 든 상자가 있었다. 나는 너무 놀라서 이제 겁도 나지 않았다. 다만, 아랫도리를 벗고 있었기 때문에 추워지기 시작했다.

로자 아줌마는 그 낡은 소파에 한참을 앉아 있더니 흡족한 미소를 지었다. 교활한, 심지어는 정복자 같은 미소였다. 마치, 아주 치밀하면서도 대단히 힘든 일을 해낸 사람 같았다. 잠시 후 자리에서 일어난 그녀는 한쪽 구석에 있는 빗자루를 들고 바닥을 쓸기 시작했다. 그것은 할 짓이 못 되었다. 먼지가 자욱하게 일었고, 그녀의 천식에 먼지처럼 나쁜 건 없었으니까. 금세 호흡곤란을 일으켰는지 그녀의 목에서 쌕쌕거리는 소리가 났다. 그래도 그녀는 계속해서 비질을 했다. 말릴 사람은 나뿐이었다. 세상 사람들은 아무도 그녀에게 관심을 가져주지 않으니까. 물론 나를 돌봐주는 대가로 누군가가 돈을 지불하고 있긴 했지만, 로자 아줌마와 나 사이에는 공통점이 있었다. 우리 둘 다 아무것도, 아무도 없다는…… 아무튼 천식에 먼지만큼 해로운 것은 없었다. 한참 후 그녀는 빗자루를 놓고 입으로 바람을 불어 촛불을 끄려 했다. 그러나 그 뚱뚱한 몸에는 촛불 하나 끌 힘조차 남아 있지 않았다. 결국 그녀는 손가락에 침을 묻혀서 촛불을 껐다. 나는 재빨리 그곳을 빠져나왔다. 할 일을 마쳤으니 이제 그녀가 다시 위로 올라갈 것이 뻔했기 때문이다.

뭐가 뭔지 알 수가 없었다. 이해할 수 없는 일이 한 가지 더 늘었다는 사실 외에는. 로자 아줌마는 왜 한밤중에 지하실까지 기어내려가 먼지를 풀썩이며 비질을 하고 교활한 표정으로 그곳에 앉아 있어야 했을까. 다시 칠층으로 돌아왔을 때 그녀는 더이상 겁을 내고 있지 않았다. 나도 마찬가지였다. 그런 기분은 쉽게 전염되기 때문이다. 우리는 다시 나란히 누워 편안하게 정의로운 사람의 잠에 빠져들었다.

하밀 할아버지가 했던 말에 대해 많이 생각해봤는데, 아무래도 할아버지가 틀린 것 같았다. 내 생각에는, 정의롭지 못한 사람들이 더 편안하게 잠을 자는 것 같다. 왜냐하면 그런 사람들은 남의 일

에 아랑곳하지 않으니까. 하지만 정의로운 사람들은 매사에 걱정이 많아서 잠을 제대로 잘 수 없다. 그렇지 않다면 그들은 정의로운 사람들이 아닐 것이다.

하밀 할아버지는 늘, "내 오랜 경험에 비추어볼 때"라든가 "삼가 말하건대"라는 어려운 말을 했고, 그 외에도 나를 기분좋게 해주는 표현들을 아주 많이 썼다. 지금도 그런 말을 들으면 할아버지 생각이 난다. 그는 더할 나위 없는 사람이었다. 할아버지는 나에게 '내 조상의 언어'를 쓰는 법을 가르쳐주었다. 할아버지는 항상 '조상'이란 표현을 썼는데, 그 이유는 나의 부모에 대해 언급하는 것을 조심스러워했기 때문이다. 로자 아줌마가 코란은 아랍인들에게 좋은 책이라고 말했기 때문에, 할아버지는 내게 코란을 읽게 했다. 언젠가 나는, 엄마도 아빠도 없고 나를 증명해줄 서류 하나 없는데 어떻게 내 이름이 모하메드이고 아랍인인지 아느냐고 로자 아줌마에게 물어본 적이 있었다. 그녀는 매우 난처해하면서 나중에 내가 더 크고 힘이 세지면 설명해주겠다고, 아직 감수성이 예민한 어린 나에게 충격을 주고 싶지 않다고 했다.

그녀는 늘 어린아이들에게서 가장 조심스럽게 다뤄야 할 것이 바로 감수성이라고 했다. 그렇지만 나는 내 엄마가 몸으로 벌어먹고 사는 여자라고 해도 상관없었다. 엄마를 만나기만 했더라면 무조건 사랑했을 것이다. 내가 존경하는 은다 아메데 씨처럼 좋은 포주가 되어 엄마를 돌봐주었을 것이다. 로자 아줌마와 사는 것에도 꽤 만족하고 있었지만, 누군가 더 좋은 사람, 더 가까운 사람을 하나 더 가질 수 있었더라도 마다하지는 않았을 텐데. 빌어먹을, 진짜 엄마를 돌보게 되더라도 로자 아줌마를 버리지는 않았을 텐데 말이다. 은다 씨도 돌보고 있는 여자가 여러 명 아닌가.

　로자 아줌마가 내 이름이 모하메드이고 내가 회교도라는 사실을 아는 걸 보면, 내게도 부모가 있고 아무데서나 굴러온 아이는 아닌 모양이었다. 나는 엄마가 어디에 있으며 왜 나를 보러 오지 않는지 알고 싶었다. 그러나 내가 그런 것을 물을 때마다 로자 아줌마는 울음을 터뜨렸고 나더러 은혜를 모르는 녀석이라고 했다. 자기는 조금도 생각해주지 않고 다른 사람만 찾는다는 것이었다. 그러면 나는 그 얘기를 집어치우곤 했다. 몸을 팔아 먹고사는 여자가 제때에 위생적인 처리를 하지 못해서 애가 생기게 되면 그런 비밀스런 일이 일어나기 마련이라는 것쯤은 나도 알고 있었다. 그런 아이를 창녀의 자식이라고 부르는 것도. 하지만 로자 아줌마가 내가 모하메드이고 회교도라는 것을 확신하고 있다는 건 이상한 일이었다. 그녀가 설마 나를 기쁘게 해주려고 그런 말을 지어낸 것은 아니었을 테니까. 한번은 하밀 할아버지가 알제리의 수호신인 시디 압델라만의 생애에 대해 말해줄 때, 그것에 관해 물었다.

　하밀 할아버지는 알제리에서 온 사람이었다. 삼십 년 전 알제리에서 메카로 순례를 떠났었다. 알제리의 시디 압델라만은 할아버지가 아주 좋아하는 성인이다. 할아버지의 표현에 따르면 팔은 안으로 굽는다나. 그러나 할아버지는 또다른 알제리 성인인 시디 우알리 다다의 그림이 그려진 양탄자를 갖고 있었다. 시디 우알리 다다는 물고기가 짰다는 기도용 양탄자 위에 앉아 있다. 물고기가 허공에서 양탄자를 짰다는 것은 믿기 어려운 이야기지만, 종교라는 게 원래 다 그런 것이다.

"하밀 할아버지, 저를 증명할 만한 것이 아무것도 없는데 어떻게 제가 모하메드이고 회교도인지 알죠?"

하밀 할아버지는 신의 뜻이라고 말하고 싶을 때는 늘 그렇듯이 한 손을 들었다.

"로자 부인은 네가 아주 어렸을 때 너를 맡아 키웠단다. 하지만 출생증명서는 받지 못했어. 부인은 오래전부터 많은 아이들을 돌보아주었고, 또 떠나보냈지. 그런 직업에는 지켜야 할 비밀이란 게 있단다. 비밀을 지켜달라고 부탁하는 여자들이 있거든. 부인이 너를 맡을 때 모하메드라는 이름을 함께 받았단다. 그러니 당연히 회교도인 게지. 너를 맡기고 간 사람은 그후론 연락이 없구나. 모하메드, 너를 낳아준 사람이 있다는 유일한 증거는 너 자신뿐이란다. 하지만 너는 참 좋은 아이야. 네 아빠는 알제리 전쟁에서 죽었다고 생각하렴. 그건 훌륭한 일이란다. 독립의 영웅이지."

"하밀 할아버지, 나는 영웅 같은 것보다 그냥 아빠가 있었으면 좋겠어요. 아빠가 훌륭한 뚜쟁이여서 엄마를 잘 돌봐주면 좋을 텐데 말예요."

"그런 말 하면 못쓴다. 모하메드. 유고슬라비아나 코르시카 사람들도 생각해야지. 그들은 모든 것을 우리에게 떠넘기고 있어. 이 구역에서 아이를 키운다는 것은 참 힘든 일이구나."

그러나 하밀 할아버지는 내게 말하지 않은 무언가가 있는 듯했다. 할아버지는 정말 훌륭한 사람이었다. 만약 평생을 양탄자 행상으로 떠돌아다니지 않았더라면, 마그레브*의 다른 성인인 시디 우알리 다다처럼, 물고기들이 짠 하늘을 나는 양탄자에 앉아 있는 성인이 되었을 것이다.

"그런데 학교에서는 왜 나를 받아주지 않는 거예요, 할아버지? 로자 아줌마는 처음에는 내가 나이에 비해 너무 어려 보여서라고 하더니, 그다음에는 또 내가 조숙해서라고 하고, 또 그다음에는 내가 내 나이를 제대로 찾아먹지 못했다면서 나를 카츠 선생님에게 데려갔어요. 의사 선생님은 그저 내가 남다른 아이라서 나중에 시인이 될 거라고 말했고요."

하밀 할아버지는 매우 슬퍼 보였다. 눈을 보면 알 수 있었다.

사람들이 슬플 때는 눈에 그것이 나타나는 법이니까.

"모하메드야, 너는 감수성이 무척 예민한 아이구나. 그래서 다른 아이들과 뭔가 좀 다르게 보이지."

할아버지는 미소를 지었다.

"하지만 요즘 세상에 감수성 때문에 사람이 죽지는 않아."

우리는 아랍어로 대화했다. 아무래도 불어로는 의미가 그만큼 잘 통하지 않기 때문이었다.

"우리 아빠가 혹시 유명한 도둑이었나요? 사람들이 입에 담기조

---

* 리비아 · 튀니지 · 알제리 · 모로코 등 아프리카 북서부 일대의 총칭.

차 꺼릴 정도로 무서운?"

"천만에! 그렇지 않아, 모하메드. 그런 말은 전혀 들어본 적이 없다."

"그럼 어떤 말을 들어보셨는데요?"

할아버지는 눈을 내리깔고 한숨을 쉬었다.

"아무 말도."

"아무 말도요?"

"그래, 아무것도."

항상 그런 식이었다. 무조건 아무것도 모른다고만 한다.

공부를 끝내고 나서, 하밀 할아버지는 내가 좋아하는 니스 이야기를 해줬다. 할아버지가 거리에서 춤추는 광대며 마차 위에 앉아 있는 즐거운 거인 이야기를 할 때면, 나는 믿을 수 없을 만큼 마음이 편안해졌다. 나는 그곳에 있다는 미모사 숲이며 종려나무들을 무척 좋아했고, 너무 기뻐서 박수를 치는 것처럼 날개를 파닥인다는 흰 새들에 대한 이야기도 좋아했다. 어느 날 아침 나는 모세와 또다른 한 녀석을 설득해서 니스의 미모사 숲을 향해 걸어가기 시작했다. 그 숲에서 사냥을 해서 먹고살기로 결심한 것이다. 그런데 피갈 광장에 이르자, 갑자기 집에서 너무 멀리 떠나온 것 같아 더럭 겁이 났다. 우리는 그대로 되돌아오고 말았다. 그날 로자 아줌마는 돌아버리는 줄 알았다며 미친듯이 화를 냈지만, 그건 그녀가 늘 하는 소리다.

　카츠 선생님에게 진찰을 받고 로자 아줌마와 함께 집에 돌아오자, 내가 좋아하는 은다 아메데 씨가 와 있었다. 그는 여러분이 상상할 수 있는 최고의 멋쟁이고, 파리 시내 모든 흑인들 가운데 제일가는 포주며 뚱쟁이다. 그가 로자 아줌마 집을 찾은 것은 자기 가족에게 보낼 편지를 부탁하기 위해서였다. 그는 자신이 글을 쓸 줄 모른다는 것을 다른 사람들이 모르게 하고 싶어했다.

　그는 만져보고 싶은 욕구를 일으키는 핑크색 실크 양복을 입고, 역시 핑크색 셔츠에 핑크색 모자를 썼다. 넥타이까지 핑크색이었으니 사람들의 이목을 끄는 것은 당연했다. 아메데 씨는 아프리카에 있는 나라들 중 하나인 나이지리아 출신으로, 자수성가한 사람이었다. 그는 멋진 양복을 빼입고 손가락마다 다이아 반지를 끼고는 입버릇처럼 "난 자수성가한 사람이라구"라고 말하곤 했다. 그가 센 강에 빠져 죽었을 때, 사람들은 손가락마다 끼어 있는 다이아 반지를 빼내기 위해 그의 손가락을 잘라냈다. 끔찍한 일이긴 하지만 계산은 계산이니까. 혹시 나중에 충격받을까봐 미리 말해두는 것이다. 그는 생전에 피갈 거리에서 제일 목이 좋은 곳을 이십오 미터가량 차지하고 있었고, 미용실에서 손질한 손톱도 핑크색

이었다. 그러고 보니 조끼도 입고 다녔던 것 같다. 그는 항상 자신의 턱수염을 마치 애무하듯이 아주 부드럽게 손가락 끝으로 어루만지곤 했다. 그리고 언제나 로자 아줌마에게 선물로 먹을 것을 가져왔는데, 아줌마는 더 뚱뚱해질 것이 걱정되어 차라리 향수나 가져왔으면 하고 바랐다. 아주 나중 말고는 아줌마에게서 나쁜 냄새가 난 적은 없었다. 로자 아줌마에게 줄 선물로는 향수가 최고였다. 그녀는 수많은 향수병들을 가지고 있었다. 하지만 나는 왜 송아지 고기 요리에 파슬리를 얹어놓듯이 양쪽 귀 뒤에 향수를 뿌려대는지 도무지 알 수가 없었다.

내가 지금 말하고 있는 이 흑인, 즉 은다 아메데 씨는 글을 몰랐다. 그는 너무 일찍 유명해져서 학교에 다닐 수가 없었던 것이다. 여기서 새삼 내가 그의 인생역정을 들추어낼 필요는 없을 것이다. 하지만 흑인들은 고생을 많이 했기 때문에 가능한 한 그들을 이해해주어야 한다. 어쨌든 은다 아메데 씨는 나이지리아에 있는 부모의 이름자만 겨우 쓸 줄 알았기 때문에 편지를 보내려면 로자 아줌마의 힘을 빌려야 했다. 그곳은 혁명이 일어나 새 정부가 들어서기 전까지는 인종차별이 극심한 곳이었다. 나는 인종차별에 관해서 별 불편이 없으니 뭐 딱히 바라거나 기대할 것도 없다. 하지만 흑인들에게는 다른 불편한 점이 있는 것 같다. 집에 아이들이 많을 때는 로자 아줌마의 방에서도 잤지만, 서너 명 정도일 때는 우리 아이들끼리 자는 침대가 있었다. 은다 아메데 씨가 오면 늘 그 침대에 앉곤 했다. 어떤 때는 침대에 한쪽 발을 올려놓고 선 채로 로자 아줌마에게 편지에 쓸 내용을 설명하기도 했다. 은다 아메데 씨는 말할 때 손짓발짓을 해가며 흥분하다가 마침내는 분통을 터뜨리곤 했는데, 정말로 화가 나서라기보다는 부모에게 하고 싶은 말은 너무 많은데 표현력이 부족하여 그것을 어떻게 할 수 없기 때문이었다. 너무나 신나는 소식들이 가슴속에서 부글거리는 통에, 언제나 '사랑하며 존경하는 아버님께'로 시작하지만 끝에 가서는 마구 흥분하다가 결국에는 화를 내고 마는 것이었다. 마음은 한마디 한마디 모두 다 금과 다이아몬드로 장식하고 싶은데 능력이 따라주지 않았던 것이다. 로자 아줌마가 써주는 편지에서 그는 공공사업의 기획자가 되기 위해 독학을 했고, 댐을 건설하기도 하고, 조국에 봉사하기 위해 노력하는 사람이기도 했다. 아줌마가 편지를 읽어주면 그는 너무나 즐거워했다.

로자 아줌마의 편지 속에서 그는 다리를 건설하고 도로를 놓는 등 뭐든지 할 수 있는 사람이었다. 아줌마는 편지를 읽어주면서 은다 아메데 씨가 행복해하는 모습을 보고 무척 좋아했고, 아메데 씨는 그 내용이 더 진실이 될 수 있도록 편지봉투 속에 돈도 넉넉히 넣었다. 그는 샹젤리제 거리에서 산 핑크색 양복을 걸친 채 황홀해하며 편지 내용에 귀를 기울였다. 그럴 때 보면 그는 정말 믿음으로 가득찬 눈빛을 하고 있었는데, 로자 아줌마는 아프리카 흑인들 중에는 그런 눈빛을 가진 사람들이 많다고 했다. 진정한 신자란 하밀 할아버지처럼 신을 믿는 사람이다. 하밀 할아버지는 나에게 항상 신에 대해 이야기해주었고, 그런 것들이 어릴 때 배워야 할 것들이라고 설명해주면서 사람은 무엇이든 배울 능력이 있다고 말했다.

은다 아메데 씨는 넥타이에서도 다이아몬드가 번쩍였다. 다른 사람들은 그것이 가짜라고 했지만, 로자 아줌마는 진짜라고 확신하고 있었다. 사람들이 가짜라고 말하는 건 그들은 늘 의심하기 때문이라고 했다. 로자 아줌마의 외할아버지가 다이아몬드 상인이었기 때문에, 그녀는 진짜 다이아몬드를 가려낼 수 있다고 했다. 은다 아메데 씨의 얼굴도 넥타이 위에서 번쩍였다. 물론 그 둘이 번쩍이는 이유는 각기 달랐다. 로자 아줌마는 아프리카에 있는 아메데 씨의 부모에게 보낸 직전 편지에 뭐라고 썼는지 기억하지 못했지만, 별 대수로운 일은 아니었다. 그녀는 사람이 가진 것이 없으면 없을수록 점점 더 믿고 싶어한다고 말했다. 더구나 은다 아메데 씨는 그런 사소한 일에는 신경을 쓰지 않았으며, 그의 부모가 행복하기만 하다면 그 외의 것은 아무래도 상관이 없었다. 이따금 그는 자기 부모에게 보내는 편지를 쓰는 중이라는 것도 잊은 채, 과거에 자기가 어떠했는지 그리고 앞으로의 계획은 무엇인지 죄다 이야기하곤 했다.

나는 그렇게 자신만만한 사람은 본 적이 없었다. 그는 자신이 왕이며 만인이 자기를 존경한다고 떠벌렸다. 그랬다, 그는 정말로 "나는 왕이다!"라고 외쳤고, 로자 아줌마는 다리나 댐 건설 등등과 함께 그 이야기까지 편지에 썼다. 나중에 아줌마는 은다 아메데 씨는 완전히 '미추게'라고 내게 말했는데, 그것은 유태인 말로 미치광이라는 뜻이었다. 그녀는 그가 위험천만한 미치광이이기 때문에 나중에 큰일을 저지르지 않게 하려면 하고 싶은 대로 하게 내버려둬야 한다고 말했다. 그는 이미 사람도 몇 죽인 것 같았는데, 그건 흑인들끼리의 일인데다가 모르긴 해도 신원조차 확실치 않은 사람들이었을 것이다. 가령 미국 흑인들처럼 프랑스 국적이 없는 사람들 말이다. 경찰은 신원이 확실한 사람들의 일만 취급하니까 별문제가 없었던 것 같다. 언젠가는 알제리인들인지 코르시카인들인지 모를 사람들과 치고받고 싸우는 바람에, 로자 아줌마는 그의 부모에게 누가 봐도 유쾌할 수 없는 편지를 쓸 수밖에 없었다. 포주가 여느 평범한 사람들처럼 아무 문제 없이 지낸다고 생각해서는 안 된다.

64

　은다 아메데 씨는 자신이 위험하다는 생각이 들었는지 항상 경
호원 두 명을 거느리고 다녔다. 이 경호원이란 작자들은 어찌나 험
악하고 무섭게 생겼던지, 고해성사 따윈 생략하고 얼른 하느님에
게 던져주고 싶은 몰골이었고, 권투선수였다는 보로라는 사람은
하도 얻어맞아서 입은 비뚤어지고 한쪽 눈은 푹 꺼져 있는데다 코
는 뭉그러져 있었다. 한쪽 눈을 얻어맞을 때 다른 쪽 눈이 튀어나
왔는지 다른 눈 한쪽도 제자리에 붙어 있지 않았고, 심판이 싸움을
중단시킬 적마다 눈두덩에서 뽑혀나갔는지 눈썹도 없었다. 어쨌거
나 주먹이 셌고, 주먹뿐 아니라 쉽사리 찾아볼 수 없는 힘센 팔의

소유자였다. 로자 아줌마는 사람은 꿈을 많이 꿔야 빨리 자란다고 했는데, 보로라는 사람의 주먹이 그렇게 큰 걸 보면, 그의 주먹은 쉴새없이 꿈을 꾸었나보다.

다른 경호원은 얼굴이 멀쩡했지만 그래도 무서웠다. 나는 수시로 표정이 변하고 사방을 두리번거리는가 하면 매번 말을 바꾸는 그런 사람을 좋아하지 않는다. 그런 사람은 위선자라고 들었다. 물론 그 사람에게도 나름대로 사연이야 있을 것이고 누구나 자신을 감추고 싶어하는 법이지만, 이 사람의 얼굴은 너무나 위선적이라 그가 감추려는 것이 무엇일까를 생각만 해도 머리털이 곤두섰다. 내가 무슨 말을 하려는지 아시는지? 게다가 그는 내게 항상 미소를 보냈다. 흑인들이 빵에 어린아이 고기를 끼워 먹는다는 얘기 역시 오를레앙의 헛소문이라고는 하지만, 나는 항상 내가 그의 식욕을 돋우어주고 있다는 느낌이 들었다. 아무튼 그들은 예전에 아프리카에서는 식인종이었고, 그런 습성이 완전히 사라지지는 않았을 것 같았다. 내가 그의 옆을 지날 때면, 그는 나를 붙잡아 자기 무릎에 앉히고는 자기에게도 내 또래의 아들이 있는데, 내가 그렇게도 갖고 싶어하는 카우보이 장난감 세트를 아들에게 선물했다고 말했다. 정말 치사하고 더러워서. 찾으려고 하면 누구에게나 좋은 점이 있듯이 그에게도 그런 점이 없진 않았겠지만, 이리저리 굴리는 그의 눈만 보아도 기분이 더러워졌다. 그도 그것을 눈치챘는지 한번은 나에게 피스타치오를 가져다주는 것이었다. 위선자 같으니라구. 피스타치오는 정말 아무것도 아니었다. 기껏해야 일 프랑밖에

안 했다. 그는 그깟 피스타치오 몇 알로 나하고 친구가 될 수 있다고 믿은 모양인데, 그건 엄청난 착각이었다. 내 말을 믿어주기 바란다. 내가 이렇게 구체적으로까지 이야기하는 것은, 내 뜻과 무관하게도 이런 상황 속에서 내가 또 한번 격렬한 발작을 일으켰기 때문이다.

은다 아메데 씨는 일요일마다 편지 대필을 부탁하러 오곤 했다. 일요일에는 몸 파는 여자들도 일을 하지 않는데, 그것은 성탄절이나 정초에 전투를 중단하는 전통과 같은 것이다. 맡긴 아이를 만나러 오는 여자들도 한둘 있었다. 그 여자들은 아이를 데리고 공원으로 바람을 쐬러 가든가 외식을 나갔다. 장담하건대, 몸 파는 여자들도 때로는 세상에서 가장 좋은 엄마가 될 수 있다. 손님들보다도 만날 기회는 드물지만, 아이들은 그녀들에게 미래에 대한 희망을 주기 때문이다. 물론 애를 맡겨놓고는 소식 한 장 없이 사라져버리는 여자들도 있었다. 그러나 그런 여자들은 죽었을 수도 있고, 또 구구절절한 사연이 있을지도 모른다. 어떤 여자들은 가능한 한 오래 아이와 함께 있으려고 다음날 일을 시작하기 직전까지 같이 있다가 정오가 다 되어서야 데려오기도 했다. 그렇기 때문에 일요일에 집에 남아 있는 아이들은 붙박이 족속들뿐이었다. 나와 바나니아가 그랬는데, 그애는 일 년 전부터 송금이 딱 끊겼지만 전혀 아랑곳하지 않고 자기 집처럼 잘 지내고 있었다. 모세도 우리와 마찬가지 신세였지만, 한 유태인 가정에서 그애를 입양하기 위한 준비가 한창이었다. 양부모가 될 사람들은 모세에게 유전병이 없는

지를 확인하고 싶어했다. 삼가 말하건대 나중에 곤란을 겪지 않으
려면, 아이를 데려다가 정이 들기 전에 그런 문제를 확실하게 해두
는 게 당연하다. 카츠 선생님이 확인서를 떼주었지만, 양부모는 더
확실히 하고 싶었던 모양이다. 그 무렵 바나니아는 훨씬 더 신바람
이 나 있었는데, 그건 그때 막 자기에게 고추가 있다는 것을 처음
으로 발견했기 때문이다. 나는 도무지 뭐가 뭔지 모를 것들을 배우
고 있었다. 하밀 할아버지는 내게 손수 그것들을 적어주었다. 중요
한 것들은 아니었지만 나는 그것들을 지금도 암송할 수 있다. 할
아버지가 이 사실을 아시면 무척 기뻐하실 텐데. "엘리 하브 알라
라 이브리 기루 수반 아드 다임 라 이아줄." 신을 사랑하는 사람은
신 외에는 아무도 원하지 않는다는 뜻이다. 나는 원하는 게 많았지
만, 하밀 할아버지는 내게 우리 종교에 관한 공부를 시킨 것이다.
하밀 할아버지 자신처럼 내가 죽을 때까지 프랑스에서 살게 되더
라도, 내게 조국이 있다는 것을 알고 기억하는 것이 기억할 조국조
차 없는 것보다는 훨씬 낫기 때문이었다. 나의 조국은 아마도 알제
리나 모로코 같은 곳일 거다. 비록 서류상으로는 내가 아무 곳에도
존재하지 않지만 로자 아줌마가 내게 조국이 있다고 확신했으니까
어딘가 있기는 있을 것이다. 아줌마가 자기 기분 내키는 대로 나
를 아랍인으로 키우는 것은 아닐 테니까. 그녀는 또, 어쩌면 그건
별로 중요하지 않은 문제라고도 했는데, 사람이 돈 한푼 없이 궁지
에 빠지면 너 나 할 것 없이 다 똑같아지기 때문이라고 했다. 아랍
인들과 유태인들이 서로 싸운다고 해서 그들이 유별나다고 생각해

69

서는 안 되며, 오히려 그들에게 동포애가 있기 때문에 그러는 거라고 했다. 그렇지만 유태인과 독일인들과의 관계만은 좀 다르다고 했다. 참, 내가 아직 말하지 않은 사실이 있다. 로자 아줌마는 침대 밑에 히틀러의 대형 사진을 두고 자신이 불행하다고 느껴지거나 어떤 성인에게 의지해야 좋을지 모를 때면 그 초상화를 꺼내서 들여다보았는데, 그러면 큰 걱정거리 하나는 덜었다 싶은 생각에 기분이 한결 나아지고 근심 걱정까지 금세 잊을 수가 있다고 했다.

유태인으로서의 로자 아줌마에 대해 말하자면, 그녀는 성녀였다. 물론 아줌마는 우리에게 항상 가장 싼 것만 먹이고, 라마단*이라는 끔찍한 것으로 나를 지겹게 했지만 말이다. 이십 일 동안이나 먹지 않고 지내야 하다니, 한번 상상해보라. 로자 아줌마는 그것이 하늘이 내린 은총이라며 라마단이 돌아오면 언제나 의기양양해했다. 라마단 기간에는 그녀가 요리한 찐 생선을 나는 먹을 수가 없는 것이다. 그녀는 심술궂게도 남의 신앙을 애써 지키게 하고는 정작 자신은 햄을 먹었다. 내가 그녀에게 햄을 먹으면 안 된다고 하면, 그녀는 허리가 끊어져라 웃어젖히고는 그뿐이었다. 나는 그녀가 라마단 때마다 의기양양하게 나를 굶기는 것을 막을 길이 없었다. 그래서 라마단이 돌아오면 내가 회교도라는 것을 모르는 동네로 가서 식료품 가게 진열대의 음식을 훔쳐먹는 수밖에 없었다.

---

* 회교력 9월에 지켜야 할 종교율. 이동안에는 해가 뜰 때부터 질 때까지 금식을 해야 한다.

어느 일요일, 로자 아줌마는 아침나절 내내 울고 있었다. 그녀는 때때로 아무런 이유도 없이 하루종일 울기도 했다. 그럴 때는 실컷 울도록 내버려둬야 했다. 아줌마에게는 그 시간이 가장 행복한 시간이었기 때문이다. 그러고 보니 그날 아침 베트남 꼬마가 볼기를 맞은 게 기억이 난다. 초인종 소리만 나면 침대 밑으로 숨는 버릇 때문이었다. 그 아이는 아무도 돌볼 사람이 없게 된 세 살 때부터 무려 스무 집이나 전전했기 때문에 이미 지칠 대로 지친 상태였다. 그애가 지금 어떻게 살고 있는지는 잘 모르지만 언젠가 한번 보러 갈 참이다. 로자 아줌마네 집에서 초인종 소리는 누구에게도 반가운 소리가 아니었다. 언제 빈민구제소에서 조사를 나올지 몰라 모두들 전전긍긍하고 있었기 때문이다. 로자 아줌마는 필요한 위조 서류는 모두 준비해놓고 있었을 뿐 아니라, 수용소에서 살아 돌아온 이후로 그런 일에만 전념하고 있는 유태인 남자와 긴밀히 정보를 주고받고 있었다. 내가 이미 말한 적이 있는지 잘 모르겠는데, 아줌마는 경찰서장의 보호도 받고 있었다. 서장이 어렸을 때 그의 엄마가 미용사를 한다고 지방에 내려가 있었는데 그때 로자 아줌마가 서장을 키웠다고 했다. 그러나 세상에는 언제나 질시하는 사람들이 있기 마련이므로 로자 아줌마는 밀고당할까봐 늘 불안해했다. 그녀는 아침 여섯시에 초인종 소리에 잠을 깨어 경륜장으로 끌려갔다가 그길로 독일의 유태인 수용소로 보내진 경험이 있었던 것이다. 다시 그 일요일 아침 이야기를 해야겠다. 그날 아침은 은다 아메데 씨가 경호원 둘을 거느리고 편지 대필을 부탁하러 온 날이기도 했다. 경호원 중 한 명이 너무나 위선자 같은 태도를 보여서 모두들 밥맛없어했다. 내가 왜 그렇게 그에게 혐오감을 느꼈는지는 모르겠지만, 아마도 내가 아홉 살이나 열 살쯤이었기 때문이거나 나도 다른 사람들처럼 미워할 누군가가 필요했기 때문인 것 같기도 하다. 은다 아메데 씨는 침대에 한쪽 발을 얹어놓고 입에는 굵은 시가를 물고 있었는데, 아무데나 담뱃재를 떨어대면서 편지에 쓸 내용을 지껄여댔다. 그는 머지않아 나이지리아로 돌아가서 부와 명예를 누리면서 살게 될 것이라고 쓰게 했다. 지금 생각해보면 그는 정말로 그렇게 되리라고 믿었던 것 같다. 내가 경험한 바로는, 사람이란 자기가 한 말을 스스로 믿게 되고, 또 살아가는 데는 그런 것이 필요한 것 같다. 철학자 흉내를 내느라고 이렇게 말하는 것이 아니다. 정말로 그렇게 생각하기 때문에 하는 말이다.

앞에서 분명히 말하지 않은 게 있는데, 창녀의 아들인 그 경찰서장은 모든 것을 다 알면서도 눈감아주는 것 같았다. 그는 이따금 로자 아줌마가 자신의 비밀에 대해 입을 다무는 조건으로, 그녀를 껴안으려 들기까지 했다. 하밀 할아버지가 늘 말하던 대로 끝이 좋으면 다 좋은 거라는 거다. 그냥 웃자고 하는 얘기다.

은다 아메데 씨가 편지 내용을 불러주는 동안, 왼쪽 경호원은 소파에 앉아서 손톱을 다듬고 있었고, 다른 한 사람은 멍하니 앉아 있었다. 오줌을 누러 나가려는데 내가 좀 전에 말한 그 작자가 나를 붙잡아 자기 무릎에 앉혔다. 그는 나를 바라보며 빙그레 웃더니 모자를 뒤로 젖히고 말했다.

"널 보니 우리 아들 생각이 나는구나, 모모야. 방학이라서 엄마와 함께 니스 해변엘 갔는데, 내일 돌아오지. 녀석의 생일이거든. 생일 선물로 자전거를 사줄까 하는데, 우리 아들녀석하고 놀고 싶으면 우리집에 오도록 해라."

그때 내가 어떤 기분이었는지는 모르겠다. 엄마도 아빠도 자전거도 없이 지낸 지 벌써 몇 년째인데, 이제 와서 이 작자가 나를 못 견디게 만들다니. 여러분은 내 말을 이해할 것이다. 좋다, '인샬라(신의 뜻대로)'. 하지만 이건 진심이 아니다. 단지 내가 훌륭한 회교도이기 때문에 이렇게 말하는 것뿐이다. 하여튼 그 사건이 내 감정을 건드렸고, 나는 어떤 끔찍한 폭력적인 감정에 사로잡혔다. 그런 감정은 내 속에서 치밀어오른 것이었고, 그래서 더욱 위험했다. 발길로 엉덩이를 차인다든가 하는 밖으로부터의 폭력은 도망가버리면 그만이다. 그러나 안에서 생기는 폭력은 피할 길이 없다. 그럴 때면 나는 무작정 뛰쳐나가 그대로 사라져버리고만 싶어진다. 마치 내 속에 다른 녀석이 살고 있는 것 같았다. 나는 그런 생각에서 벗어나기 위해 울부짖고 땅바닥에 뒹굴고 벽에 머리를 찧었다. 그러나 소용없었다. 그 녀석이 다리를 가지고 있는 건 아니니까. 아무도 마음속에 다리 따위를 가지고 있지는 않으니까. 그래도 이렇게 얘기하고 나니까 기분이 좀 나아진다. 그 녀석이 조금은 밖으로 나가버린 기분이다. 여러분은 내 말을 이해하는지?

아무튼 내가 지쳐 나자빠져 있을 때 그 사람들은 가버렸고, 로자 아줌마는 당장에 나를 카츠 선생님에게 데려갔다. 그녀는 파랗게 질려서 나에게 유전병이 있는 게 분명하고, 자는 동안 자기를 칼로 찔러 죽일지도 모른다고 횡설수설했다. 로자 아줌마는 왜 항상 자는 동안 누가 자길 죽일까봐 무서워했던 것일까. 마치 그 생각에 밤잠을 잘 이루지 못하는 것처럼 말이다. 선생님은 화가 머리끝까지 나서 아줌마에게 버럭 소리를 질렀다. 양처럼 순한 아이를 두고 그런 말을 하다니 부끄러운 줄 알라고. 그는 아줌마에게 서랍 안에 있던 신경안정제를 꺼내 처방해주었고 우리는 나란히 손을 잡고 집으로 돌아왔다. 로자 아줌마는 아무것도 아닌 일로 호들갑을 떨고 나서 나한테 괜히 미안해하는 눈치였다. 하지만 그녀를 이해해야 한다. 왜냐하면 이제 목숨은 그녀에게 남아 있는 전부였기 때문이다. 사람들은 무엇보다도 목숨을 소중히 생각한다. 하지만 세상에 있는 온갖 아름다운 것들을 생각해볼 때 그건 참으로 우스운 일이다.

집에 돌아오자 아줌마는 신경안정제를 입에 털어넣고는, 저녁 내내 행복한 미소를 지으며 앞만 쳐다보고 있었다. 신경안정제를 먹으면 멍해지기 때문이다. 그녀가 그것을 내게 주는 일은 절대로 없었다. 그것만 보아도 그녀는 좋은 사람이었다. 당장이라도 그런 예를 들 수 있다. 쉬르쿠프 거리에서 창녀의 아이들을 돌보는 소피 부인이나, 백작의 미망인이라서 백작 부인으로 불리는 어떤 여자 는 하루에 열 명까지도 돌봤는데, 그 여자들은 우선 아이들에게 신 경안정제를 먹인다는 것이다. 로자 아줌마는 믿을 만한 소식통으 로부터 그 얘기를 들었다고 했다. 트뤼앙드리에서 일하던 아프리 카계 포르투갈 여자가 백작 부인의 집에 아들을 찾으러 갔는데 아 이가 약에 취해 제대로 일어서지도 못하고 자꾸 쓰러지더라는 것 이다. 일으켜세우면 쓰러지고 일으켜세우면 쓰러지고 하는 통에 몇 시간 동안이나 그렇게 씨름을 했다고 한다. 로자 아줌마의 경우 는 정반대였다. 흥분할 일이 생긴다거나 아이들 중 누군가가 아주 고약하게 굴면—그런 경우는 늘 있기 마련이다—아줌마 자신이 신경안정제를 잔뜩 털어넣는 것이었다. 그러면 우리가 아무리 소 리를 지르고 치고받고 난리를 쳐도 그녀는 아무렇지도 않았다. 그

때부터는 내가 질서를 잡아야 했는데, 나는 우쭐한 기분이 들어서 그 역할을 기꺼이 떠맡았다. 로자 아줌마는 방 한가운데에 놓인 소파에 앉아 있었다. 털실로 짠 개구리 속에 담긴 작은 주전자를 배 위에 올려놓고, 고개를 약간 숙인 채 사람 좋은 미소를 하고 우리를 바라보다가, 이따금씩 우리가 지나가는 기차인 양 손을 흔들어 보였다. 그럴 때는 아줌마에게 아무것도 기대할 수 없었다. 아이들이 커튼에 불을 붙이지 못하게 막는 것도 내 몫이었다. 어릴 때에는 제일 먼저 불을 붙이고 싶어지는 것이 바로 커튼이기 때문이다.

약을 먹은 로자 아줌마를 움직이게 만들 수 있는 방법이 한 가지 있기는 했다. 초인종 소리였다. 그녀는 독일인들을 아주 무서워했다. 그건 이미 아주 오래된 이야기고 각종 신문에도 다 나왔던 얘기니까 내가 여기서 자세히 말할 필요는 없을 것 같다. 하지만 로자 아줌마는 아직도 그 기억에서 벗어나지 못하고 있었다. 그녀는 여전히 그 일이 계속되고 있다고 믿는 것 같았다. 특히 한밤중엔 더욱 그랬다. 아줌마는 기억 속에서 사는 사람이었다. 그런 일이 모두 끝나서 땅속에 묻혀버린 지금까지 그런 생각에 사로잡혀 있는 게 바보 같은 일이라고 생각하겠지만, 유태인들은 끈질기다. 특히 몰살당한 사람들은 더욱 끈질겨서 자꾸 망령으로 되살아나는 것이다. 아줌마가 종종 나치의 친위대원에 대해 말해줄 때마다, 나는 내가 너무 늦게 태어나서, 나치 친위대원들에 대한 이런저런 일들을 알지 못하게 된 것이 유감스러웠다. 좀더 일찍 태어났더라면 적어도 왜들 그랬는지 그 이유라도 알 수 있었을 텐데. 그러나 이제는 알 수가 없다.

　로자 아줌마가 초인종 소리에 놀라서 허둥대는 모습은 정말로 볼만했다. 그중에서도 제일로 재밌는 모습은 이른 아침 막 동틀 무렵이 최고였다. 독일인들은 일찍 일어나고, 하루 중 새벽녘에 활동하는 것을 제일 좋아하기 때문이다. 우리 중 하나가 일찍 일어나서 복도로 나가 초인종을 누른다. 아주 오랫동안. 곧바로 효과를 볼 수 있게 말이다. 우리가 배꼽을 잡고 얼마나 웃었던지, 보지 않고는 모른다. 로자 아줌마는 그 당시 몸무게가 구십오 킬로 정도였는데, 그 큰 몸집이 미친 사람처럼 침대에서 튕겨나와 순식간에 반층 정도 층계를 구르고는 멈춰 서는 것이었다. 우리는 잠자리에 누워서 자는 척했다. 나치가 온 게 아니란 걸 알고 나면 아줌마는 미친 듯이 화를 내며 우리에게 갈보 새끼들이라고 욕설을 퍼부었다. 맨정신에는 우리에게 절대 하지 않는 욕이었다. 그녀는 듬성듬성 숱이 빠진 머리카락에 헤어롤을 매단 채 너무 놀라 초점을 잃어버린 멍한 눈으로 한동안 움직이지 않았다. 아마도 자기가 꿈을 꾼 건 아닌가, 초인종은 울리지도 않았고 밖에서는 아무 소리도 나지 않았던 건 아닌가, 생각하는 것 같았다. 그러나 거의 매번 우리 중 누군가가 웃음을 터뜨리는 바람에 들통이 나고 말았다. 그러면 그때서야 아줌마는 자기가 놀림거리가 된 것을 알고 분통을 터뜨리며 울기 시작했다. 유태인들도 다른 사람들과 똑같은 사람들이라고 생각한다. 그 때문에 그들을 비난해서는 안 될 것이다.

　사실 초인종 사건은 굳이 우리가 꼭두새벽부터 일어나 초인종을 누르지 않아도, 로자 아줌마 혼자서도 자주 일으키곤 했다. 그녀는 느닷없이 벌떡 일어나 그 큰 엉덩이를 쳐들고 무언가에 귀를 기울이다가, 별안간 침대에서 튕겨나와서는 자기가 좋아하는 보라색 숄을 두르고 밖으로 달려나갔다. 문 앞에 누가 있는지 살펴볼 틈도 없었다. 초인종 소리는 아줌마의 머릿속에서 계속 울려대고 있었던 것이다. 그게 제일 큰 문제였다. 이따금 그녀는 몇 계단 또는 한 층을 넘어질 듯이 달려내려가고, 또 어떤 때는 지하실까지 달려내려갔다. 영광스럽게도 나는 그곳을 처음으로 본 사람이다.

처음에 나는 아줌마가 지하실에 보물을 숨겨두고는 도둑이라도 들까봐 잠을 설쳐가며 불안해하는 줄만 알았다. 사실 내 꿈이 바로 아무도 모르는 곳에 보물을 숨겨두고 필요할 때만 찾다가 쓰는 것이었다. 보물이란 내가 가진 것 중에 가장 좋은 것을 안전하게 잘 숨겨놓은 것일 테니까. 나는 로자 아줌마가 열쇠를 어디에 두는지 알아둔 다음 몰래 그곳으로 내려가본 적이 있었다. 보물은 없었다. 지하실엔 가구들, 변기통, 정어리 통조림들, 양초들, 그리고 그곳에서 지낼 때 필요할 잡동사니들이 수북이 쌓여 있었다. 촛불을 켜고 샅샅이 살펴보았지만, 이빨처럼 돌 모서리가 삐죽삐죽 드러난 벽들뿐이었다. 바로 그때였다. 갑작스런 인기척에 나는 소스라치게 놀랐다. 로자 아줌마였다. 그녀가 문턱에 서서 나를 바라보고 있었다. 그런데 뜻밖에도 험상궂은 표정이 아니라 오히려 죄지은 사람처럼 용서를 구하는 표정이었다.

"아무에게도 말해서는 안 된다, 모모야. 열쇠를 이리 주렴."

그녀는 손을 뻗쳐 내게서 열쇠를 가져갔다.

"로자 아줌마, 여긴 도대체 뭐하는 곳이에요? 왜 한밤중에 이곳에 내려오세요? 왜 그러는 거죠?"

그녀는 안경을 고쳐쓰면서 미소지었다.

"이곳은 내 별장이야, 모모야. 자, 가자."

그녀는 입으로 촛불을 불어 끄고는 내 손을 잡고 층계를 올라갔다. 집에 들어온 그녀는 소파에 앉아서 가슴에 손을 얹고 숨을 골랐다. 도중에 죽지 않고 칠층까지 올라온 것만도 다행이었다.

"아무에게도 말하지 않겠다고 맹세해라, 모모야."

"맹세해요."

"카이렘?"

유태어로 맹세한다는 뜻이었다.

"카이렘."

그러고 나서 아줌마는 마치 아주 먼 과거와 미래를 바라보는 듯 내 머리 위로 시선을 던진 채 중얼거렸다.

"모모야, 그곳은 내 유태인 둥지야."

"알았어요."

"이해하겠니?"

"아뇨. 하지만 상관없어요. 그런 일엔 익숙해졌으니까."

"그곳은 내가 무서울 때 숨는 곳이야."

"뭐가 무서운데요?"

"무서워하는 데에 꼭 이유가 있어야 하는 건 아니란다."

나는 그 말을 결코 잊은 적이 없다. 왜냐하면 내가 지금까지 들어본 말 중에 가장 진실된 말이기 때문이다.

나는 종종 카츠 선생님의 병원 대기실에 가서 앉아 있곤 했다. 로자 아줌마가 그 의사는 좋은 일을 많이 하는 사람이라고 늘 말했기 때문인데, 정말로 내가 그런 느낌을 받은 적은 없었다. 어쩌면 내가 거기에 충분히 오랫동안 앉아 있지 않아서인지도 모른다. 세상에는 좋은 일을 하는 사람들이 많이 있다는 건 나도 잘 알고 있다. 하지만 그들이 항상 그렇게 하는 것은 아니니까 때를 잘 맞춰서 지켜보아야 한다. 기적이란 없다.

　카츠 선생님은 처음에는 내게 와서 어디가 아프냐고 묻곤 했지만 나중에는 그냥 조용히 앉아 있게 내버려두었다. 치과의사들도 대기실을 가지고 있었지만, 그들은 치아만 고쳐준다. 로자 아줌마는 카츠 선생님이 일반진료를 하기 때문에 그의 병원 대기실에는 온갖 사람이 다 있다고 말했다. 어딜 가나 그렇듯이 유태인은 물론이고, 아랍인이라고 말하기 싫어서 북아프리카인이라고 말하는 사람과 흑인 등 온갖 질병이 북적거렸다. 성병환자들이 꽤 많았는데, 사회보장제도의 혜택을 받으려고 프랑스에 오기 전에 이미 성병에 걸린 이민 노동자들이었다. 성병은 법정전염병이 아니었으므로 카츠 선생님은 그들을 치료해주었다. 하지만 디프테리아나 성홍열,

천연두, 그 밖의 전염병들은 병원으로 끌고 와서는 안 됐다. 그것들은 자기 집에서 치료를 해야 하는 병이었다. 그런데 부모들은 아이들이 어떤 병에 걸렸는지 모르고 병원에 데려오기 일쑤였다. 그 바람에 나도 거기에서 유행성감기와 백일해에 감염된 적이 있지만 나는 여전히 그곳에 갔다. 대기실에 앉아서 무언가를 기다리는 것이 좋았다. 진료실 문이 열리고 하얀 가운을 입은 카츠 선생님이 나와서 내 머리를 쓰다듬어주면 기분이 좋아졌다. 의학은 바로 이런 때 소용 있는 것이다.

로자 아줌마는 내 건강 때문에 걱정이 많았다. 아줌마는 내가 사춘기에 접어들었다고 했는데, 그녀가 인류의 적이라고 부르는 것이 내 몸에서 하루에도 몇 차례씩 커지곤 했다. 그다음으로 그녀의 큰 걱정거리는 세상의 이모, 고모, 삼촌들이었다. 교통사고로 부모가 다 죽었는데 아이는 맡기 싫고, 그러면서도 동네 사람들이 몰인정하다고 비난할까봐 고아원에도 못 보내는 사람들 말이다. 그런 이모, 고모, 삼촌들이 아줌마의 집에 데려오는 아이들은 넋이 나가 있는 경우가 많았다. 로자 아줌마는 그런 아이들을 '넋빠진 애'라고 불렀는데, 말 그대로 그애들은 정말 얼이 빠져 있었다. 그러니까 그런 아이들은 살아가는 데 필요한 어떤 것도 알고 싶어하지 않고 그저 옛날 사람 같아지는 것이다. 아이에게 일어날 수 있는 최악의 상태인 셈이다.

누군가가 며칠 혹은 주말에 아이를 봐달라고 데려오면, 로자 아줌마는 우선 여러 가지 방법으로 아이를 시험했다. 특히 아이가 놀라서 얼이 빠진 건 아닌가를 살폈다. 그녀는 아이의 반응을 보기 위해 얼굴을 찡그려 보이거나, 손가락마다 꼭두각시 인형이 달린 장갑을 끼고 흔들어 보였다. 정상적인 아이라면 당장 웃음을 터뜨리지만, 넋이 나간 아이들은 아무 반응도 보이지 않는다. 그 아이들은 마치 이 세상 사람이 아닌 것처럼 보이는데, 그래서 옛날 사람 같다는 것이다. 로자 아줌마는 그런 아이는 받아주지 않았다. 그런 아이는 잠시도 눈을 떼지 않고 보살펴야 하는데 그럴 만한 여력이 없었기 때문이다. 한번은 구트 도르라는 곳에서 몸을 팔던 한 모로코 여자가 넋나간 아이를 맡기고는 아무런 연락처도 남기지 않은 채 죽어버린 일이 있었다. 로자 아줌마는 할 수 없이 출생증명서를 위조해서 아이를 공공기관으로 보내놓고는 병이 나버렸다. 아이를 그런 곳에 보내는 일은 더없이 슬픈 일이었던 것이다.

건강한 아이의 경우에도 위험은 있었다. 법적인 출생서류가 없이는 누군지도 모르는 부모에게 아이를 다시 데려가라고 강요할 수가 없으니까. 자식을 버리는 엄마들은 세상에서 제일 나쁜 인간이다. 로자 아줌마는 동물세계의 법이 인간세상의 법보다 낫다고 말하곤 했다. 인간세상에서는 아이를 입양하는 문제도 쉽지 않다. 입양된 아이가 잘 자라는 것을 보고 친엄마가 아이를 다시 데려가겠다고 나서면 아이를 내줄 수밖에 없는 것이다. 이럴 땐 위조서류가 최고다. 만약 자기 아이가 남의 집에서 행복하게 잘 자라고 있는데 이 년쯤 뒤에 그 사실을 알고 나타나서 아이를 불안하게 만드는 파렴치한 엄마가 있다면, 제대로 잘 만든 위조서류를 내보이면

된다. 그렇게 되면 친엄마는 절대로 아이를 되찾지 못하고 오히려 도망쳐야 하는 것이다.

로자 아줌마는 동물들의 세계가 인간세계보다 훨씬 낫다고 했다. 동물들에게는 자연의 법칙이 있기 때문이라나. 특히 암사자의 세계가 그러하단다. 로자 아줌마는 입에 침이 마르도록 암사자를 칭찬했다. 나는 자리에 누워 잠들기 전에 이따금 상상 속에서 초인종 소리를 들었다. 문을 열고 나가보면, 거기에는 새끼들을 돌보기 위해 집안으로 들어오려는 암사자가 한 마리 있었다. 로자 아줌마는 바로 그것이 암사자들의 특성이라고 했다. 암사자들은 새끼를 위해서라면 절대 물러서지 않고 차라리 죽음을 택하는데, 그것이 정글의 법칙이며, 암사자가 새끼를 보호하지 않는다면, 누구도 암사자를 신뢰하지 않을 거라고 얘기했다.

나는 거의 매일 밤 나의 암사자를 불러들였다.

암사자는 방에 들어오자마자 침대로 뛰어올라 우리 모두의 얼굴을 핥아주었다. 다른 아이들도 모두 원했고, 또 내가 나이가 가장 많기 때문에 다른 아이들을 챙겨야 했다. 그런데 수사자들은 평판이 좋지 않았다. 세상 모든 수컷들과 마찬가지로 수사자들은 자기 혼자 먹고살기에도 바쁘기 때문이다. 내가 아이들에게 내 암사자가 올 거라고 하면 아이들은 이불 속에서 환호성을 지르기 시작했다. 심지어 바나니아조차도 소리를 질렀다. 하지만 그 아이는 원래 낙천적이라 별다른 반응이 아니었는지도 모른다.

나는 바나니아를 무척 좋아했는데, 그 아이는 여유 있는 프랑스 가정에 입양되었다. 나는 언젠가 그 아이를 보러 갈 것이다.

마침내 어느 날 로자 아줌마는 자신이 자는 동안 내가 암사자를 불러들인다는 것을 알게 되었다.

아줌마는 물론 그것이 사실이 아니며 다만 내가 자연의 법칙을 꿈꾸고 있다는 것을 알고 있었지만, 그래도 점점 신경이 날카로워져 집안에 야생동물이 있다는 생각에 밤마다 공포에 떨었다.

그녀는 비명을 지르며 잠에서 깨어나곤 했다. 나에게는 꿈인 것이 아줌마에게는 악몽이 되었던 것이다. 로자 아줌마는 꿈이 오래되면 악몽으로 변한다고 했다.

그러니까 우리 두 사람은 완전히 다른 두 마리의 암사자 꿈을 꾸고 있었던 것이다. 하지만 어쩌겠는가.

　나는 로자 아줌마가 평소에 무슨 꿈을 꾸는지 알 수 없었다. 지난 일들을 꿈꾼들 무슨 소용이 있을 것이며, 또 그 나이에 그녀가 미래를 꿈꿀 수 있을 것 같지도 않았다. 어쩌면 아줌마는 자신이 아직 아름답고 건강했던 젊은 시절을 꿈꾸었는지 모른다. 그녀의 부모가 무엇을 하는 사람들이었는지는 모르지만, 폴란드에 살았다는 것은 분명하다. 그녀는 거기에서부터 몸을 팔기 시작해, 파리의 푸르시 거리, 블롱델 거리, 시뉴 거리를 전전했고, 그 밖에 여러 곳을 거쳐 모로코와 알제리로 갔다. 편들어서 하는 말이 아니라 그녀는 아랍어를 무척 잘했다. 시디 벨 아베스에서는 외인부대를 상대하기도 했다. 하지만 그녀가 다시 프랑스로 돌아왔을 때, 일이 어긋나고 말았다. 그녀가 진정으로 사랑했던 애인이란 녀석이 돈을 몽땅 빼앗은 뒤 프랑스 경찰에 유태인이라고 그녀를 고발했던 것이다. 아줌마는 자신의 과거를 말할 때, 항상 그 대목에서 멈추고 "그 시절은 그렇게 끝장이 나고 말았단다"라며 미소지었다. 그래도 그때가 아줌마에게는 정말 좋은 시절이었나보다.
　독일 유태인 수용소에서 살아 돌아온 후에도 몇 년간은 몸을 팔아 먹고살았는데, 오십줄에 들어서자 뚱뚱해지면서 매력을 잃었다. 아줌마는 몸 파는 여자들이 자식을 키우려면 어려움이 무척 많다는 것을 알고 있었다. 부도덕한 짓을 한다는 이유로 자기 아이조차 키울 수 없도록 법으로 정해놓았기 때문이다. 그래서 아줌마는 잘못 태어난 아이들을 맡아주는 일을 시작했다. 우리끼리는 이런 집을 '은밀한 집'이라고 부른다. 그렇게 해서 아줌마는 창녀의 아이였던 경찰서장도 기르는 행운을 잡았고, 지금은 그의 덕을 보고 있다. 그러나 이제 그녀 나이 예순다섯이 되었으니, 죽음을 생각해야 했다. 아줌마가 제일 무서워하는 것은 암이었다. 암은 그 누구도 봐주지 않는 병이니까. 나는 그녀의 건강이 나빠지고 있다는 것을 알고 있었다. 이따금 우리는 말없이 마주보곤 했는데, 그러다가 결국 세상에 우리 둘뿐이라는 생각이 들었고, 그러면 더럭 겁이 났다. 그렇기 때문에 아줌마 같은 사람에게는 집안을 맘대로 드나드는 암사자가 꼭 필요한 것이다. 준비를 하고 깜깜한 어둠 속에서 눈을 뜨고 가만히 있으면 암사자가 조용히 방으로 들어왔다. 사자는 살며시 내 곁에 누워 아무 말 없이 내 얼굴을 핥아주었다. 로자 아줌마가 무서움에 잠이 깨서 우리 방으로 들어와 불을 켜도, 우리가 평화롭게 잠든 모습을 확인할 수 있을 뿐이었다. 그녀는 침대 밑까지 들여다보았지만, 대자연에서 사는 야생동물이 파리에 나타날 리가 없지 않은가. 그녀 앞에 암사자가 나타나는 일은 절대로 없을 텐데도 그녀가 그런 짓을 한다는 것은 정말로 우스꽝스러웠다.

  그제서야 나는 아줌마의 머리가 약간 이상해졌다는 것을 알았다. 불행한 일을 너무 많이 겪었기 때문에 이제 그 결과가 나타날

때도 된 것이었다. 사는 동안 겪는 모든 일
에는 결과가 따르기 마련이니까. 아줌마는
나를 카츠 선생님에게 끌고 가서, 내가 야
생동물들을 끌고 아파트를 쏘다니는데 그것이
이상한 징후라고 말했다. 그녀와 선생님 사
이에는 내 앞에서 말할 수 없는 무언가가 있
는 것 같았다. 그러나 그것이 무엇이고, 로
자 아줌마는 그걸 왜 그렇게 두려워하는
지 알 길이 없었다.

"선생님, 저 아이는 끔찍한 짓을 저지르
고 말 거예요, 틀림없어요."

"바보 같은 소리 하지 마요. 로자 부인
걱정할 것 하나 없어요. 우리 모모는 착한
아이라구요. 그건 병이 아니에요, 이 늙은
의사의 말을 믿어요. 가장 고치기 힘든 건
질병이 아니에요."

"그러면 저 아이는 왜 맨날 사자 생각만
하는 걸까요?"

"그건 그냥 사자가 아니에요. 암사자지요."

카츠 선생님은 미소지으며 내게 박하사탕을 주
었다.

"암사자랍니다. 암사자들이 뭘 합니까? 그

놈들은 자기 새끼를 보호하잖아요."

로자 아줌마는 한숨을 내쉬었다.

"내가 뭘 두려워하는지 선생님은 잘 아시잖아요."

그러자 카츠 선생님은 얼굴이 시뻘게지며 버럭 화를 냈다.

"그만하세요, 로자 부인. 정말 교양이 없군요. 아무것도 모르면서 왜 쓸데없는 상상을 합니까. 그건 옛날 옛적의 미신이라구요. 내가 벌써 수차례 말했잖습니까! 제발 좀 입을 다무세요."

그는 뭔가 더 말하려 했다. 그러다 나를 쳐다보고는 일어나서 나를 밖으로 내보냈다. 나는 문 뒤에 귀를 대고 그들의 얘기를 엿들었다.

"선생님, 저는 정말 무서워요. 저 아이에게 유전병이 있는 건 아닌지……"

"자자, 로자 부인, 이제 그만하세요. 그 가엾은 여자의 직업이 직업인 만큼, 부인은 저 아이의 아버지가 정확히 누구인지조차 모르잖아요. 아무튼, 그건 아무것도 아니라고 이미 설명해드렸습니다. 영향을 미치는 다른 요인들이 무수히 많거든요. 하지만 저 아이가 감수성이 아주 예민하고 애정이 몹시 필요한 아이라는 건 분명해요."

"하지만 그렇다고 매일 밤 저애의 얼굴을 제가 핥아줄 수는 없는 노릇이잖아요. 도대체 저 아이는 어쩌다 그런 생각을 하게 되었을까요? 그리고 학교에서는 왜 저 아이를 받아주지 않는 거죠?"

"실제 나이와 비슷하지도 않은 출생서류를 제출했으니 그럴 수밖에요. 자, 말씀해보세요. 부인은 모모를 무척 사랑하시죠?"

"난 그저 누가 저 아이를 빼앗아가지 않을까 두려워요. 아시다시피, 저 아이를 증명할 수 있는 것이 아무것도 없잖아요. 애 엄마들은 내막이 알려지는 것을 꺼리기 때문에 종이 쪼가리에 해둔 메모나 머릿속에 기억해둔 내용이 전부거든요. 창녀들은 행실이 나쁘다고 해서 친권을 박탈당하고 자기 아이를 키울 권리도 없잖아요. 나쁜 놈들은 그 일로 그 여자들을 잡고 수년 동안 협박하지요. 그것들은 아이만 잃지 않는다면 어떠한 어려움이라도 감수하겠다고 하니까요. 이제 더이상 그런 일을 하려는 사람이 없어서 뚜쟁이 중에서 진짜 포주가 생기고 있답니다."

"부인은 정말 좋은 일을 하고 계시는 겁니다. 자, 신경안정제를 처방해드리지요."

나는 아무것도 이해할 수 없었다. 다만 이 유태인 부인이 나에게 뭔가 숨기고 있다는 것을 전보다 더 확신할 수 있었다. 하지만 그것을 굳이 알려고 안달하지는 않았다. 더 알아봤자 좋을 것도 없을 테니까. 내 친구 르 마우트 역시 창녀의 자식이었는데, 그애는 늘 우리 같은 아이들에게는 비밀이 많은 게 어울린다고 말하곤 했다. 수많은 법 때문이란다. 그는 또 이런 말도 했다. 일을 잘 처리하는 여자라도, 어쩌다 사고로 아이를 낳게 되어서 그 아이를 기르려고 하면 당국의 조사를 받을 위험이 항상 있는데, 그건 정말 최악이라는 것이다. 일단 걸리면 가차없이 아이를 빼앗긴다고 했다. 이런 경우, 표적의 대상이 되는 것은 항상 엄마들인데, 아버지들은 수많은 법으로 보호를 받기 때문이라나.

로자 아줌마의 트렁크 깊숙한 곳에는 작은 종이 쪼가리 하나가 들어 있었는데, 거기에는 내 이름이 모하메드라는 것과 감자 삼 킬로, 당근 일 파운드, 버터 백 그램, 말린 생선 한 마리, 삼백 프랑 따위와 함께 나를 회교도로 키워줄 것을 부탁하는 말이 적혀 있었다. 그리고 날짜가 하나 적혀 있었는데, 그건 아줌마가 나를 건네받은 날짜일 뿐 내가 태어난 날짜는 아니었다. 다른 아이들을 돌보는 일, 특히 아이들의 밑을 닦아주는 일은 내 몫이었다. 로자 아줌마가 너무 뚱뚱해서 허리를 굽히기가 힘들었기 때문이다. 그녀는 허리가 따로 없이 엉덩이에서 어깨까지 아무런 굴곡 없이 곧바로 연결된 것처럼 보였다. 걸어다닐 때 보면 움직이는 이삿짐 그 자체였다.

토요일 오후가 되면, 그녀는 푸른색 원피스를 입고 여우 목도리에 귀걸이를 하고는 몽파르나스에 있는 라 쿠폴이라는 프랑스식 카페에 가서 케이크를 먹었다. 립스틱은 또 얼마나 진했는지.

나는 네 살 넘은 아이의 밑은 절대로 닦아주지 않았다. 그것은 내 체면이 달린 문제였다. 나를 골탕 먹이느라고 일부러 똥을 싸는 녀석들도 있었다. 나는 그런 녀석들의 심보를 잘 알고 있었기 때문에 밑 닦기를 놀이처럼 하도록 가르쳤다. 말하자면 서로서로 밑을 닦아주는 것이다. 나는 그렇게 하는 것이 혼자 하는 것보다 더 재미있다고 가르쳤다. 작전은 대성공이었고 로자 아줌마는 내가 밥값을 한다면서 칭찬해주었다. 나는 다른 아이들과 어울려 놀지 않았다. 아이들이 나보다 너무 어렸기 때문이다. 그러나 서로 고추를

비교할 때만은 예외였다. 로자 아줌마는 평생 너무 많이 봐온 고추에 공포를 가지고 있어서 고추놀이에는 질색을 하며 화를 냈다. 그녀는 아직도 밤마다 사자들을 두려워했는데, 이 세상에 다른 무서운 게 엄청나게 많다는 사실을 생각한다면 사자에게 공격당할까 겁내는 건 정말 말도 안 되는 일이었다.

로자 아줌마는 심장이 좋지 않았기 때문에, 층계를 오르내리며 장을 보러 다니는 것도 내 몫이었다. 그녀에게는 층계가 제일 무서운 공포의 대상이었다. 아줌마는 날이 갈수록 숨을 쌕쌕거렸고, 덕분에 나도 천식에 걸렸다. 카츠 선생님은 심리적인 것보다 더 전염성이 강한 것은 없다고 말했다. 그런데 심리적 전염이란 아직 정확히 밝혀지지는 않았다고 한다. 매일 아침, 나는 로자 아줌마가 눈을 뜨는 것을 보면 행복했다. 나는 밤이 무서웠고, 아줌마 없이 혼자 살아갈 생각을 하면 너무나 겁이 났다.

그 당시 나의 가장 좋은 친구는 내가 머리부터 발끝까지 옷을 해입힌 내 우산, 아르튀르였다. 나는 녹색 헝겊으로 우산 손잡이를 공처럼 둥글게 감싼 뒤 로자 아줌마의 붉은색 립스틱을 사용하여 동그란 눈과 다정하게 미소짓는 입을 그려넣었다. 특별히 사랑할 만한 대상을 갖고 싶어서였다기보다는, 어릿광대짓을 하기 위해서였다. 나는 용돈이 부족했고 또 이따금 프랑스인 거주구역에 가면 어릿광대를 볼 수 있었기 때문이다. 발뒤꿈치까지 내려오는 긴 외투에 중산모를 쓰고 얼룩덜룩하게 색칠을 한 얼굴로 거리에 나가면, 아르튀르와 나는 그야말로 우스꽝스러운 한 쌍이었다. 길거리에서 광대짓을 하면 하루에 이십 프랑까지 버는 날도 있었다. 하지만 거리의 아이들을 잡아가는 경찰이 항상 있었기 때문에 마음놓고 그 짓을 할 수도 없었다. 아르튀르는 바지를 입고, 흰 바탕에 푸른색 줄무늬 농구화를 신은 외다리 모습이었다. 나는 거기에다 옷걸이를 끈으로 비끄러매서 만든 어깨에 체크무늬 웃옷을 걸쳐주고, 머리에는 빵떡모자를 꿰매 붙여주었다. 은다 아메데 씨에게 내 우산에게 입힐 재킷을 하나 빌려달라고 했더니, 그가 어떻게 했는지 당신은 모를 것이다. 그는 벨빌 거리에 있는 퓔 도르라는 최고급 양복점으로 나를 데려가 마음대로 옷을 골라보라고 했다. 아프리카에서는 사람들이 다 그런 식인지는 모르겠지만, 만약 그렇다면, 그들은 아무것도 부족한 것이 없는 사람들임이 틀림없다.

거리에서 쇼를 할 때면, 나는 온몸을 흔들면서 아르튀르와 함께 춤을 추었다. 그러고는 동전푼을 주워모았다. 어린아이에게 저런 짓을 시킨다고 몹시 화를 내는 사람들도 있었다. 누가 그렇게 시켰다는 것인지 도무지 모를 일이었지만, 어쨌거나 그들은 내가 무척 안됐다고 여기는 사람들이었다. 웃기려고 한 짓인데 왜들 그러는지 참 이상한 일이었다. 아르튀르는 가끔 부러지기도 했다. 나는 옷걸이를 못으로 고정시켜서 어깨를 만들어주었다. 우산이니까 당연한 일이었지만 바짓가랑이 한쪽은 비어 있었다. 하밀 할아버지는 그런 나를 못마땅해했다. 그는 아르튀르가 아프리카 토인들이 숭배하는 물신物神 같다면서 그것은 우리의 종교에 어긋나는 짓이라고 했다. 나는 신자는 아니다. 하지만 사람들은 유별난 물건이 생기면, 사실 그것이 아무것도 아닌데도 무엇이나 되는 것처럼 생각하고 그것에 희망을 걸기 마련이다. 나는 밤이면 아르튀르를 꼭 끌어안고 잤고, 아침이면 로자 아줌마가 여전히 숨을 쉬고 있는지 확인해보곤 했다.

나는 교회라는 곳에 가본 적이 없는데, 그건 진정한 신앙생활에 어긋나는 것이라고 생각하기 때문이다. 나는 그런 일로 문제를 만들고 싶은 마음은 없다. 그러나 기독교인들이 그리스도를 갖기 위해 엄청난 대가를 치렀다는 것은 알고 있다. 우리에겐 인간의 형상

을 만드는 것은 신을 모독하는 것이라 해서 금지되어 있었다. 그건
그럴 만한데, 그 이유는 우리 인간에겐 자랑스레 내세울 만한 게
별로 없기 때문이다. 그래서 나는 아르튀르에게 그려준 눈 코 입
을 지워버리고, 겁에 질린 듯한 초록색 덩어리로 남겨두는 것으로
종교의 규율을 지켰다. 한번은 불법으로 사람들을 모아놓고 소란
을 피운다는 이유로 경찰에 쫓기다가 그만 아르튀르를 놓치고 말
았다. 아르튀르는 땅에 떨어졌고, 모자며 옷걸이며 저고리에 운동
화까지 모두 다 사방에 나뒹굴었다. 나는 얼른 아르튀르를 주워올
렸지만 그는 본디 하느님이 만드신 대로 홀랑 벗고 있었다. 그런데
우스운 것은, 아르튀르가 옷을 입은 상태일 때는 끌어안고 자도 아
무 말도 하지 않던 로자 아줌마가, 벌거벗은 아르튀르를 이불 속으
로 데리고 들어가자 난리를 쳤다는 거다. 어느 미친놈이 우산을 침
대 속까지 가지고 들어가서 같이 잘 생각을 하겠느냐는 것이다. 아
줌마를 어떻게 이해해야 할지.

　나는 모아둔 돈이 좀 있었기에, 만물 벼룩시장으로 가서 아르튀
르를 다시 치장해주었다.

　그러나 행운의 여신이 우리를 떠나기 시작했다.

　몇 달씩 건너뛴 적도 있었지만, 불규칙하게나마 들어오던 내 송
금이 갑자기 뚝 끊긴 것이다. 두 달이 가고 석 달이 가도 아무 소식
이 없더니, 드디어 넉 달이 지났다. 나는 곰곰이 생각한 끝에 떨리
는 목소리로 로자 아줌마에게 말했다.

　"로자 아줌마, 걱정하실 필요 없어요. 절 믿으세요. 더이상 돈이

안 온다고 해도 아줌마를 버리고 떠나지는 않겠어요."

나는 눈물을 보이기 싫어서 아르튀르를 들고 집 밖으로 나와 길바닥에 주저앉아버렸다.

그때 우리가 얼마나 쪼들리는 형편이었는지 말해둬야겠다. 로자 아줌마의 나이는 한계에 도달했고, 아줌마 자신도 그것을 잘 알고 있었다. 칠층에 이르는 계단은 아줌마에겐 공공의 적 제1호였다. 언제고 그놈의 층계가 자신을 죽음으로 내몰 거라고 아줌마는 확신하고 있었다. 가만히 내버려두고 보기만 해도 그녀는 이미 죽어가고 있었지만 말이다. 로자 아줌마는 가슴과 배와 엉덩이가 따로 구분되지 않아서 마치 커다란 드럼통 같았다. 로자 아줌마의 건강상태를 더이상 믿지 못하게 되자, 아줌마 집에 있는 아이들의 숫자는 점차 줄어들었다. 로자 아줌마가 더이상 그 누구도 보살필 수 없다는 건 확실했다. 여자들은 돈이 좀더 들더라도 소피 부인이나 알제 거리에 있는 아이샤 어멈에게 아이들을 맡겼다. 덕분에 이들은 쉽게 돈을 벌어들였다. 아줌마와 친하게 지내던 창녀들은 이제 나이가 들어서 떠나버리고 없었다. 그동안에는 입소문이나 소개 등으로 해서 그럭저럭 아이들을 맡아왔지만, 이제는 그것도 끝장이었다. 그래도 다리가 성할 때는 파리의 시장통이나 창녀들이 많은 피갈 거리의 카페들을 기웃거리며 자신이 아이들에게 얼마나 친절하고 요리도 잘하는지 광고하고 다녔었지만, 이제는 그조차 할 수 없는 상황이었다. 그녀의 친구들은 다 사라졌고 이제 더이상 입소문을 듣고 아이를 맡기러 오는 사람도 없었다. 더구나 이제는 잘 듣는 피임약이 있어서 사고로 생기는 아이도 거의 없었다. 정말 원해야 아이가 생겼으니까 일단 애를 낳게 되면 무슨 일을 당하든 변명의 여지가 없었다.

나 역시 벌써 열 살이 넘었기 때문에 이제 로자 아줌마를 도와야 했다. 그리고 내 장래도 생각해야 했다. 만약 나 혼자 남게 되면 빈민구제소로 들어가야 할 게 뻔했기 때문이었다. 나는 그 문제 때문에 밤마다 잠을 이룰 수가 없었고, 로자 아줌마가 죽진 않을까 싶어 지켜보곤 했다.

나는 어떻게든 내 밥벌이를 해보려 애썼다. 오후가 되면 머리를 잘 빗어넘기고 로자 아줌마가 했던 것처럼 귀 뒤에 향수를 찍어바른 후 아르튀르를 데리고 돈벌이에 나섰다. 피갈 거리나 그곳 못지않게 벌이가 괜찮은 블랑슈 거리로 갔다. 그곳에는 온종일 창녀들이 많았는데, 그들 중 한둘은 내게 관심을 보이며 말을 걸어왔다.

"어머, 귀여운 꼬마 신사네. 엄마가 여기서 일하니?"

"아뇨, 내겐 아무도 없어요."

그녀들은 마세 거리의 카페에서 내게 박하사탕을 사주곤 했다. 그러나 항상 조심해야 했다. 경찰이 뚜쟁이들을 잡으러 다녔기 때문이다. 그녀들 역시 거리에서 호객행위를 하면 걸리기 때문에 몸조심을 해야 했다. 그 여자들은 항상 내게 똑같은 걸 물었다.

"너, 몇 살이니?"

"열 살이요."

"엄마는 있니?"

나는 없다고 말했다. 로자 아줌마 생각에 가슴이 아팠지만 어쩔 수가 없었다. 그 여자들 중 특히 한 여자가 내게 다정했는데, 오며 가며 슬쩍 지폐를 찔러넣어주기도 했다. 그녀는 미니스커트에 롱부츠를 신고 있었는데, 로자 아줌마보다 훨씬 젊고 눈빛이 아주 다정했다. 한번은 그녀가 주위를 살피더니 내 손을 잡아끌고 르 파니에라는 카페로 나를 데려갔다. 그 카페는 폭탄 테러를 당해서 지금은 사라지고 없다.

"이런 거리에서 어슬렁거리면 안 돼. 어린아이들이 올 만한 곳이 아니야."

그녀는 흐트러진 내 머리칼을 매만져 가지런히 해주었다. 실은 내 머리를 쓰다듬기 위한 핑계라는 것쯤은 나도 잘 알고 있었다.

"이름이 뭐니?"

"모모."

"모모야, 부모님은 어디 계시니?"

"내겐 아무도 없다니까요. 난 자유예요."

"그래도 널 돌보는 사람은 있을 거 아냐?"

나는 잠시 생각을 하기 위해서 빨대로 오렌지주스를 마셨다.

"혹시 말야, 내가 그분들께 너를 맡아 키우고 싶다고 물어봐도 될까? 널 집에 데려가고 싶어. 우리집에 가면 넌 꼬마 왕자님처럼 살 수 있어. 아무 부족한 것 없이 말야."

"생각 좀 해보구요."

나는 오렌지주스를 다 마시고 앉아 있던 긴 의자에서 내려왔다.

"이걸로 과자나 사먹어라, 귀여운 꼬마야."

그녀는 내 주머니에 지폐 한 장을 넣어주었다. 백 프랑. 영광이
었다.

나는 그곳에 두세 번 더 갔다. 그때마다 그녀는 멀리 서서 내게
활짝 웃어 보였다. 하지만 슬퍼 보였다. 내가 그녀의 아이가 되지
않았기 때문이다. 재수없게도, 르 파니에의 계산대를 맡고 있는 여
자가 한때 로자 아줌마와 같이 일을 했던 여자였다. 그녀는 우리
노친네에게 그 일을 전해주었고, 나는 한바탕 질투심에 시달려야
했다! 나는 그 유태인 할망구가 그렇게 야단법석을 떠는 꼴을 본
적이 없었다. 그녀는 한바탕 소동을 피우고는 엉엉 울었다. "너더
러 그런 짓이나 하고 다니라고 이때껏 키우진 않았다." 아줌마는
이 말을 수없이 되뇌이며 울었다. 나는 다시는 거기에 가지 않을
것이며 절대로 뚜쟁이가 되는 일은 없을 거라고 그녀에게 다짐해
야 했다. 아줌마는 그런 짓들이 다 뚜쟁이 짓이며, 그런 꼴을 다시
보느니 차라리 죽겠다고 했다. 그러나 나이 열 살에 내가 할 수 있
는 게 또 무엇이 있을지 알 수 없었다.

암만 생각해도 이상한 건, 인간 안에 붙박이장처럼 눈물이 내포
되어 있다는 것이다. 그러니까 인간은 원래 울게 돼 있는 것이다.
그런 점을 염두에 둬야 한다. 인간을 만드신 분은 체면 같은 게 없
음이 분명하다.

우편환은 여전히 오지 않았고 로자 아줌마는 저축해두었던 돈을
헐어 쓰기 시작했다. 노후를 대비해서 모아둔 돈이었는데 그녀 자

신도 그리 오래 버틸 만큼은 못 된다는 것을 잘 알고 있었다. 아직 암에 걸린 것은 아니었지만 아줌마의 건강은 급속히 나빠지고 있었다. 그녀는 처음으로 내게 나의 엄마 아빠 이야기까지 해주었다. 내게도 부모가 있기는 했던 모양이었다. 그들은 어느 날 저녁에 나를 맡기러 왔는데 엄마는 울음을 터뜨리며 도망치듯 떠나버렸다고 했다. 로자 아줌마는 나에 대해 모하메드라는 이름과 회교도라는 사실을 메모했고, 나의 엄마에게 아이를 잘 돌봐주겠노라고 약속했다고 말했다. 그리고 그후에, 그후에는…… 그녀는 한숨을 쉬며 그게 자신이 아는 전부라고 했다. 그러나 그 말을 하는 내내 내 눈을 똑바로 쳐다보지 못했다. 아줌마가 내게 숨긴 것이 무엇이든 간에 나는 밤이 되자 무서워졌다. 송금이 끊겨 더이상 내게 친절할 이유가 없었는데도, 그녀는 나에게 그 이상의 다른 얘기는 하지 않았다. 내가 아는 것은 그저 내게도 분명히 엄마 아빠가 있었다는 사실뿐. 그것은 변하지 않는 자연의 진리다. 그들은 다시 나를 보러 오지 않았으며 로자 아줌마는 죄책감을 느끼는 표정으로 입을 다물었다. 여러분이 괜한 감상에 빠질까봐 미리 말해두겠는데, 나는 그후로도 엄마를 만나지 못했다. 한번은 내가 자꾸 더 말해달라고 떼를 쓰니까, 로자 아줌마가 거짓말을 꾸며냈는데, 웃음이 나올 정도로 유치했다.

"내가 생각하기에는 말이다, 네 엄마에게는 가진 게 좀 있다는 사람들이 흔히 가지는 편견이 있었던 것 같아. 좋은 집안 출신이거든. 자기가 하는 일을 자식인 네가 알게 하고 싶지 않았던 거야.

그래서 가슴이 찢어질 듯 아팠지만 눈물을 머금고 떠나서는 다시 돌아오지 않는 거지. 의학적으로 해석하자면, 그런 직업에 대한 편견 때문에 네가 깊은 상처를 안게 될까봐 두려웠던 거야."

말을 마친 후 로자 아줌마는 흐느껴 울기 시작했다. 그녀는 어느 누구보다도 감동적인 이야기를 좋아하는 사람이었다. 카츠 선생님 말이 맞는 것 같다. 그는 말했다. 창녀들은 자기가 바라보고 싶은 대로 바라보는 눈이 있다고 했다. 하밀 할아버지는 빅토르 위고도 읽었고 그 나이의 다른 사람들보다 훨씬 더 경험이 많았는데, 내게 웃으며 이런 말을 해준 적이 있다. "완전히 희거나 검은 것은 없단다. 흰색은 흔히 그 안에 검은색을 숨기고 있고, 검은색은 흰색을 포함하고 있는 거지." 그리고 그는 박하차를 가져다주는 드리스 씨를 바라보면서 이렇게 덧붙였다. "오래 산 경험에서 나온 말이란다." 하밀 할아버지는 위대한 분이었다. 다만, 주변 상황이 그것을 허락하지 않았을 뿐.

송금이 끊어진 지 몇 달이 지났다. 바나니아 같은 경우에 비하면

양호한 편이었다. 처음 바나니아를 맡을 때 받은 두 달 치 선불금 외에는 한푼도 받아본 적이 없었으니까. 그러니 벌써 사 년째 공짜로 먹고 자는 셈이었는데도, 바나니아는 너무도 천연덕스럽게 잘 지냈다. 그러던 중 로자 아줌마는 그 아이를 입양할 가정을 찾을 수 있었다. 그 녀석은 아무튼 운이 좋다. 모세는 양자로 들어갈 집에서 잘 먹고 잘 지냈는데, 그 가족은 모세의 성격이 좋은지 혹시 이 아이에게 간질병이나 정신질환이 있는지 정확히 알아보고 싶어 육 개월째 관찰중이었다. 아이를 입양하려는 가정에서 가장 꺼리고 두려워하는 것이 정신질환이다. 입양되려면 무엇보다도 정신질환이 없어야 한다. 로자 아줌마는 낮 동안 맡고 있는 아이들과 먹고살자면 한 달에 천이백 프랑은 있어야 했다. 그 외에 약값도 필요했고, 이젠 누가 주려고 하지도 않는 외상값까지 갚아야 했다. 아줌마 혼자 배를 곯아가며 빠듯하게 지낸다 해도 하루에 십오 프랑은 필요했다. 그녀에게 덜 먹으려면 살을 빼는 수밖에 없다고 아주 솔직하게 말했던 기억이 난다. 그렇지만 세상에 혼자뿐인 노친네에게 그것은 너무 가혹한 일이었다. 아줌마에겐 아무도 없는 만큼 자기 살이라도 붙어 있어야 했다. 주변에 사랑해주는 사람이 아무도 없을 때, 사람들은 뚱보가 된다. 나는 다시 피갈 광장에 나가기 시작했고, 거기에는 여전히 어리다고 나를 아껴주는 마리즈 아줌마가 있었다. 그러나 나는 뚜쟁이들이 잡히면 감옥에 가는 것을 알고 있었기 때문에 몹시 겁이 났고, 우리는 몰래 만나야 했다. 아치형 문 안쪽에서 기다리고 있으면 그녀는 다가와서 나를 안고 뽀뽀를 하며 "우리 귀여운 꼬마, 너 같은 아들 하나만 있으면 얼마나 좋겠니"라고 말했고, 와준 대가로 슬쩍 돈을 쥐어주었다. 나는 또 상점에서 물건을 슬쩍할 때는 바나니아를 이용했다. 그 아이가 미소를 지은 채 혼자 서 있도록 내버려두면 잠시 후에 사람들이 모여들었다. 그 아이에게는 동정심을 불러일으키는 힘이 있는데다 흑인 아이들은 네다섯 살일 때는 그런대로 봐줄 만했다. 가끔은 그 아이를 꼬집어 소리지르게 만든 후 사람들이 몰려든 틈을 타 먹을 것을 훔치기도 했다. 나는 발뒤꿈치까지 내려오는 긴 외투를 입었는데, 거기에는 로자 아줌마가 달아준 비밀 주머니들이 달려 있었다. 배고픔엔 장사가 없는 법이다. 가게를 나올 때에는, 바나니아의 팔을 잡아끌면서 물건값을 치르고 있는 맘 좋게 생긴 아줌마 뒤에 따라붙었다. 그러면 사람들은 내가 일행인 줄 알았고, 그동안에 바나니아는 귀여운 짓을 했다. 아직 위험한 나이가 되지 않은 아이들은 의심 없이 환영받는 법이다. 사람들은 나에게도 아직은 귀엽다거나 착하다거나 하면서 미소를 보내주었다. 그들은 불량배가 되기에는 아직 어린 아이를 보면 안심이 되는 모양이다. 게다가 나는 갈색 머리에 눈동자도 파랗고 아랍인처럼 매부리코도 아니다보니, 꾸미지 않아도 사람들은 나를 자기네 나라 사람으로 여겼다.

로자 아줌마는 식사량을 줄였다. 그것은 자신을 위해서나 우리들을 위해서나 바람직한 일이었다. 게다가 날씨가 좋아져 휴가를 떠나는 사람들이 늘면서 아줌마네 집에 맡겨지는 아이들도 점점 많아졌다. 아이들 밑을 닦아주는 일이 그렇게 좋아본 적이 없었다.

왜냐하면 그 일은 우리의 생계와 직결되어 있었기 때문이다. 나는 손가락마다 똥이 묻어도 싫은 줄 몰랐다.

불행하게도, 로자 아줌마에게 자연의 법칙에 따른 변화가 일어났다. 다리, 눈, 심장, 간, 동맥 따위의 기관들이 고장을 일으키고, 오래 산 사람들에게 보이는 여러 가지 증상들이 나타나기 시작한 것이다. 층계를 오르내리다 중간에서 주저앉는 일도 생겼다. 그럴 때면 우리 모두 내려가 아래에서 아줌마를 밀어올려야 했다. 이때는 바나니아까지 동원되었는데, 녀석도 이제 조금씩 인생에 눈을 뜨기 시작했고 자기 몫을 챙길 줄도 알게 되었다.

사람에게 가장 중요한 부분은 심장과 머리이며, 그래서 그것들은 아주 소중히 다루어야 한다. 심장이 멎으면 사람은 더이상 살 수 없게 되고, 뇌가 풀려서 제 기능을 못하게 되면 사람은 더이상 제힘으로 살 수가 없게 되기 때문이다. 나는 살아가기 위해서는 아주 일찍부터 열심히 살아야 한다는 것을 깨달았다. 시간이 지나 능력이 떨어지면 아무도 도와줄 사람이 없게 된다.

나는 이따금 로자 아줌마에게 내가 주운 물건들을 가져다주었다. 사람들이 버린 물건들이라 쓸모는 없었지만 그래도 기쁨을 주는 것들이었다. 예를 들면 생일을 축하하기 위해서 혹은 그저 집을 보기 좋게 꾸미기 위해서 꽃을 사가는 사람이 있다. 그 꽃들이 시들고 볼품없어지면 쓰레기통에 버려지는데, 아침 일찍 가서 그것들을 주워오는 것은 내가 잘하는 일이었다. 사람들이 쓰레기라고 부르는 것들이지만 가끔은 아직 봐줄 만한 꽃들이 남아 있기도 했다. 나는 그 시든 꽃들로 꽃다발을 만들어 로자 아줌마에게 선물했다. 아줌마는 물 없이 꽃병에 그것들을 꽂아두곤 했다. 더이상 물이 있어봤자 소용없는 꽃들이었으니까. 어떤 때는, 파리 중앙시장의 꽃수레에서 미모사를 한 포기씩 훔쳐서 가져오기도 했다. 그 꽃들이 집에 행복의 향기를 풍기기를 바랐다. 꽃다발을 품고 돌아오

면서 나는 니스의 꽃 전쟁을 상상했다. 그리고 하밀 할아버지가 젊은 시절 보았다던, 순백색의 도시 주변에 무성하게 자라난 미모사 숲을 떠올렸다. 할아버지는 그 이야기를 자꾸만 했는데, 할아버지도 이젠 예전 같지 않았던 것이다.

로자 아줌마와 나는 평소 유태어와 아랍어로 말을 했지만, 사람이 옆에 있거나 다른 사람들이 못 알아들었으면 할 때는 불어를 썼다. 그러나 이제 로자 아줌마는 자기가 아는 모든 언어를 뒤죽박죽 섞어 썼고 어떤 때는 폴란드어를 쓰기도 했다. 폴란드어는 그녀가 가장 오래전에 썼던 언어인데, 그게 다시 떠오른 듯했다. 노인들에게 가장 오래 기억에 남는 것은 젊은 시절이기 때문인 모양이었다. 어쨌거나 층계 문제만 빼면, 아줌마는 그럭저럭 잘 지내고 있는 셈이었다. 그러나 정말로 매일매일 잘살고 있다고 할 수는 없는 것이, 엉덩이에 직접 주사를 놓아야 하는 형편이었기 때문이다. 칠층까지 거뜬히 올라올 수 있는 젊은 간호사를 찾기 쉬운 게 아닌데다 그 비용이 만만치 않았던 것이다. 그래서 궁여지책으로 생각해낸 것이 내 친구 르 마우트였다. 녀석은 당뇨가 있어서 스스로 주사를 놓아도 법에 걸리지 않았고, 또 칠층까지 걸어 올라올 만큼은 건강했다. 르 마우트는 자수성가한 좋은 친구였지만 알제리 출신의 흑인 티는 못 벗고 있었다. 그애는 도둑질한 트랜지스터 따위를 팔아먹고살았으며, 나머지 시간에는 마르모탕 병원을 드나들며 약물중독을 치료했다. 이렇게 해서 그애가 로자 아줌마에게 주사를 놓아주러 오게 되었는데, 어이없게도 큰일이 날 뻔했다. 그애가 주사약

을 착각해서 약물중독 치료가 끝나는 날에 맞으려고 고이 모셔두 었던 헤로인을 로자 아줌마의 엉덩이에 주사했던 것이다.

나는 단박에 뭔가 잘못되었음을 알아챘다. 그 유태인 할망구가 그렇게 황홀해하는 꼴을 본 적이 없었기 때문이다. 그녀는 처음에 는 무척 놀라는 것 같더니 곧 행복에 빠져들었다. 마치 천국에 있는 듯 보여서 나는 아줌마가 다시 땅으로 내려오지 못하게 될까봐 두 렵기까지 했다. 나는 마약에 대해서는 침을 뱉어주고 싶을 정도로 경멸한다. 마약 주사를 맞은 녀석들은 모두 행복에 익숙해지게 되 는데, 그렇게 되면 끝장이다. 행복이란 것은 그것이 부족할 때 더 간절해지는 법이니까. 하긴 오죽이나 간절했으면 주사를 맞았을까 마는 그따위 생각을 가진 녀석은 정말 바보 천치다. 나는 절대로 꼬 임에 넘어가지 않는다. 친구들과 어울리기 위해 몇 차례 마리화나 를 피운 적은 있지만, 그래도 열 살이란 나이는 아직 어른들로부 터 이것저것 배워야 할 나이다. 아무튼 나는 행복해지기보다는 그 냥 이대로 사는 게 더 좋다. 행복이란 놈은 요물이며 고약한 것이기 때문에, 그놈에게 살아가는 법을 가르쳐주어야 한다. 어차피 녀석 은 내 편이 아니니까 난 신경도 안 쓴다. 나는 아직 정치를 잘 모르 지만, 그것은 언제나 누군가에게 득이 되는 것이라고 들었다. 하지 만 행복에 관해서는 그놈이 천치짓을 하지 못하게 막을 법이 필요 하긴 할 것 같다. 그냥 생각나는 대로 주절거리는 것뿐이다. 어쩌면 내가 잘못 생각하는 건지도 모르고. 하지만 나는 행복해지자고 주 사를 맞는 짓 따위는 안 할 거다. 빌어먹을, 나는 이제 행복에 대해 말하지 않겠다. 그러다가 또 발작을 일으키면 큰일이니까. 그런데 하밀 할아버지는 내가 표현할 수 없는 것, 바로 그것을 추구해야 하고, 설명할 수 없는 것, 바로 거기에 그것이 있다고 말했다.

마약을 얻어내는 가장 손쉬운 방법은—르 마우트가 자주 사용하는 방법이기도 한데—마약 주사를 맞아본 적이 한 번도 없다고 말하는 것이다. 그러면 녀석들은 단박에 공짜로 주사를 놓아준다. 자기 혼자 불행해지길 원하는 사람은 아무도 없기 때문이다. 내게 첫 주사를 놔주고 싶어하는 녀석들은 숱하게 많았지만, 내가 뭐 남 좋자고 사는 것도 아니고, 내겐 로자 아줌마만으로도 벅찼다. 나는 나쁜 상황을 헤쳐나가기 위해 모든 것을 다 해본 다음에나 그 행복이란 놈을 만나볼 생각이다. 로자 아줌마에게 HLM—이건 우리끼리 쓰는 말이었는데 우리 동네에서는 헤로인을 재배하는 프랑스 지방 이름을 따서 이렇게 부른다—을 주사한 것이 그러니까 르 마우트였다. 르 마우트란 이름은 사실 아무 뜻도 없었다. 사람들이 그냥 그렇게 불렀다. 로자 아줌마는 처음에는 무척 놀라는 것 같더니 곧바로 보기 민망할 정도로 황홀한 표정을 지었다. 생각해보라, 예순다섯 살의 유태인 할망구에게는 그것만이 필요했던 것이다. 나는 부리나케 카츠 선생님에게 달려갔다. 그놈의 더러운 약을 과용하면 아주 가는 수가 있기 때문이었다. 그러나 선생님은 오지 않았다. 아주 위험한 환자가 아니면 이제 그도 나이가 들어 칠층까지 왕진을 올 수 없었다. 대신 그는 자기가 잘 아는 젊은 의사에게 전화를 해주었다. 젊은 의사는 한 시간이나 지나서야 나타났다. 로자 아줌마는 입에 거품을 물고 소파에 늘어져 있었고, 젊은 의사는 열 살짜리를 한 번도 본 적이 없는 사람처럼 나를 뚫어지게 바라보았다.

"여긴 뭐하는 곳이냐? 유치원 같은 데냐?"

젊은 의사는 이건 말도 안 된다는 듯이 상기된 표정으로 내게 동정의 눈길을 보냈다. 르 마우트는 바닥에 주저앉아 질질 짜고 있었다. 로자 아줌마의 엉덩이에 다 쏟아버린 그의 행복이 억울해서였다.

"그런데 말이다. 이게 도대체 어떻게 된 일이냐? 누가 이 노부인에게 헤로인을 주사한 거야?"

나는 호주머니에 손을 찔러넣은 채 그를 바라보면서 말없이 미소를 보냈다. 말해봤자 무슨 소용이겠는가? 겨우 서른밖에 안 된 그 젊은 친구는 아직 배워야 할 것이 너무 많은 풋내기인 것을.

그런 일이 있은 지 며칠 후 뜻밖에 좋은 일이 생겼다. 오페라 근처에 있는 백화점에 심부름을 갔는데, 그곳에는 부모들이 아이들과 함께 공짜로 구경할 수 있는 서커스 모형 진열장이 있었다. 그곳에 간 건 열 번이나 됐지만 그날은 너무 이른 시각이어서인지 아직 커튼이 쳐져 있었다. 나는 잘 모르는 한 흑인 청소부와 잡담을 나누었다. 그는 흑인들이 많이 사는 오베르빌리에에서 살고 있었다. 우리는 담배를 한 대씩 나눠 피웠다. 나는 잠시 서서 그가 거리를 쓰는 모습을 바라보았다. 그 일은 아주 멋진 일이었으니까. 그런 후 나는 백화점으로 들어가서 신나게 구경했다. 서커스 진열장의 가장자리에서는 실제보다도 훨씬 더 큰 별들이 눈짓을 하는 것처럼 깜빡이고 있었다. 서커스는 진열장의 한가운데에서 펼쳐졌다. 어릿광대들은 물론이고, 달에 날아갔다 내려오며 행인들을 향해 손짓을 하는 우주비행사도 있었고, 프로답게 능숙한 솜씨로 공중을 날아다니는 곡예사도 있었다. 흰색 발레복을 입은 무용수들이 말 잔등에 올라탄 채 묘기를 부렸고, 근육이 울퉁불퉁한 힘센 장사들이 어마어마하게 무거운 것들을 가뿐하게 들어올렸다. 물론 그것들은 사람이 아니고 다 기계장치였다. 춤추는 낙타도 있었고, 마술사도 있었다. 마술사의 모자에서는 토끼들이 줄줄이 나왔는데, 그것들은 트랙을 한 바퀴 돌고는 모자 속으로 들어갔다가 다시 줄줄이 나왔다. 그것은 끊기지 않고 이어지는 마술쇼였다. 멈추려 해도 멈추고 싶어도 멈출 수가 없었다. 광대들은 원래 그렇듯 울긋불긋한 옷차림이었다. 푸른색, 흰색, 그리고 무지개색 옷을 입고 코에는 반짝이는 빨간 전구를 달고 있었다. 무대 뒤편에도 역시 웃기기 위한 장치로 가짜 구경꾼들을 만들어서 늘어놓았는데, 그것들은 끊임없이 박수를 쳐대고 있었다. 우주비행사는 달에 착륙할 때마다 일어서서 인사

를 했고, 그때마다 기계장치는 그가 여유 있게 인사를 하도록 기다려주었다. 이제 다 봤다 싶을 때면 우스꽝스런 모습의 코끼리들이 꼬리에 꼬리를 물고 창고에서 나와서 트랙을 몇 차례씩 돌았는데, 맨 끝에 나온 코끼리는 이제 막 태어난 것처럼 분홍빛이 도는 아기 코끼리였다. 내가 제일 좋아하는 것은 광대들이었다. 그들은 이 세상 무엇과도 누구와도 닮지 않았다. 기상천외한 머리 모양에다 물음표처럼 생긴 눈하며, 모두들 너무 멍청해서 늘 히히거렸다. 나는 그들을 바라보면서 로자 아줌마를 생각했다. 로자 아줌마가 광대였다면 참 우스웠을 텐데, 광대가 아니라서 무척 아쉬웠다. 광대들의 바지는 오르락내리락하며 사람들을 웃겼고, 들고 있는 악기에선 진짜 소리 대신 불꽃과 물이 뿜어져나왔다. 광대는 네 명이었다. 그중 대장은 뾰족모자에 부푼 바지를 입은 흰둥이로, 다른 광대들보다도 훨씬 얼굴이 희었다. 부하 광대들은 그에게 굽실거리며 군대식 경례를 했고, 대장은 그들의 엉덩이를 발로 찼다. 발길로 차는 일만 반복했는데, 그는 발길질을 하라고 만들어졌기 때문에 멈추고 싶어도 멈출 수가 없었다. 그래도 그게 짓궂게 보이기보다는 그저 기계적인 동작으로 보일 뿐이었다. 녹색 점이 박힌 노란색 옷을 입은 광대는 넘어져도 마냥 행복한 표정을 지었다. 그는 주로 줄타기를 하는데, 번번이 실패를 하면서도 웃는 걸 보면 철학자 광대인 모양이었다. 그는 갈색 가발을 쓰고 있었는데, 줄 위에 첫발 그리고 다음 발을 내딛고는 줄 위에서 오도 가도 못한 채 벌벌 떨었다. 그때마다 그 가발의 머리칼이 사방으로 뻗쳐 떨리면서 구경꾼들이 배꼽을 잡게 만들었다. 무서움에 떨고 있는 광대처럼 우스운 것도 없었다. 그의 친구 광대 하나는 온통 푸른색으로 차려입고는 작은 기타를 둘러메고 달을 보며 노래 부르며 온갖 주책을 떨었다. 그는 무척 착해 보이는 얼굴 표정이었지만 어쩔 수 없는 주책바가지였다. 마지막 광대는 하나이면서 둘이었다. 왜냐하면 그는 분신 하나를 매달고 있었는데, 하나가 움직이면 다른 하나도 똑같이 움직이기 때문이었다. 그 둘은 함께 묶여 있었기 때문에, 서로 떨어지려야 떨어질 수가 없었다. 그 구경에서 가장 마음에 드는 것은 그들 모두가 실제 인간이 아니라 기계들이라는 점이었다. 그래서 그들이 고통받지 않고 늙지도 않고 불행에 빠지지도 않으리라는 것을 이미 알고 있다는 것이었다. 우리네 인간세상과는 완전히 다른 세계였다. 그 세계에서는 낙타*에게조차도 호감이 갔다. 녀석은 얼굴 가득 미소를 띠고 마치 거드름을 피우는 중년 부인처럼 몸을 좌우로 흔들며 걸어다녔다. 무엇 하나 진짜가 없는 이 서커스의 세계는 인간 현실과는 동떨어진 행복의 세계였다. 철사줄 위에 있는 광대는 절대 떨어질 리가 없었다. 열흘 동안 나는 그가 떨어지는 것을 한 번도 보지 못했고, 그가 떨어지더라도 하나도 아프지 않으리라는 것을 너무 잘 알고 있었다. 그것은 정말 별세계였다. 나는 너무 행복해서 죽고 싶을 지경이었다. 왜냐하면 행복이란 손 닿는 곳에 있을 때 바로 잡아야 하기 때문이다.

---

* 까다로운 사람, 고약한 사람에 비유된다.

정신없이 서커스를 보는데 누군가 내 어깨를 잡았다. 순간 경찰인가 싶어 뒤돌아봤다. 그런데 한 여자가 서 있었다. 기껏해야 스물다섯 정도로 보였다. 꽤 괜찮은 얼굴에 금발을 늘어뜨린 여자에게선 달콤하고 상쾌한 향기가 났다.

"너, 왜 울고 있니?"

"울지 않아요."

그녀는 내 뺨을 어루만졌다.

"그럼 이건 뭐니? 눈물 아니야?"

"아뇨, 그게 어디서 나왔을까요?"

"글쎄, 내가 착각한 모양이구나. 이 서커스 정말 멋지지!"

"내가 본 서커스 중 최고예요."

"근처에 사니?"

"아뇨, 난 프랑스인이 아니에요. 아마 알제리인인 거 같아요. 벨빌에 살아요."

"이름은?"

"모모."

그녀가 내게 왜 이러는지 알 수가 없었다. 내가 아무리 아랍인이라지만 열 살짜리 남자애가 뭘 할 수 있다고. 그녀가 계속 내 뺨에 손을 대고 있어서 나는 약간 뒤로 물러섰다. 경계해야 한다. 여러분은 모르겠지만, 사회복지위원회 사람들이 별일 아닌 체하고 접근해서 행정적인 조사를 한다면서 귀찮게 하는 경우가 종종 있기때문이다. 행정적인 조사라는 거야말로 끔찍한 것이었다. 로자 아

줌마는 그 생각만 해도 불안해 죽으려 한다. 나는 조금 더 물러섰지만 너무 멀리 가지는 않고 다만 그 여자가 날 잡으려 할 때에 달아날 수 있을 정도로만 거리를 유지했다. 그런데 그녀는 정말 끝내주게 예뻤다. 원하기만 한다면 믿을 만한 녀석과 손잡고 한밑천 벌 수도 있을 것 같았다. 그녀는 웃음을 터뜨렸다.

"두려워할 거 없어."

그걸 말이라고 하나. 사실 말이지 '두려워할 거 없다'라는 말처럼 얄팍한 속임수도 없다. 하밀 할아버지는 두려움이야말로 우리의 가장 믿을 만한 동맹군이며 두려움이 없으면 무슨 일이 일어날지 아무도 모른다고 하면서 자기의 오랜 경험을 믿으라고 했다. 하밀 할아버지는 너무 두려운 나머지 메카에까지 다녀왔다.

"너 같은 어린애가 거리에서 혼자 돌아다니면 못써."

나는 웃음을 터뜨렸다. 정말로 웃기는 얘기였다. 하지만 나는 그녀에게 뭘 가르쳐주기 위해서 거기에 있는 것은 아니었으므로 아무 말도 하지 않았다.

"넌 정말 내가 본 아이들 중 제일 예쁘구나."

"당신도 멋져요."

그녀가 미소지었다.

"고맙다, 애야."

이유는 정확히 알 수 없었지만 아무튼 갑자기 내 속에서 희망 같은 게 솟았다. 당장 내가 따로 살 곳을 찾고 있는 것은 아니었다. 나는 로자 아줌마가 살아 있는 한 아줌마를 버리지는 않을 작정이었다. 하지만 조만간 닥쳐올 미래를 생각해두어야 했다. 나는 밤마다 미래를 꿈꾸곤 했다. 누군가와 바닷가에서 여름휴가를 보내는 꿈, 나를 기분좋게 하는 어떤 사람. 그렇다, 나는 가끔 로자 아줌마를 배신하곤 했다. 하지만 그것은 죽고 싶어질 때 머릿속으로만 그랬을 뿐이다. 나는 어떤 희망을 가지고 그 여자를 바라보았다. 가슴이 두근거렸다. 희망이란 것에는 항상 대단한 힘이 있다. 로자 아줌마나 하밀 할아버지 같은 노인들에게조차도 그것은 큰 힘이 된다. 미칠 노릇이다.

그러나 그녀는 더이상 아무 말도 하지 않았다. 그걸로 끝이었다. 사람이 아무런 대가 없이 행동을 할 때도 있으니까. 그녀는 내게 말을 건네고, 상냥함을 보이고, 친절한 미소를 보냈다. 그리고 한숨지으며 떠났다. 나쁜 년.

그녀는 바지에 레인코트 차림이었다. 멀리서도 그녀의 금발이 보였다. 날씬했고, 가볍게 걷는 모습을 보면 보따리를 몇 개쯤 들고 하루에도 몇 번씩 칠층을 뛰어 오르내릴 수 있을 것 같았다.

나는 별다른 할 일이 없었기 때문에 그녀의 뒤를 슬슬 따라갔다. 한번은 그녀가 멈춰 서더니 나를 돌아보아서 우리는 함께 웃었다. 그리고 또 한번은 내가 문 안쪽으로 숨었다가, 그녀가 뒤돌아보지도 않고 나를 찾지도 않는 바람에 그녀를 놓칠 뻔했다. 어찌나 빨리 걷던지, 그녀는 다른 중요한 볼일 때문에 나 같은 건 잊어버린 것 같았다. 그러고는 큰 문 안으로 들어갔다. 그녀가 일층에서 초인종을 누르는 게 보였다. 예측한 대로였다! 문이 열리고 두 명의

아이가 뛰어나와 그녀의 목에 매달렸다. 일고여덟 살쯤. 아, 이럴 수가.

나는 그 집 대문 앞에 쭈그리고 앉았다. 꼭 거기 있고 싶어서가 아니라 달리 가고 싶은 데가 없어서였다. 이런 때 내가 할 수 있는 일이 두세 가지 있었다. 에투알 광장의 상가로 가서 만화를 보면서 세상만사를 다 잊는 것. 아니면 나를 귀여워하는 피갈 거리의 여자들에게 가서 돈을 몇 푼 얻어내는 것. 그러나 나는 갑자기 모든 게 다 귀찮아져버렸다. 어떤 곳에도 있고 싶지 않았다. 나는 눈을 감았다. 하지만 그것으로는 부족했다. 나는 여전히 거기에 있었다. 살아 있다는 것은 어쩔 수 없는 것이다. 도대체 그 나쁜 년이 왜 내게 수작을 걸었는지 알 수가 없었다. 뭔가를 이해하는 데 내가 워낙 젬병이라는 것을 미리 말해두어야겠다. 나는 늘 연구하느라고 시간을 다 보낸다. 하밀 할아버지 말이 맞다. 사람은 아무것도 이해하지 못한 채 한동안 어리둥절한 상태로 있을 뿐이라고 할아버지는 말했다. 나는 다시 서커스를 보러 가서 한두 시간을 보냈다. 그러나 오후에 한두 시간은 아무것도 아니다. 나는 부인용 찻집에 들어가서 케이크 두 조각과 내가 제일 좋아하는 초콜릿 에클레르 과자를 실컷 먹고 나서 화장실이 어딘지 물어본 뒤 문 쪽으로 뺑소니를 쳐버렸다. 안녕. 그러고는 프랭탕 백화점에 가서 진열대의 장갑을 슬쩍해서는 쓰레기통에 처넣었다. 그리고 나니 기분이 좀 나아졌다.

정말 이상한 일이 일어난 것은 퐁티에 거리를 지나 집으로 돌아가던 길에서였다. 사실 나는 이상한 일이란 것을 별로 믿지 않는다. 일들이란 게 알고 보면 다 그렇고 그런 것이어서 별다를 게 없었기 때문이다.

나는 집으로 돌아가기가 두려웠다. 그즈음 로자 아줌마는 보기에 딱할 정도로 몸이 안 좋았고 나는 조만간 그녀가 나를 혼자 남겨두게 되리라는 것을 알고 있었다. 나는 계속 떠오르는 그 생각 때문에 겁이 나서 가끔씩 집으로 돌아가지 못하곤 했다. 어느 정도냐면 상점에 가서 아무거나 큰 물건을 하나 훔쳐서 붙잡혀가고 싶었다. 아니면 어떤 큰 건물에 들어가서 기관총을 쏘며 마지막까지 저항을 해볼까. 하지만 아무도 내게 관심을 갖지 않으리라는 걸 알고 있었다. 나는 퐁티에 거리에 계속 서 있었다. 그리고 술집 안에서 사람들이 축구 게임 하는 것을 바라보며 한두 시간을 죽였다. 다른 곳으로 가고 싶었지만 어디로 가야 할지 알 수가 없어 그냥 거기에서 뭉개고 있었을 뿐이었다. 로자 아줌마가 몹시 걱정하고 있을 게 뻔했다. 그녀는 항상 내게 무슨 일이 일어날까봐 두려워했다. 아줌마는 이제 칠층까지 올려줄 사람이 없기 때문에 외출을 거의 하지 않았다. 처음에는 그녀가 돌아올 때가 되면 아이들 네댓 명이 아래층에서 기다리고 있다가 밀고 올라갔다. 하지만 이제 그녀는 그런 식의 외출조차 거의 하지 않았다. 다리에 힘이 없고 심장도 안 좋아서 숨쉬는 것조차 보통 사람보다 네 배는 힘이 들었기 때문이다. 그러면서도 병원 얘기는 꺼내지도 못하게 했다. 병원에서는 주사는 뇌주지도 않으면서 죽을 때까지 붙잡아둔다는 것이다. 또 프랑스에서는 안락사를 반대하기 때문에 고생할 기운이 남아 있는 한 살아 있도록 강요한다고도 말했다. 고문을 끔찍이도 무서워해서, 아줌마는 늘 입버릇처럼 견딜 수 없을 정도가 되면 자살해버리겠다고 했다. 그러면서 병원에서 자기를 데려가고 나면, 남은 우리들은 법에 따라 빈민구제소로 가게 될 것이라고 미리 으름장을 놓는 것이었다. 그녀는 정해진 법 때문에 자기 뜻대로 죽을 수도 없다는 생각을 할 적마다 울음을 터뜨렸다. 법이란 지켜야 할 무언가를 가지고 있는 사람들이나 보호하기 위해 만들어진 것이다. 하밀 할아버지는 인정이란, 인생이라는 커다란 책 속의 쉼표에 불과하다고 말하는데, 나는 노인네가 하는 그런 바보 같은 소리에 뭐라 덧붙일 말이 없다. 로자 아줌마가 유태인의 눈을 한 채 나를 바라볼 때면 인정은 쉼표에 불과한 것이 아니다. 그것은 쉼표가 아니라, 차라리 인생 전체를 담은 커다란 책 같았고, 나는 그 책을 보고 싶지 않았다. 나는 로자 아줌마를 위해 기도하려고 회교 사원에 두 번 간 적이 있었는데, 회교 사원의 힘이 유태인들에게는 별 효험이 없는지 아무것도 달라지지 않았다. 그렇기 때문에 나는 벨

빌로 돌아가고 싶지도, 로자 아줌마와 눈을 마주치고 싶지도 않았다. 그녀는 항상 "외이! 외이!"라고 소리쳤는데, 그것은 유태인들이 어딘가 아플 때 내는 소리였다. 회교도들은 "카이! 카이!"라고 소리치고, 프랑스인들은 불행할 때—믿을 수 없는 일이지만 그들도 불행해질 때가 있다—"오! 오!"라고 외친다. 나는 이제 열 살이 되었다. 로자 아줌마는 내게도 생일이란 게 필요하다면서 한 날을 내 생일로 정해주었는데, 그게 오늘이다. 아줌마는 내가 정상적으로 성장하는 데는 생일이 중요하지, 그 밖의 것, 즉 엄마 아빠의 이름 같은 것은 필요 없다고 했다.

나는 시간이 흐르길 기다리며 어느 집 대문 아래 앉아 있었다. 하지만 시간은 세상의 어느 것보다도 늙었으므로 걸음걸이가 너무 느렸다. 사람이 아프면, 눈이 커지면서 표정이 풍부해진다. 로자 아줌마의 눈은 점점 커져서 이제는, 이유도 모른 채 매를 맞으면서 자기를 때리는 사람을 바라보는 개의 눈 같아졌다. 아줌마의 모습이 눈에 어른거렸다. 하지만 나는 여전히 퐁티에 거리를 떠나지 못했다. 명품 가게들이 즐비한 샹젤리제 거리와 가까운 곳이었다. 전쟁 전에는 풍성했다는 아줌마의 머리카락은 자꾸 빠졌다. 용기를 내서 대책을 세워야겠다고 결심했을 때 그녀는 내게 여자답게 보일 만한 진짜 머리카락으로 만든 새 가발을 하나 갖고 싶다고 말했다. 그녀의 낡은 가발 역시 더러워져서 이젠 정말 못 봐줄 지경이었다. 아줌마는 남자처럼 거의 대머리가 되었다. 대체로 여자는 대머리가 없기 때문에 그 모습은 더 흉측해 보였다. 그녀는 또 적

갈색 가발을 원했는데, 그 색이 가장 잘 어울리는 색이었다. 그것을 어디에서 훔쳐다줘야 할지 알 수가 없었다. 벨빌에는 못생긴 할머니들을 위한 뷰티 살롱이 없었다. 샹젤리제에는 그런 곳이 있었지만 내가 감히 들어갈 수가 없었다. 거기에서는 주문을 해야 하고 치수를 재야 하기 때문이다. 빌어먹을.

나는 몹시 저기압이었다. 콜라 생각도 나지 않을 정도였다. 사실 오늘은 진짜 내 생일도 아니고, 생일이니 뭐니 하는 것도 모두 근로계약처럼 사회적 약속에 지나지 않는 거라고 스스로를 위로했다. 나는 주유소에서 일하고 있는 내 친구들, 르 마우트와 르 샤를 생각해냈다. 조무래기일 땐, 뭐라도 된 것 같으려면 여럿이어야 하는 법이니.

땅바닥에 누워서 눈을 감고 죽는 연습을 해봤지만, 시멘트 바닥이 너무 차가워 병에 걸릴까봐 겁이 났다. 나는 마약 같은 너절한 것을 즐기는 녀석들을 좀 알고 있었다. 그러나 나는 행복해지기 위해서 생의 엉덩이를 핥아대는 짓을 할 생각은 없다. 생을 미화할 생각, 생을 상대할 생각도 없다. 생과 나는 피차 상관이 없는 사이다. 법적으로 어른이 되면 나는 아마 테러리스트가 될 것이다. 텔레비전에서 본 것처럼 비행기를 납치하고 인질극을 벌이고 무언가를 요구하겠지. 그게 뭐가 될지는 아직 모르겠지만 쉽지 않은 걸 요구해야지. 진짜 그럴듯한 걸로. 당분간은 그 요구 조건이 무엇이 될지 나도 모른다. 왜냐하면 나는 아직 그 직업에 대해 전문교육을 받지 않았기 때문이다.

나는 시멘트 바닥에 엉덩이를 대고 앉아, 비행기를 납치하고 인질극을 벌이는 상상을 했다. 인질들은 두 손을 들고 나온다. 나는 그 돈으로 무얼 할까 궁리한다. 세상의 모든 것을 다 살 수는 없을 테니까. 나는 로자 아줌마가 새 가발을 쓰고 발을 포근하게 하고 평온하게 죽어갈 수 있도록 별장을 하나 살 것이다. 창녀의 자식들을 그애들의 엄마와 함께 니스의 호화별장으로 보내서 편히 살게 하겠다. 그러면 그들도 나중에 파리를 방문하는 국가원수가 되든지 다수당의 국회의원이 되든지 성공한 회사 중역이 될 수 있을 것이다. 그리고 나는 진작부터 가게 진열창에서 봐뒀던 텔레비전을 사러 갈 것이다.

이 모든 일들을 생각해봤지만, 실제로 그렇게 할 마음은 없었다. 나는 푸른색 광대를 불러내서 한참 동안 재미있게 놀기도 했다. 그러고 나서 흰색 광대를 불렀다. 그는 내 옆에 앉아서 말없이 미니 바이올린을 연주했다. 나는 광대들에게 가서 그들과 함께 영원히 거기에 머물러 있고 싶었지만 로자 아줌마를 그 지옥 같은 곳에 혼자 내버려둘 수는 없었다. 그즈음 우리는 예전에 있던 흑인 아이를 보내고 밀크 커피색 피부의 베트남 아이를 새 식구로 맞았다. 그 흑인 아이의 엄마는 프랑스 령 앤틸리스 제도의 흑인이었는데, 유태인 엄마를 둔 기둥서방과 사랑에 빠져서 일부러 그 아이를 낳았고, 자신이 키우고 싶어했다. 남자를 사랑했기 때문이었다. 그녀는 어김없이 매달 양육비를 부쳐왔는데, 은다 아메데 씨가 그녀에게 그럭저럭 살 만큼의 돈을 주었기 때문이다. 그는 그녀가 버는 돈의 사십 퍼센트를 가로챘지만, 그가 관할하는 그 거리는 손님이 쉴 새없이 북적대는 매우 인기 있는 곳이었다. 그는 또 궁색한 처지에 빠져 있는 유고슬라비아인들에게도 돈을 주어야 했고, 그 거리에 빌붙어 세대 교체를 꾀하고 있는 코르시카인들까지 챙겨야 했다.

내 옆에는 잡동사니를 넣어두는 대바구니가 하나 있었는데, 거기에 불을 지르면 아파트를 몽땅 태울 수도 있었을 것이다. 범인이 나라는 것은 아무도 알지 못하겠지만 그런 경솔한 짓은 하지 않기로 했다. 지금도 나는 그 당시를 생생하게 기억하고 있다. 하루하루가 똑같았으니까. 내 생활은 매일이 똑같기는 했지만, 때로 다른 때보다 훨씬 기분이 안 좋은 때가 있었다. 아픈 데는 하나도 없는데 딱히 이유도 없이 팔다리가 다 떨어져나간 것처럼 느껴지기도 했다. 있어야 할 건 다 있는데도 그랬다. 아마 하밀 할아버지도 그런 경우는 설명할 수 없을 것이다.

누구를 모욕할 생각은 조금도 없지만 솔직히 말하자면 하밀 할아버지는 점점 멍청이가 되어가고 있었다. 그것은 살날이 얼마 안 남아서 더이상 어찌해볼 도리가 없는 노인들에게 흔히 나타나는 증세였다. 그들은 자기들을 기다리고 있는 것이 무엇인지를 너무 잘 알고 있다. 눈을 보면 능글맞은 타조처럼 과거로 숨어들기 위해서 시선을 자꾸 뒤로 돌리는 모습이 뻔히 보인다. 하밀 할아버지는 항상 빅토르 위고의 책을 손에 들고 있었지만 그것을 코란으로 혼동하기도 했다. 그는 두 권을 다 가지고 있었기 때문이다. 그는 그것들을 세세한 부분까지 암기하고 있었고 숨쉬듯이 술술 말하기도 했지만 두 가지를 뒤죽박죽으로 섞어버렸다. 내가 그와 함께 회교 사원에 갈 때면 우리는 사람들에게 깊은 인상을 주었다. 왜냐하면 나는 그를 장님처럼 안내했는데, 우리 회교에서는 장님을 매우 존중하기 때문이다. 그는 항상 착각을 일으켜서 기도할 때에 "워털루 워털루 쓸쓸한 황야여" 하며 빅토르 위고의 시구절을 암송해서 거기에 모인 회교도들을 놀라게 했다. 그러면서 그는 종교적 열성으로 눈에 눈물까지 머금었다. 그는 잿빛 젤라바를 입고 흰색 갈모나를 머리에 쓴 깔끔한 차림으로 천국에 가게 해달라고 열심히 기도했다. 그러나 그는 죽지 않았고, 그의 나이에 그보다 더 말을 잘하는 사람은 없었으므로, 세상사의 모든 면에서 최고가 될지도 모른다. 세상에서 제일 일찍 죽는 것은 개들이다. 열두 살만 되면 쓸모가 없어져서 새것으로 바꾸어야 한다. 이다음에 내가 개를 갖게 되면 갓난 놈으로 골라서 될 수 있는 대로 오래 데리고 있을 작정이다. 광대들만은 죽고 사는 데 문제가 없다. 그들은 우리가 잘 아는 방식으로 세상에 나타난 것이 아니기 때문이다. 그들은 자연의 법칙대로 만들어진 것이 아니므로 결코 죽지 않는다. 그러면 재미가 없을 테니까. 나는 내가 원할 때 언제든지 그들을 내 곁으로 불러올 수 있었다. 원하기만 하면 누구든 내 곁으로 불러올 수 있었다. 킹콩이든 프랑켄슈타인이든 상처 입은 붉은 새떼라도. 그러나 엄마만은 안 된다. 그러기에는 내 상상력이 부족한 모양이다.

나는 일어섰다. 큰 대문도 지겨워져서 뭐가 있나 하고 거리를 내다보았다. 오른쪽에 완전무장한 경찰들이 탄 경찰차 한 대가 서 있

었다. 나도 경찰이 되고 싶다. 그러면 아무것도 아무도 두려워하지 않고 무얼 해야 할지도 알게 될 텐데. 경찰이 되면 정부로부터 명령을 받는다. 로자 아줌마 얘기로는, 빈민구제소에서 자란 창녀의 아들들 중에는 경찰이나 보안기동대나 공화당원이 된 사람이 많으며, 그쯤 되면 더이상 아무도 그들을 건드리지 못한다고 했다.

나는 주머니에 손을 찔러넣은 채 구경을 나섰다. 사람들이 경찰 수송차라고 부르는 차로 다가갔다. 사실은 약간 겁이 났다. 그들이 모두 차 안에 있는 것은 아니었다. 그중 몇 명은 밖에 나와 있었다. 내가 〈로렌 강을 건너며〉라는 노래를 휘파람으로 불기 시작하자, 내가 외국애처럼 보였는지 경찰 하나가 미소를 지어 보였다.

경찰은 이 세상에서 제일 힘이 센 존재들이다. 경찰 아버지를 둔 아이들은 다른 아이들보다 아버지를 두 배로 가진 셈이다. 경찰에서는 아랍인이건 흑인이건, 프랑스와 조금만 관련이 있는 사람이면 다 받아준다. 빈민구제소를 거친 창녀의 아들이라 해도 아무도 그들에게 뭐라고 하지 않는다. 그래서 말인데, 경찰이 되는 것보다 더 좋은 길은 없다. 군인들조차도 장군을 빼고는 그들과 비교도 안 된다. 로자 아줌마는 경찰들에 의해 집에서 쫓겨난 적이 있기 때문에 경찰이라면 파랗게 질렸지만, 그건 별개의 문제다. 그녀가 그날 재수가 없었기 때문에 생긴 일이었으니까. 나는 언젠가 알제리에 가면 경찰이 될 것이다. 그곳은 경찰이 정말 필요한 곳이다. 프랑스에는 알제리보다 알제리인이 훨씬 적은데, 그 이유는 이곳에서는 알제리인들이 할 일이 별로 없기 때문이다. 나는 경찰차를 향해 한두 발짝 더 다가갔다. 경찰들은 차 안에서 모두 무장강도 사건이나 난동이 일어나기를 기다리고 있었다. 가슴이 두근거렸다. 나는 법에 대해선 켕기는 구석이 있었기 때문에 거기에 있으면 안 될 것 같았다. 그러나 경찰들은 꼼짝도 하지 않았다. 무척 피곤한 모양이었다. 창가에 기대고 잠을 자는가 하면, 트랜지스터 라디오를 옆에 놓고 조용히 바나나를 까먹는 사람도 있었다. 휴식시간이었다. 차 밖에는 안테나가 달린 무전기를 손에 든 금발의 경찰이 있었는데, 그는 무슨 일이 일어나도 아무렇지 않을 사람 같아 보였다. 나는 겁이 났지만 내가 그 이유를 잘 알기 때문에 괜찮았다. 나는 사람들이 숨을 쉬듯이 항상 이유도 없이 겁을 먹고 있었던 것이다. 그 경찰은 나를 보고도 못 본 척했고 나는 느긋하게 휘파람을 불며 그 옆을 유유히 지나갔다.

결혼해서 아이를 둔 경찰들도 있다는 것을 나는 알고 있었다. 언젠가 르 마우트와 함께 경찰을 아버지로 두는 것에 대해 토론한 적이 있었는데, 르 마우트는 지겹다는 표정으로 그런 상상은 아무 쓸모 없는 짓이라고 말하더니 가버렸다. 약물중독자와는 토론할 수가 없다. 그들은 세상일에 대해 호기심이 전혀 없기 때문이다.

나는 집에 돌아가기가 싫어서 계속 어슬렁거렸다. 길거리를 오가며 발자국 수를 세다가 나중에는 너무 많아서 숫자를 잊어버리고 말았다. 아직도 날은 지지 않아 저 끝에 태양이 매달려 있었다. 언젠가 나는 시골이 어떻게 생겼나 가볼 것이다. 나는 바다에도 관심이 많다. 하밀 할아버지는 경외심 어린 말투로 바다에 대해 이야기하곤 했다. 하밀 할아버지가 없었다면 나는 뭐가 됐을지 모르겠다. 내가 아는 모든 것은 다 하밀 할아버지가 가르쳐준 것이다. 할아버지는 어렸을 때 삼촌을 따라 프랑스에 왔는데, 할아버지가 아직 어릴 때 삼촌이 돌아가셨지만 스스로 일어서는 데 성공했다. 요사이에야 점점 바보가 되어가고 있지만, 그것은 자신이 그렇게 오래 살게 되리라는 것을 미리 알지 못했기 때문에 어쩔 수 없는 일이었다. 태양은 지붕 위에 앉아 있는 노란색 옷을 입은 광대 같은 모습이었다. 나는 언젠가 메카에 갈 것이다. 하밀 할아버지는 그곳은 다른 어느 곳보다도 태양이 뜨겁고 오래 떠 있는데, 그것은 지리적인 이유 때문이라고 했다. 그러나 나는 메카에서도 나머지들은 다른 곳과 마찬가지일 것이라고 생각한다. 나는 아주 먼 곳, 전혀 새롭고 다른 것들로 가득찬 곳에 가보고 싶은데, 그런 곳을 상상하지 않으려고 애쓴다. 공연히 그곳을 망칠 것 같아서이다. 그곳에 태양과 광대와 개들은 그대로 있었으면 좋겠다. 그것들은 그대로도 아주 좋으니까. 그러나 나머지는 모두 우리가 알아볼 수 없도록 그곳에 맞게 다시 만들어졌으면 좋겠다. 하지만 그래봤자 크게 달라지지는 않을 것 같다. 사물들이 얼마나 자기 모습을 끈덕지게 고집하는지를 생각해보면 참 우습기까지 하다.

다섯시쯤 되어 슬슬 집으로 돌아가려던 참이었다. 그때 인도 위 주차금지 팻말 아래에 소형차를 세우는 금발 여자가 눈에 들어왔다. 나는 한번 앙심을 품으면 잘 풀어지지 않는 고약한 성격이었기 때문에 단번에 그녀를 알아보았다. 내게 괜히 수작을 걸어서 나로 하여금 공연한 헛수고를 하게 만들고 모른 척 가버린 바로 그 망할 여자였다. 나는 그녀를 다시 보게 되자 바보처럼 흠칫 놀랐다. 파리 에는 길이 하도 많아서 누군가를 우연히 만난다는 것이 보통 어려 운 일이 아니었다. 내가 건너편 인도에 있었기 때문에 그녀는 나를 알아보지 못했다. 나는 그녀가 나를 알아보도록 하려고 재빨리 길 을 건넜다. 그러나 그녀는 무척 바쁜 일이 있는지 그 일은 생각나지 도 않는 것처럼 내 쪽으론 눈도 돌리지 않았다. 하긴 벌써 두 시간 전의 일이니까. 그녀는 39번지 안으로 들어갔다. 건물 내부에는 마 당을 사이에 두고 또다른 집이 있었다. 그녀가 나를 알아보게 할 시 간적 여유가 없었다. 그녀는 낙타털 재킷에 바지를 입고 숱 많은 금 발을 늘어뜨리고 있었다. 그녀가 지나간 자리 주위로는 적어도 오 미터 정도까지 향수 냄새가 남아 있었다. 그녀가 차문을 잠그지 않 았기 때문에 나는 처음에 차 안에서 무언가를 훔쳐서 그녀의 기억을 되살려볼까도 생각했지만, 내 생일이라서 울적하기도 하고, 내가 왜 이런 일에 집착해야 하지, 하는 생각이 들어 그만두었다. 나는 달랑 혼자인데, 세상에는 너무 많은 사람들이 있다. 내가 도둑질을 해봤자 도둑이 나라는 것을 그녀가 알 리가 없다. 나는 그녀의 눈에 띄고 싶었다. 하지만 나를 맡아줄 가정을 찾기 위해서는 절대로 아니었다. 로자 아줌마가 아직은 애써 조금 더 버틸 수 있었다.

모세는 입양되어 갔고, 바나니아도 입양 가정과 상담중이니 더 이상 내가 걱정할 필요는 없었다. 나는 병이 있는 것도 아니고 사회 부적응자도 아니었다. 입양하려는 사람이 첫번째로 보는 것이 그런 것들인데, 충분히 이해가 가는 일이다. 왜냐하면 믿고 입양을 했는데 알고 보니 알코올 중독자의 자식이거나 발달장애아인 경우가 종종 있기 때문이다. 그런가 하면 입양 가정을 찾지 못한 괜찮은 아이들도 있었다. 내게도 만약 선택권이 있었다면 내게 고통만 주는 무능한 유태인 노인네보다는 더 나은 가정을 택했을 것이다. 솔직히 말해서 나는 로자 아줌마가 그런 상태로 있는 것을 볼 때마다 죽고 싶은 마음뿐이었다. 로자 아줌마가 개였다면, 진작 사람들이 안락사시켰을 것이다. 그러나 사람들은 항상 사람에게보다 개에게 더 친절한 탓에 사람이 고통 없이 죽는 것도 허용하지 않는다. 이런 말을 하는 것은, 내가 나딘 양―나중에 그녀가 자기 이름이 나딘이라고 가르쳐주었다―을 따라간 것이 로자 아줌마가 혼자서 조용히 죽기를 바라서 그런 것이라고 오해하지 않았으면 해서다.

그 집 안으로 들어가니 입구는 안쪽에 있는 더 작은 두번째 건물로 통했다. 다시 그 두번째 건물 안으로 들어서는 순간, 총소리와 삐걱거리는 제동장치 소리, 여자가 울부짖는 소리, 그리고 "날 죽이지 마! 날 죽이지 마!" 하며 애원하는 남자의 소리가 들려왔다. 소리가 어찌나 가까이에서 들렸던지 나는 소스라치게 놀랐다. 곧이어 경기관총 소리가 들리고, 죽기 싫은 남자가 마지막으로 외치는 "안 돼!" 하는 비명이 들렸다. 그리고 섬뜩한 침묵이 흘렀다. 여러분은 내 말을 믿지 못하겠지만, 잠시 후 지금까지 벌어진 상황이 다시 반복되었다. 그럴 수밖에 없는 이유가 있었다며 죽음을 거부하는 그 남자의 목소리와 그의 말에 귀기울이지 않고 울려퍼지는 기관총 소리. 그 남자가 절대로 용서받을 수 없는 비열한 자라서 본보기로 세 번씩이나 죽임을 당해야 한다는 듯, 그를 죽이는 일은 세 차례나 반복되었다. 그가 죽었고 다시 침묵이 흘렀다. 그리고 다시 네 번 다섯 번 달려들어 그를 죽였다. 어쨌거나 나는 그가 가엾다는 생각이 들었다. 그들은 죽은 그 사람을 내버려두었고 이번에는 여자의 목소리가 들렸다. "내 사랑, 가엾은 내 사랑." 너무도 감동적이고 가슴이 메었다. 나는 너무 놀라서 그 자리에 우뚝 서고 말았다. 하지만 여전히 나는 그게 무슨 의미인지 이해할 수 없었다. 입구에는 나밖에 없었고 문 위에 빨간 불이 켜져 있었다. 내가 가까스로 진정되려는 순간 그 소란은 다시 시작되었다. "내 사랑, 내 사랑"이 여러 가지 톤으로 되풀이되었다. 그 남자는 자기의 죽음을 괴로워하는 누군가가 있다는 사실이 너무 기뻐서 자기 부인의 품안에서 대여섯 번씩이나 죽는 것 같았다. 나는 로자 아줌마를 생각했다. 그녀에게는 "내 사랑, 내 가엾은 사랑"이라고 말해줄 사람이 아무도 없었다. 그녀는 머리카락도 없고 몸무게는 구십오 킬로그램이나 되고 너무 못생겼기 때문이다. 그때 안에서 그 여자가 어찌나 절망적으로 비명을 지르던지 나는 남자답게 문을 박차고 안으로 들어갔다. 맙소사, 그것은 영화였다. 다만 화면 속의 사람들이 모두 뒷걸음질을 치고 있다는 것이 달랐다. 내가 안으로 들어갔을 때, 화면 속의 그 여자는 시체 위에 쓰러져서 거의 죽은듯이 있다가 벌떡 일어나더니 뒷걸음질을 쳤다. 그녀는 앞으로 갈 때는 살아 있는 사람 같은 모습이었지만 뒷걸음질칠 때는 인형 같았다. 그러고 나서 화면이 어두워지고 방에 불이 켜졌다.

나를 버리고 가버렸던 그 여자가 방 한가운데 마이크가 있는 소파들 앞에 서 있었다. 불이 켜지자 그녀는 나를 발견했다. 방구석에는 남자들이 서너 명 있었지만 무기를 가지고 있지는 않았다. 입을 헤벌린 내 모습이 꼭 바보처럼 보였을 것이다. 나를 바라보는 그들의 모습도 그랬으니까. 그 금발의 아가씨는 나를 알아보고 활짝 웃어 보였다. 덕분에 나는 약간 우쭐해졌다. 내가 그녀에게 인상적이긴 했나보다.

　"어머, 내 친구잖아!"

　우리는 절대로 친구가 아니다. 하지만 그 자리에서 그걸 가지고 이러쿵저러쿵하고 싶지는 않았다. 그녀가 내게로 다가오면서 내 손에 들린 아르튀르에게 눈길을 보냈지만, 나는 그녀가 관심이 있는 것이 바로 나라는 것을 잘 알고 있었다. 여자들은 종종 웃긴다.

　"이게 뭐니?"

　"낡은 우산에 옷을 입힌 거예요."

　"옷이 참 우습구나, 마스코트 같아. 네 친구니?"

　"내가 바보인 줄 알아요? 우산이 어떻게 친구가 되겠어요?"

　그녀는 아르튀르를 들고 들여다보는 척했다. 다른 사람들도 그랬다. 아이를 입양하는 사람이 제일 싫어하는 것이 바로 저능아다. 저능아란 세상에 재미있는 일이 아무것도 없어서 자라지 않기로 마음먹은 아이다. 그러면 난처해진 부모는 어찌할 바를 모르게 된다. 예를 들어 열다섯 살짜리 아이가 열 살처럼 행동을 하는 식이다. 문제는 그런 아이는 혼자 벌어먹고 살 수가 없다는 것이다. 그리고 나 같은 열 살짜리 아이가 열다섯 살처럼 행동하면 학교에서는 내쫓아버리기도 한다. 학교가 엉망이 된다나.

"얼굴이 온통 초록색인 게 예쁘구나. 그런데 왜 얼굴을 초록색으로 했니?"

그녀에게서 너무 좋은 냄새가 나서 나는 로자 아줌마 생각이 났다. 왜 그렇게 냄새가 다른지.

"이건 얼굴이 아니에요, 그냥 헝겊이에요. 우리는 얼굴 같은 걸 만들면 안 돼요."

"뭐라구? 안 된다구?"

그녀의 푸른 눈동자에는 아주 재미있어하는 그리고 아주 친절한 표정이 담겨 있었다. 그녀는 아르튀르 앞에 쭈그리고 앉았지만 사실은 나 때문에 그러고 있었다.

"나는 회교도예요. 우리 종교에서는 얼굴 같은 거 만들면 안 돼요."

"얼굴을 만들면 안 된다니?"

"그건 신에 대한 모독이거든요."

그녀는 무표정한 채 슬쩍 내게 눈길을 던졌지만 나는 그녀가 속으론 무척 놀라고 있다는 것을 눈치챘다.

"너 몇 살이니?"

"처음 만났을 때 말했잖아요. 열 살이에요. 오늘이 바로 내 열번째 생일이에요. 하지만 나이가 무슨 상관인가요? 나에겐 여든다섯 살 먹은 친구가 있는데 아직 살아 계세요."

"이름은 뭐지?"

"그것도 이미 물어봤잖아요. 모모예요."

그녀는 계속해서 일을 해야 했다. 그녀는 거기가 녹음실이라고 내게 설명해주었다. 화면의 등장인물들은 말을 하는 것처럼 입을 움직이고 있지만 실제로 그들에게 목소리를 불어넣어주는 것은 그 녹음실 사람들이었다. 어미새들처럼, 그들은 등장인물들의 목구멍에 소리를 심어주고 있었다. 첫 녹음을 망쳐서 목소리가 제때에 들어가지 않으면 다시 해야 했다. 그러면 멋진 일이 벌어졌다. 모든 것이 거꾸로 돌아가기 시작하는 것이다. 죽은 사람이 되살아나서 살아 있을 때의 제자리로 돌아왔다. 누군가가 단추를 누르자 모든 것이 뒷걸음질쳐 되돌아가기 시작했다. 자동차들이 거꾸로 달리고 개들도 뒤로 달리고, 무너졌던 집이 내가 보는 앞에서 눈 깜짝할 사이에 원래 상태로 돌아왔다. 시체에서 총알이 튀어나와 기관총 속으로 다시 들어가고 살인자들은 뒤로 물러서서 뒷걸음질로 창문을 훌쩍 넘어 나갔다. 비워졌던 잔에 다시 물이 차올랐다. 흐르던 피가 시체의 몸으로 다시 들어가고 핏자국은 어디에도 보이지 않았으며 상처도 다시 아물어버렸다. 뱉은 침은 다시 입 속으로 빨려 들어갔다. 말들이 뒤로 달리고 팔층에서 떨어졌던 사람이 다시 살

155

아나서 창문으로 돌아갔다. 거꾸로 된 세상, 이건 정말 나의 빌어먹을 인생 중에서 내가 본 가장 멋진 일이었다. 나는 튼튼한 다리로 서 있는 생기 있는 로자 아줌마를 떠올렸다. 나는 좀더 시간을 거슬러올라 아줌마를 아름다운 처녀로 만들었다. 그러자 눈물이 났다.

급히 가야 할 곳이 있는 것도 아니기 때문에 나는 거기에 머물면서 맘껏 즐거운 시간을 가졌다. 나는 화면에 나오는 그 착한 여자가 죽었을 때, 보는 이에게 동정심을 불러일으키기 위해 잠시 죽어 있다가 보이지 않는 손에 이끌리듯이 일어나 뒤로 가면서 다시 살아나기 시작하는 것이 제일 좋았다. 그 여자가 "내 사랑, 내 가엾은 사랑"이라고 부른 그 남자는 더럽게 생겼지만 내가 상관할 바는 아니었다. 그곳에 있는 사람들은 내가 그 영화를 보고 너무 좋아하는 것 같으니까, 화면을 돌려서 처음까지 가게 할 수도 있다고 말해주었다. 그중 털보 하나는 재밌다는 듯이 낄낄거리면서 그러다가 "에덴동산까지" 갈 수도 있다고 말했다. 그러고 나서 그가 덧붙여 말하기를, "불행하게도, 다시 시작해봤자 결국 그게 그거야"라고 했다.

금발의 그 아가씨는 자기 이름이 나딘이라는 것과 자기가 하는 일이 바로 영화에 사람의 목소리를 입히는 것이라고 말해주었다. 나는 너무 만족스러운 나머지 더 바랄 것이 없었다. 생각해보라, 불타서 잿더미가 되었던 집에 불이 꺼지고 다시 일어서는 장면을. 이건 직접 눈으로 보아야 한다. 남의 눈을 통해 보는 것과는 다르다.

157

그때 내게 정말 이상한 일이 벌어졌다. 과거로 거슬러올라가서 엄마를 보았다고 말할 수는 없다. 하지만 땅바닥에 앉아 있는 내 모습과 그런 내 앞으로 가죽으로 된 미니스커트를 입고 허벅지까지 올라오는 부츠를 신은 다리가 지나가는 것을 본 것이다. 나는 얼굴을 보려고 눈을 치켜뜨려 안간힘을 썼지만 허사였다. 나는 그것이 나의 엄마라는 것을 알았다. 하지만 이미 너무 늦어버렸다. 추억은 올려다볼 수가 없는 것이었다. 나는 좀더 먼 과거로까지 돌아가는 데 성공했다. 나를 어르며 재우고 있는 누군가의 따뜻한 두 팔이 느껴졌다. 배가 아팠다. 나를 따뜻하게 안고 있는 사람이 콧노래를 부르며 좌우로 몸을 흔들며 걸었지만 나는 여전히 배가 아파서 바닥에 똥을 쌌고, 배가 편안해지자 더이상 아프지 않았다. 그 따뜻한 사람은 나에게 뽀뽀를 해주더니 가볍게 웃었다. 나는 그 웃음소리를 듣고, 또 듣고, 또 듣고……

"재밌니?"

나는 소파에 앉아 있었고 화면에는 이제 아무것도 나타나지 않았다. 금발의 여자가 내게 다가왔고 방안에 불이 켜졌다.

"아주 좋아요."

뒤이어 은행 직원인지 반대파 중의 한 명인지 배에 총을 잔뜩 맞은 채 "날 죽이지 마, 죽이지 마!"라고 멍청이처럼 울부짖는 남자가 다시 나왔는데 그래봤자 아무 소용이 없다. 각자 자기 일이란 게 있으니 말이다. 나는 영화에서 죽어가는 사람이 마지막 순간에 "여러분 각자 자기 일을 열심히 하십시오"라고 말하는 것을 좋아

한다. 그건 그가 생을 이해한다는 뜻이다. 감상에 젖어서 사람들을 우울하게 만드는 것은 쓸데없는 짓이다. 어쨌든 더빙하는 남자가 적절한 어감을 살리지 못했기 때문에 녹음을 다시 하기 위해 화면을 앞으로 돌려야만 했다. 우선 그는 총알을 막으려고 손을 뻗쳤고, 그때 "안 돼, 안 돼!"와 "날 죽이지 마, 죽이지 마!"라는 소리가 녹음실의 마이크 앞에 안전하게 서 있는 남자의 목소리로 끼워맞춰진다. 그러고 나서 그는 몸을 뒤틀면서 쓰러졌는데, 영화에서는 그런 게 재미다. 그는 이제 더이상 움직이지 않았다. 갱들은 그가 더이상 자신들을 해칠 수 없는데도 확인사살을 했다. 이미 살아날 가망은 없어졌는데 모든 것은 다시 거꾸로 돌아가기 시작했고 그 남자는 다시 살아났다. 마치 하느님이 더 쓸 데가 있어서 손을 잡아 일으켜세우는 것처럼.

그다음 우리는 다른 장면들을 보았는데, 고칠 것이 있어서 열 번이나 되돌려야 했다. 대사들도 거꾸로 돌아가서 마치 아무도 못 알아듣지만 무슨 의미가 있는 것 같은 신비한 소리로 들렸다.

화면에 아무것도 나오지 않을 때면 나는 행복한 로자 아줌마를 상상하며 즐거워했다. 전쟁 전 풍성했던 아줌마의 머리카락, 몸을 팔아 먹고살지 않아도 되던 때의 행복한 로자 아줌마를.

금발 여자가 내 뺨을 어루만져주었다. 그녀는 무척 상냥했다. 그것이 더 유감스러웠다. 내가 보았던 그녀의 두 아이를 떠올렸다. 유감스러운 일이 아닐 수 없었다.

"영화가 퍽 재미있었나보구나."

"무척 재미있었어요."

"보고 싶으면 또 와."

"내가 시간이 그렇게 많지 않아서 약속은 못해요."

그녀는 내게 아이스크림을 먹으러 가자고 했다. 나는 거절할 수 없었다. 그녀도 내가 마음에 들었나보다. 좀더 빨리 걷자고 내가 그녀의 손을 잡자 그녀는 미소지었다. 나는 딸기와 피스타치오 열매를 얹은 초콜릿 아이스크림을 주문하고는 곧 바닐라 아이스크림을 시키지 않은 것을 후회했다.

"뭐든지 거꾸로 돌아가는 게 너무 재미있어요. 나는 곧 죽게 될 어떤 아줌마 집에 살고 있거든요."

그녀는 자기 아이스크림에는 손도 대지 않고 나만 바라보았다. 나는 그녀의 금발이 너무 아름다워서 손을 들어 그것을 만져보지 않을 수 없었다. 그렇게 해놓고는 쑥스러워서 어쩔 줄 몰라했다.

"너의 부모님은 파리에 안 계시니?"

나는 뭐라고 말해야 할지 몰라 아이스크림만 꾸역꾸역 먹어댔다. 어쩌면 내가 세상에서 제일 좋아하는 건 아이스크림인지도 모르겠다. 그녀는 더이상 묻지 않았다. 네 아빠는 뭐하시니, 네 엄마는 어디 계시냐는 질문을 받는 건 정말 지겹다. 그 얘기만 나오면 나는 할말이 없기 때문이다. 그녀는 종이와 펜을 꺼내서 무언가를 적어주면서 그 쪽지를 절대로 잃어버리지 말라고 세 번씩이나 강조했다.

"자, 이건 내 이름과 주소야. 오고 싶으면 언제든지 와도 좋아.

아이들을 돌봐주는 친구가 있거든."

"정신과 의사요?"

그 말에 그녀는 깜짝 놀랐다.

"무슨 소리야? 아이들을 돌봐주는 것은 소아과 의사야."

"아기일 때나 그렇죠. 나중에는 정신과 의사가 봐줘요."

그녀는 말없이 나를 빤히 쳐다보았는데, 아마도 내 말에 겁을 먹은 모양이었다.

"그런 말을 어디서 들었니?"

"르 마우트라는 친구가 있는데요, 그애는 약물중독 치료중이라서 그런 문제는 잘 알아요. 마르모탕에서 치료중이래요."

그녀는 내 손 위에 자기 손을 얹더니 내 쪽으로 몸을 수그렸다.

"열 살이라고 했니?"

"네, 그쯤 될 거예요."

"넌 그 나이에 별걸 다 아는구나…… 그럼 약속할까? 우리를 보러 올 거지?"

나는 아이스크림을 핥아먹었다. 기분이 별로였다. 그럴 때면 맛있는 것이 더욱 맛있어졌다. 여러 번 그런 적이 있었다. 죽고 싶어질 때는 초콜릿이 다른 때보다 더 맛있다.

"아줌마 집엔 벌써 누가 있던데요?"

그녀가 나를 물끄러미 바라보는 걸 보니, 내 말을 못 알아들은 모양이다. 복수심이 일어서 나는 그녀를 빤히 쳐다보며 아이스크림을 핥았다.

"아까 아줌마를 만났을 때 보았어요. 아줌마가 집으로 들어갈 때요. 아이들이 둘이나 있던데요. 아줌마처럼 금발이고요."

"날 따라왔었니?"

"그래요. 아줌마가 나더러 그렇게 하라는 것 같았거든요."

그녀가 갑자기 무슨 생각을 했는지는 모르겠지만 눈빛으로 보건대 무엇인가를 생각하고 있는 건 분명했다. 그녀의 눈빛이 좀 전에 비해 네 배는 더 강렬했다.

"잘 들어, 모하메드……"

"다들 모모라고 불러요. 모하메드는 너무 길잖아요."

"얘야, 잘 들어. 내 이름하고 주소 잘 가지고 있지? 그거 잃어버리지 마. 그리고 네가 오고 싶을 때는 언제든지 날 보러 와…… 네가 사는 곳은 어디지?"

그건 곤란하다. 저런 여자가 갑자기 아줌마 집에 들이닥쳐서 그곳이 창녀의 아이들을 기르는 비밀 소굴이라는 것을 알게 되면 망신이다. 뭐 내가 그녀에게 바라는 게 있어서 그러는 건 아니다. 그녀에게는 이미 아이가 있다는 것을 알고 있다. 선량한 사람들에게는 창녀의 아들이란 곧 뚜쟁이, 포주, 범죄행위, 청소년 범죄와 마찬가지인 것이다. 내 오랜 경험으로 잘 알고 있다. 우리 창녀의 자식들이 선량한 사람들에게 아주 좋지 않은 평판을 받고 있다는 것을. 그들은 절대로 우리를 양자로 삼지 않는다. 왜냐하면 카츠 선생님 말대로 가정환경의 영향이란 것이 있기 때문이다. 그리고 그들이 볼 때 창녀보다 더 나쁜 것은 없기 때문이다. 그들은 또 우리가 유전적으로 성병을 물려받지나 않았을까 두려워한다. 나는 집이 없다고 할 수는 없고 해서 그녀에게 가짜 주소를 말해주었다. 나는 그녀가 준 쪽지를 주머니에 넣었다. 누가 알랴, 그것이 필요할 날이 올지. 하지만 기적이란 없는 법이다. 그녀는 내게 이것저것 묻기 시작했고, 나는 예 아니오, 대꾸도 없이 바닐라 아이스크림을 하나 더 먹었다. 역시 바닐라 아이스크림이 세상에서 최고다.

"우리 아이들과 친하게 지내보렴. 그리고 함께 시골로 놀러 가는 거야, 퐁텐블로에는 별장도 있단다……"

"저 이만 갈게요. 안녕히 가세요."

나는 갑자기 벌떡 일어나서 아르튀르를 움켜쥐고 뛰었다. 나는 그녀에게 아무것도 바라는 게 없었으므로.

나는 아슬아슬하게 차들 사이를 달리면서 그들을 겁주는 게 재밌었다. 운전자들은 어린아이를 칠까봐 두려워했고, 나는 그들의 마음을 움직여 무엇인가 하게 한다는 것이 기분좋았다. 아무튼 다치지 않게 하려고 끼익 소리를 내며 급정거하는 모습을 보는 것이 아무 일도 일어나지 않는 것보다는 낫다. 그들을 좀더 겁줘보고 싶은 욕심이 있었지만 그것은 내 능력 밖의 일이었다. 나는 내가 커서 경찰이 될지 테러리스트가 될지 아직 몰랐다. 그것은 나중에 커봐야 알 것이다. 아무튼 어떤 조직이 필요한 것만은 분명하다. 혼자 힘으로는 불가능하다. 나는 너무나 작기 때문이다. 더구나 사람을 죽이는 건 정말 싫다. 차라리 내가 죽는 게 낫지. 아니다, 내가 되고 싶은 것은 빅토르 위고 같은 사람이다. 하밀 할아버지는 말이야말로 사람을 죽이지 않고도 뭐든지 다 할 수 있는 것이라고 했는데, 나중에 시간이 나면 다시 생각해봐야겠다. 하밀 할아버지는 말이 세상에서 가장 강한 것이라고 했다. 내 의견을 말하자면, 무장 강도 같은 사람들이 그렇게 된 것은 어렸을 때 사람들이 찾아내서 보살펴주지 않았기 때문인 것 같다. 그러나 세상에는 아이들이 너무 많아 일일이 보살펴줄 수가 없다. 그래서 아이들은 사람들의 눈에 띄려고 떼지어 다니기도 하고 심지어 굶어 죽기도 한다. 로자 아줌마는 죽어가는 아이들이 수백만 명이나 되며, 그런 자신을 사진 찍게 하는 아이들까지 있다고 했다. 인류의 적은 바로 남자의 성기이며 가장 훌륭한 의사는 예수인데, 그 이유는 그가 남자의 성기에서 나오지 않았기 때문이라는 말도 했다. 그래서 그의 경우는 예외라나. 로자 아줌마는 인생이 무척 아름다울 수도 있지만 아직 아름다운 인생을 찾지 못한 사람은 착하게 살아야 한다고 말했다. 하밀 할아버지는 나에게 인생의 좋은 점에 관해서 이야기해주었는데 특히 페르시아 양탄자 이야기가 으뜸이었다.

아무도 어린애를 치어 죽이고 싶어하지 않았기 때문에 운전자들을 겁주며 차들 사이를 달리면서 나는 내가 중요한 인물이라도 된 것 같은 기분이 들었고, 언제까지나 그들을 짜증나게 만들 수 있을 것 같았다. 단지 그들을 골탕 먹이자고 차에 깔려 죽을 생각은 없었지만, 아무튼 혼비백산하게 만들 순 있었다. 클로도라는 친구녀석은 나처럼 장난을 치다가 정말로 차에 치여서 석 달간이나 병원에서 호강을 했다. 만약 집에서 다리를 한 짝 잃었다면 그애 아버지는 다리를 찾아오라고 그애를 내쫓아버렸을 텐데 말이다.

벌써 날이 저물었다. 로자 아줌마는 내가 없어서 무서워하고 있을 것이다. 나는 집을 향해 달리기 시작했다. 로자 아줌마 없이 즐거운 시간을 보낸 것이 후회가 되었다.

　내가 없는 동안 로자 아줌마의 상태가 많이 나빠진 걸 한눈에 알수 있었다. 상체 중 특히 머리 쪽이 다른 부분보다 좋지 않았다. 아줌마는 생이 자기에게서는 별 재미를 못 보았다고 우스갯소리를 하곤 했는데 지금이 바로 그때였다. 그녀의 몸은 성한 곳이 없었다. 계단을 오르내리지 못해 시장에 못 간 지가 벌써 한 달이었고, 말썽을 부리는 나 때문에 걱정할 게 없었다면 정말 사는 의미가 없을 거라고 말했다.

　내가 녹음실에서 본 거꾸로 돌아가는 세상일들을 이야기해주었더니 로자 아줌마는 한숨만 쉬었다. 우리는 저녁을 먹었다. 그녀도 자신의 상태가 빠른 속도로 나빠지고 있다는 걸 느꼈지만 음식 솜씨만은 여전히 좋았다. 아줌마가 세상에서 제일 무서워하는 것은 암이었다. 그런 그녀가 온갖 병은 다 가지고 있으면서도 암에 걸리지 않은 것은 큰 행운이었다. 쇠약할 대로 쇠약해져서 아줌마의 머리카락도 이제 더이상 빠지지 않았다. 머리카락을 빠지게 하는 기능조차 마비가 되어버린 모양이었다.

　결국 나는 카츠 선생님을 부르러 갔고, 그가 달려왔다. 그는 그렇게 늙은 건 아니었지만, 심장에 무리가 가기 때문에 계단 오르

기는 되도록 피하고 있었다. 그때 아줌마 집에는 세 명의 아이들이 있었는데 두 명은 그 다음날 떠났고, 또 한 명은 은퇴 후 아비장에 있는 섹스숍으로 떠나는 엄마를 따라가게 되었다. 그녀는 레 알에서의 이십 년 생활을 청산하고 떠나기 이틀 전 마지막 손님을 받고 축하했다며 로자 아줌마에게 말했다. 일을 마치니 마음이 착잡해져서 한꺼번에 폭삭 늙은 것 같다고. 우리는 사방에서 카츠 선생님을 부축하며 계단으로 밀어올렸다. 선생님은 아줌마를 진찰하는 동안 우리더러 나가 있으라고 했다. 우리가 다시 들어갔을 때 로자 아줌마는 암이 아니라며 좋아했다. 카츠 선생님은 아주 훌륭한 의사라서 환자를 잘 다루었다. 의사 선생님은 우리 모두를 둘러보았다. 모두라고 해봐야 몇 명뿐이었고 그나마 곧 나 혼자만 남게 되리라는 것을 나는 잘 알고 있었다. 로자 아줌마가 우리를 굶긴다는 헛소문이 떠돌았다. 그때 나와 같이 있던 세 명의 아이들의 이름도 이제는 기억나지 않는다. 단지 기억나는 것은 여자애가 하나 있었는데, 이름이 에디트였고, 네 살이었다는 정도다.

"이중에 누가 제일 맏이니?"

나는 늘 그랬듯이 모모라고 대답했다. 나는 귀찮은 일을 피할 수 있을 만큼 어려본 적이 한 번도 없었으니까.

"그래, 모모야, 처방전을 써줄 테니 약국에 좀 다녀오너라."

우리는 층계참으로 나갔다. 선생님은 곤란한 말을 꺼내기 전에 짓는 난처한 표정으로 나를 바라보았다.

"잘 들어라, 애야. 아줌마는 지금 몹시 아프셔."

"하지만 암은 아니라고 하셨잖아요."

"물론, 암은 아니다. 하지만 솔직히 말하면 아주 안 좋은 상태란다. 아주 안 좋아."

선생님은 로자 아줌마가 여러 사람 몫의 병을 다 갖고 있어서 커다란 방이 있는 병원에 입원시켜야 한다고 했다. 나는 똑똑히 기억하는데 선생님은 커다란 방이라고 말했다. 그때는 로자 아줌마가 병이 너무 많아서 그것을 다 치료하려면 커다란 방이 필요하다는 말인 줄 알았는데, 이제 생각해보니, 병원은 크고 좋은 곳이라는 말을 그런 식으로 한 것 같다. 카츠 선생님은 로자 아줌마를 진찰해서 알아낸 여러 가지 병명을 자랑스레 늘어놓았지만 나는 하나도 알아들을 수가 없었다. 그중에도 내가 제일 못 알아듣겠는 것은 그녀의 뇌가 너무 팽창되어 있어서 언제 죽음이 닥칠지 모른다는 말이었다.

"결국 문제는 이제 너무 늦었다는 거야. 말하자면 정신쇠약이라고 할까……"

나는 무슨 말을 해야 할지 몰랐다. 무슨 말을 듣기를 원하는지도. 선생님 말로는 로자 아줌마의 핏줄이 좁아져서 피가 필요한 곳으로 잘 돌지 못한다는 것이었다.

"피와 산소가 뇌에 충분히 공급되지 못하고 있어. 아줌마는 이제 생각할 수 없게 되고 마치 식물처럼 살게 될 거야. 그런 상태가 얼마나 오래 지속될지는 몰라. 몇 년씩이나 희미한 의식 속에 살아갈 수도 있어. 하지만 절대로 낫지는 않는단다. 애야, 낫지는 않아."

'낫지는 않아, 낫지는 않는단다'를 심각하게 강조하는 것이 내게는 몹시 우스웠다. 마치 낫는 것이 세상에 있기나 한 것처럼 말이다.

"하지만 암은 아니라고 하셨잖아요."

"물론 아니지. 그건 안심해라."

어쨌든 그것은 좋은 소식이었기에 나는 울음을 터뜨렸다. 최악의 경우는 아니라는 것이 몹시 기뻤던 것이다. 나는 계단에 앉아서 송아지처럼 엉엉 울었다. 물론 송아지들은 엉엉 울지 않지만 표현을 그렇게 한 것뿐이다.

카츠 선생님은 내 곁에 나란히 앉아서 내 어깨에 한 손을 얹었다. 선생님의 수염은 하밀 할아버지하고 닮았다.

"울지 마라, 애야. 늙어서 죽는 것은 자연스러운 일이야. 네 앞의 생은 창창하잖니."

이 늙은이가 나를 겁주자는 거야, 뭐야? 나는 노인들이 "넌 어리다, 앞날이 창창하다"라고 활짝 웃으며 말하는 것을 늘 보아왔다. 그런 말을 하면 그들은 기분이 좋아지는 모양이었다.

나는 일어섰다. 좋다, 나도 내 앞날이 창창하다는 것을 잘 안다. 하지만 그렇다고 병에 걸릴 생각은 없다.

나는 카츠 선생님이 층계를 내려갈 수 있도록 도왔다. 그리고 로자 아줌마에게 좋은 소식을 전하기 위해 단숨에 뛰어올라왔다.

"됐어요, 아줌마. 이제 확실해요. 암은 아니래요. 의사 선생님이 분명히 아니라고 했어요."

로자 아줌마는 환하게 웃었다. 이제 이도 거의 없었다. 미소를 지을 때 아줌마는 평소보다 덜 늙어 보이고 덜 미워 보였다. 그녀의 어린애 같은 미소는 미용 효과가 있었다. 그녀는 유태인 대학살 전인 열다섯 살 적 사진을 한 장 가지고 있었는데, 그 사진의 주인공이 오늘날의 로자 아줌마가 되었다는 사실을 믿을 수가 없었다. 반대도 마찬가지다. 지금의 로자 아줌마가 열다섯 살의 사진 속 주인공이었다는 사실 역시 믿기 어려운 일이다. 그들은 서로 아무런 상관이 없는 사람들처럼 보였다. 열다섯 살 때의 로자 아줌마는 아름다운 다갈색 머리를 하고 마치 앞날이 행복하기만 하리라는 듯한 미소를 짓고 있었다. 열다섯 살의 그녀와 지금의 그녀를 비교하다보면 속이 상해서 배가 다 아플 지경이었다. 생이 그녀를 파괴한 것이다.

나는 수차례 거울 앞에 서서 생이 나를 짓밟고 지나가면 나는 어떤 모습으로 변할까를 상상했다. 손가락을 입에 넣어 양쪽으로 입을 벌리고 잔뜩 찡그려가며 생각했다. 이런 모습일까?

아무튼 나는 로자 아줌마에게 암이 아니라는, 그녀에게 가장 좋은 소식을 전했다.

그날 저녁 우리는 로자 아줌마가 '인민 최대의 적'—은다 아메데 씨는 정치적 용어 쓰기를 좋아했다—에게 걸려들지 않은 것을 축하하기 위해 은다 아메데 씨가 가져온 샴페인을 터뜨렸다. 아줌마는 샴페인을 터뜨리기 위해 몸치장을 했는데, 은다 아메데 씨조차도 그녀의 모습에 놀라는 것 같았다. 그가 떠난 뒤에도 술병에 술

이 남아 있었다. 나는 로자 아줌마의 잔에 술을 채웠고, 우리는 건배했다. 나는 눈을 감고 로자 아줌마를 사진 속의 열다섯 살 소녀로 되돌려놓은 후 그녀에게 키스까지 해주었다. 샴페인을 다 마시고 나서 나는 아줌마의 곁에 놓인 작은 의자에 앉아 그녀를 격려하기 위해 밝은 표정을 지으려 애썼다.

"로자 아줌마, 아줌마는 노르망디에 가실 수 있어요. 은다 아메데 씨가 여행비를 줄 거예요."

그녀는 암소들이 세상에서 가장 행복한 존재들이라면서 공기 좋은 노르망디에 가서 살고 싶다고 말하곤 했다. 나는 로자 아줌마의 손을 잡고 앉아 그때처럼 경찰이 되기를 바란 적도 없었다. 그토록 나는 불안했던 것이다. 아줌마가 빨간색 홈드레스를 입겠다고 해서 가져다주었는데, 그 옷은 십오 년 전 창녀 일을 할 때 입던 것이라서 뚱뚱해진 몸은 도저히 들어가지도 않았다. 사람들은 창녀들이 젊었을 때는 성가시게 쫓아다니지만 일단 늙으면 거들떠보지도 않는다. 젊은 창녀들에게는 포주가 있지만 늙은 창녀들에게는 아무도 없다. 나는 할 수만 있다면 늙은 창녀들만 맡고 싶다. 나는 늙고 못생기고 더이상 쓸모없는 창녀들만 맡아서 포주 노릇을 할 것이다. 그들을 보살피고 평등하게 대해줄 것이다. 나는 세상에서 가장 힘센 경찰과 포주가 되어서 엘리베이터도 없는 칠층 아파트에서 버려진 채 울고 있는 늙은 창녀가 다시는 없도록 하겠다.

"그것 말고 의사 선생이 또 뭐라고 하시던? 내가 곧 죽을 거래?"

"그런 말은 안 했어요. 곧 죽을 거라는 그런 얘기는 안 했어요."

"무슨 병이라던?"

"모르겠어요, 그저 온몸이 다 조금씩 좋지 않다고 했어요."

"내 다리는?"

"다리에 대해 특별히 말한 건 없어요. 그리고 다리 때문에 사람이 죽지 않는다는 건 아줌마도 알잖아요."

"그러면 심장은 어떻대?"

"거기에 대해서도 별말씀 없었어요."

"식물이 뭐 어쨌다고 하는 것 같던데?"

나는 시치미를 떼고 되물었다.

"네? 식물이라뇨?"

"식물이 어쩌구저쩌구 하는 얘기를 내 두 귀로 분명히 들었어."

"건강을 위해서는 채식이 좋다구요. 아줌마는 우리에게 항상 채소를 주시잖아요. 어떤 때는 채소밖에 안 주기도 하고."

그녀의 눈에는 눈물이 고였고 나는 그것을 닦아주려고 휴지를 찾으러 갔다.

"모모야, 넌 내가 없으면 어떻게 될 거 같니?"

"난 아무것도 안 될 거예요. 아직 생각도 안 해봤어요."

"모모야, 넌 착하고 예쁜 아이다. 그게 탈이야. 조심해야 해. 내게 약속해라. 넌 절대로 엉덩이로 벌어먹고 살지 않겠다고."

"약속할게요."

"맹세해라."

"맹세해요. 그 문제라면 안심하세요."

176

"모모야, 항상 명심해라. 엉덩이는 말이다, 사람이 가진 것들 중 가장 신성한 것이란다. 인간이 동물과 다른 것은 바로 그것 때문이야. 아무리 돈을 많이 준다고 해도 그 누구도 네 엉덩이를 절대 만지게 하면 안 된다. 내가 죽더라도, 그리고 네가 세상에서 가진 것이 엉덩이뿐이라고 해도 절대로 그런 짓은 하지 마라."

"알아요, 아줌마. 그건 여자들의 직업이에요. 남자는 존경받는 직업을 가져야죠."

우리는 그렇게 한 시간쯤 서로 손을 잡고 앉아 있었다.

그러자 로자 아줌마의 두려움이 조금 가라앉았다.

하밀 할아버지는 로자 아줌마가 아프다는 말을 듣고 올라와보고 싶어했지만, 여든다섯 노인이 엘리베이터가 없는 칠층까지 오는 것은 무리였다. 두 사람은 하밀 할아버지가 양탄자를 팔고 로자 아줌마가 몸을 팔던 시절부터 삼십 년을 알고 지내온 사이였다. 그런데 이제 엘리베이터 때문에 서로 만나지 못한다는 것은 너무나 억울한 일이었다. 그는 빅토르 위고의 시를 적어 그녀에게 보내주고 싶어했지만 이제 눈이 어두워서 그것도 불가능했다. 하밀 할아버지가 읊어주는 걸 내가 듣고 암기해서 전하는 수밖에 없었다. 그 시는 '수반 애드 다임 라 이야쥘'이라고 시작되는데 신神만이 영원히 멸하지 않으리라는 뜻이었다. 나는 그 시를 잊어버리지 않으려고 빨리 계단을 올라갔지만, 두 번이나 잊어먹는 바람에 하밀 할아버지에게 잊어버린 빅토르 위고의 그 구절을 물으러 두 번이나 칠층 계단을 오르락내리락해야 했다.

나는 하밀 할아버지와 로자 아줌마가 결혼을 해서 함께 늙어가는 것도 좋겠다는 생각을 했다. 나는 그 생각을 하밀 할아버지에게 말했다. 할아버지를 들것에 실어 칠층까지 모시고 가서 청혼을 하게 한 후 두 분을 시골로 모시고 가서 죽을 때까지 그곳에서 살도록 하면 어떨까 하는 생각이었다. 하지만 그런 일은 누가 물건을 강매하듯이 할 일이 아니므로 그렇게 말할 수는 없었다. 다만 두 분이 같이 있으면 서로 말벗도 되고 좋을 것 같다고만 했다. 그리고 덧붙여서 그렇게 살면 너무 재미있어서 세월이 흐르는 것도 잊고 하밀 할아버지는 백일곱 살까지도 사실 거고, 더구나 예전에 로자 아줌마도 한두 번 할아버지에게 마음을 둔 적이 있었다고 하니 이번 기회를 놓치지 말라고 했다. 그들은 둘 다 사랑이 필요했지만 나이가 나이니만큼 새로운 사랑을 찾는 것은 불가능하니까 두 사람이 서로 힘을 합하는 수밖에 없었다. 나는 로자 아줌마가 열다섯 살에 찍은 사진을 할아버지에게 보여주었다. 하밀 할아버지는 다른 때보다 더 잘 보려고 할 때 쓰는 특별한 안경을 끼고 사진을 감상했다. 그는 사진을 멀리했다 가까이했다 하면서 유심히 보았는데, 무엇인가 느낀 게 있는지 미소를 지었다. 그러고는 두 눈에 눈물이 고였는데, 무슨 특별한 이유가 있는 눈물은 아니고 늙어서 어쩔 수 없이 나오는 눈물이었다. 노인들은 흐르는 눈물을 멈추게 할 수가 없다.

"로자 아줌마가 예전에 얼마나 아름다웠는지 아시겠죠? 할아버지도 그때 같았으면 결혼했을 거예요. 알아요, 지금은 모습이 많이 달라졌지만 이 사진을 보시면서 그때를 생각하면 되잖아요."

"모하메드야, 오십 년 전에 내가 로자 부인을 만났더라면 결혼했을지도 모르겠구나."

"그때 결혼했으면 오십 년 동안 서로 미워하게 됐을 거예요. 그

렇지만 지금 결혼하면 서로 잘 볼 수도 없고, 미워할 시간도 없잖
아요."

　그는 커피잔을 앞에 놓고 빅토르 위고의 책 위에 손을 얹은 채
가만히 앉아 있었는데 무척 행복해 보였다. 할아버지는 그 이상을
바랄 사람이 아니었다.

　"모하메드야, 내가 만일 결혼이란 걸 할 수 있게 되더라도 유태
인 여자와는 할 수 없을 게다."

"하밀 할아버지, 로자 아줌마는 이제 유태인이고 뭐고 할 것도 없어요. 그저 안 아픈 구석이 없는 할머니일 뿐예요. 그리고 할아버지도 이제 너무 늙어서, 알라신을 생각해줄 처지가 아니잖아요. 알라신이 할아버지를 생각해줘야 해요. 할아버지가 알라신을 보러 메카까지 갔었으니까 이제는 알라신이 할아버지를 보러 와야 해요. 여든다섯 살에 뭐가 무서워서 결혼을 못하세요?"

"우리가 결혼해서 뭘 어쩌겠니?"

"고통을 서로 나눠 가질 수 있잖아요. 젠장, 다들 그러려고 결혼을 하는 거래요."

"나는 결혼하기에는 너무 늙었단다."

하밀 할아버지는 다른 일은 뭐든 다 할 수 있지만 결혼을 하기에만은 늙었다는 듯이 말했다.

로자 아줌마는 보기 괴로울 정도로 점점 상태가 악화되어갔다. 다른 아이들은 다 가버렸고, 어쩌다 아이를 맡기려고 찾아온 여자들도 아줌마의 모습을 보고는 아이를 맡기려 하지 않았다. 가장 끔찍한 것은 로자 아줌마가 점점 더 루주를 진하게 칠하고는 거리에서 손님을 끌던 때처럼 교태 어린 눈짓을 하고 입술을 내밀어대는 거였다. 그 모습은 정말 참을 수 없었다. 차마 보고 있을 수가 없어 집을 나와 하루종일 거리를 헤매고 다녔다. 로자 아줌마 혼자서 새빨갛게 칠한 입술로 애교를 떨며 손님을 끄는 시늉을 하게 내버려둔 채. 나는 가끔씩 길거리에 주저앉아 녹음실에서처럼 세상을 뒤로 더 뒤로 거꾸로 돌렸다. 사람들이 문밖으로 나오면 다시 그들을

들어가게 했고, 보도 위에 앉아서 차와 사람들을 멀리 뒤로 돌려보내며 아무도 내게 다가오지 못하게 했다. 내 기분이 정말 더러웠으니까.

다행히도 우리를 도와줄 이웃이 있었다. 내가 전에 말했던 오층에 사는 롤라 아줌마였다. 그녀는 불로뉴 숲에서 동성연애자들을 상대로 돈벌이를 하고 있었다. 아줌마에게는 차가 있었기 때문에 일하러 가기 전에 종종 우리집에 들러 일을 도와주었다. 그녀는 아직 서른다섯 살밖에 안 되었기 때문에 돈을 벌 수 있는 날이 창창했다. 그녀는 우리에게 초콜릿이나 훈제 연어, 샴페인 따위의 비싼 물건들을 가져다주곤 했는데, 이래서 엉덩이로 벌어먹고 사는 사람들은 저축을 못하는 것이다. 당시 북아프리카에서 온 노동자들이 메카에 다녀오는 길에 콜레라를 옮아왔다는 헛소문이 파다했기 때문에 롤라 아줌마는 언제나 손부터 씻었다. 그녀는 콜레라에 겁을 내고 있었는데 콜레라는 비위생적이고 더러운 사람을 좋아한다고 했다. 나는 콜레라에 대해 잘은 몰라도 롤라 아줌마의 말처럼 그렇게 구역질나는 것이라고는 생각지 않는다. 그건 그저 병일 뿐이고 병에는 책임이 없으니까. 나는 때로 콜레라를 변호하고 싶었다. 적어도 콜레라가 그렇게 무서운 병이 된 것은 콜레라의 잘못이 아니기 때문이다. 콜레라가 되겠다고 결심해서 콜레라가 된 것도 아니고 어쩌다보니 콜레라가 된 것이니까.

롤라 아줌마는 밤새도록 불로뉴 숲을 차로 돌아다녔다. 그녀 말로는 자기가 그 세계에선 유일한 세네갈 사람인데 인기가 무척 좋다고 했다. 왜냐하면 그녀는 남성과 여성의 성기를 둘 다 가지고 있었기 때문이다. 게다가 그녀는 병아리처럼 주기적으로 여성 호르몬을 투여받고 있었다. 그녀는 왕년에 권투선수였기 때문에 다부진 몸이라 한 발로 식탁을 들어올릴 수도 있었지만, 그것으로 벌어먹는 것은 아니었다. 나는 그녀를 무척 좋아했다. 왜냐하면 그녀는 아무도 닮지 않았고 아무와도 관계가 없었기 때문이다. 그녀 역시 나를 좋아한다는 사실을 나는 곧 알아챘다. 그녀는 직업상 아이를 가질 수 없고, 그녀 처지에는 아이를 낳을 수도 없었기 때문에 내게 관심이 많았던 것이다. 그녀는 금발의 가발을 쓰고 여자들이 갖고 싶어하는 풍만한 가슴을 가지고 있었는데, 매일 호르몬 주사를 맞았다. 그녀는 손님들을 끌기 위해 뾰족구두를 신고 몸을 비비꼬며 호모같이 걸었다. 그럴 때면 그녀는 정말 세상 누구와도 다른 특별한 존재가 됐고 믿음이 갔다. 왜 항상 사람들을 엉덩이로 구분하고 그걸 가지고 왜들 그리 법석인지 모르겠다. 엉덩이는 사람을 해칠 수도 없을 텐데 말이다. 우리에게는 그녀가 몹시 필요한 존재였으므로 나는 그녀의 비위를 맞추려 애썼다. 그녀는 우리에게 돈도 주고 요리도 해주었다. 작은 몸짓을 하며 음식맛을 볼 때는 아주 즐거운 표정이었는데, 뾰족구두를 신고 몸을 좌우로 흔드는 바람에 귀걸이가 찰랑거렸다. 그녀는 자신이 젊은 시절 세네갈에서 키드 고벨리와 세 차례나 시합을 한 사람이지만 남자로 사는 것은 항상 불행했다고 말했다. 그녀에게 "롤라 아줌마, 아줌마는 어느 누구와도 무엇과도 닮지 않았어요"라고 했더니 그녀는 아주 기분이 좋아져서 대답했다. "그래, 귀여운 모모야, 나는 꿈속의 사람이란다." 그런데 정말로 그녀는 푸른 옷의 광대나 내 우산 아르튀르처럼 아무것과도 닮지 않았다. "모모야, 너도 크면 알게 되겠지만, 아무 의미도 없으면서 존경받는 외부적인 표시가 있단다. 예를 들면 불알 같은 거 말이다. 그건 조물주의 실수로 만들어진 거란다."

안락의자에 앉아 있던 로자 아줌마는 내가 아직 어린아이라며 내 앞에서 말조심을 하라고 그녀에게 주의를 주었다. 그래도 그녀는 남들과 전혀 다르고 마음씨가 좋았기 때문에 호감이 갔다. 그녀는 저녁이 되어 일 나갈 준비를 할 때면 권투선수 때의 흉터가 남아 있는 검고 아름다운 얼굴에 금발의 가발을 쓰고 뾰족구두를 신고 귀걸이를 하고 가슴이 잘 드러나 보이는 흰색 스웨터를 입고, 여장 남자들에게 제일 꼴불견인 툭 튀어나온 목울대를 감추기 위해 핑크 숄을 목에 둘렀다. 스타킹의 고무밴드가 보일 정도로 옆이 깊게 트인 스커트를 입고 나설 때면 정말 멋졌다. 이따금 그녀는 생 라자르에서 하루이틀 사라지기도 했는데, 그럴 때면 화장이 엉망이 된 얼굴로 기진맥진한 채 돌아와서는 수면제를 먹고 곯아떨어졌다. 그걸 보면, 뭐든 익숙해지게 된다는 말은 거짓말인 모양이다. 한번은 경찰이 그녀의 집에 마약이 있다고 찾아온 적이 있었는데, 그건 사실이 아니었다. 그녀를 질투한 여자들이 모함한 것이었다. 그때만 해도 로자 아줌마가 말도 할 수 있고 정신이 맑을 때였다. 그때도 가끔은 하던 말을 멈추고 입을 헤벌린 채 앞만 뚫어지게 바라볼 때가 있었는데, 그럴 때면 자기가 누구인지 어디서 무얼 하고 있는지도 모르는 사람 같았다. 카츠 선생님은 그것을 혼미 상태라고 불렀다. 그녀에게는 그런 증세가 아주 심했고 규칙적으로 찾아왔지만, 여전히 그녀의 유태식 잉어 요리는 일품이었다. 롤라 아줌마는 매일 안부라도 물으려 들렀고 불로뉴 숲에서 일이 잘될 때는 돈을 주기도 했다. 그녀는 이 동네에서 매우 존경받고 있었는데 버릇없이 구는 사람은 한차례씩 얼굴을 갈겼다.

아래층 사람들이 우리를 봐주지 않았더라면, 우리는 칠층에 살지 못했을 것이다. 많을 때는 열 명씩이나 되는 창녀의 아이들이 층계를 오르내리며 온갖 소란을 피워도 그들은 로자 아줌마를 경찰에 고발한 적이 없었다.

삼층에는 프랑스 사람도 하나 살고 있었는데, 그는 전혀 프랑스 사람같이 굴지 않았다. 키가 크고 마른 몸에 지팡이를 짚고 다닌 그는 남의 눈에 띄지 않게 조용히 살고 있었다. 그는 로자 아줌마의 건강이 악화되고 있다는 말을 듣고는 자기 집에서 우리집까지 네 층을 더 올라와 문을 두드렸다. 그는 들어와서 로자 아줌마에게 정중히 인사를 하더니, 모자를 벗어 무릎 위에 놓고는 고개를 꼿꼿이 쳐들고 똑바로 앉아, 주머니 속에서 편지봉투를 하나 꺼냈다. 거기에는 우표가 붙어 있고 그의 성과 이름이 그대로 적혀 있었다.

"저는 여기 적힌 대로 루이 샤르메트라고 합니다. 부인께서 직접 읽어보시지요. 이 편지는 제 딸이 보낸 건데, 매달 한 번씩 편지가 옵니다."

그는 마치 자기도 이름이 있다는 것을 증명하려는 듯 자기 이름
이 적힌 편지를 내밀었다.

"저는 국립 철도청 행정직으로 근무하다가 은퇴했습니다. 한 건
물에서 산 지 이십 년인데 부인께서 요즘 건강이 나쁘다는 소식을
듣고 차제에 이렇게 찾아왔습니다."

로자 아줌마는 병 때문만이 아니라 오래 살면서 겪어온 경험 때
문에 이런 방문에는 식은땀을 흘렸다. 점점 무슨 말인지 못 알아듣
게 되자 그녀는 더 힘들어했는데, 사람이 늙으면 그런 것이다. 인
사를 하려고 애써 사층이나 올라온 이 프랑스 사람은 그녀에게 결
정적인 영향을 미쳤다. 그의 방문은 마치 그녀의 죽음에 앞선 저승
사자의 방문처럼 되어버렸다. 더구나 그 사람은 검은색 양복에 와
이셔츠를 입고 넥타이까지 매고 나타났던 것이다. 로자 아줌마에
게 살고 싶은 욕망이 있었는지는 모르겠지만 아무튼 죽고 싶은 욕
망은 없었던 것 같다. 어쩌면 그런저런 욕망이 아니라 그저 습관적
으로 살고 있는 것 같았다. 하긴 그런 생각을 하느니 다른 일을 하
는 것이 훨씬 나을 테니까.

샤르메트 씨가 꼼짝 않고 똑바로 앉아 있는 모습이 마치 무슨 중
요하고 심각한 일이 있는 사람 같아서 로자 아줌마는 겁을 먹고 있
었다. 그들은 한참을 말없이 있었는데, 서로 할말을 찾지 못했던
것이다. 내 생각을 말하자면, 샤르메트 씨 역시 혼자 외로우니까
로자 아줌마와 친하게 지내보려고 올라왔던 것 같다. 사람이 나이

190

가 들면, 자연의 섭리에 따라 마지못해 찾아오는 자식들 말고는 찾아오는 사람이 점점 줄어들기 마련이다. 그들은 서로 상대방을 두려워하는 것 같았다. 마치 '당신이 먼저 하시지요' '아닙니다, 제발 당신이 먼저 하세요'라고 말하는 것처럼 서로를 물끄러미 바라보고만 있었다. 샤르메트 씨는 로자 아줌마보다 더 늙었지만 바싹 말랐고, 유태인 노인네는 살이 너무 많이 쪄서 병이 들어가서 자리잡을 데가 많아 아팠다. 그런 만남은 철도청 직원이었던 사람에게보다는 유태인 노인네에게 훨씬 더 힘든 법이다.

그녀는 여자로서 선물을 받을 수 있던 시절에 받은 부채를 손에 든 채 안락의자에 앉아서 넋빠진 사람처럼 아무 말도 못하고 있었다. 샤르메트 씨는 마치 그녀를 붙잡아가기라도 하려는 듯이 모자를 무릎에 놓은 채 꼼짝 않고 그녀를 빤히 쳐다보고 있었고, 로자 아줌마는 머리를 떨면서 식은땀을 흘리고 있었다. 죽음이 집에 들어와서 모자를 벗어 무릎 위에 놓고 앉아, 시간이 다 되었다는 듯이 똑바로 바라보고 있다고 상상하니 아무래도 기괴하게 느껴졌다. 그러나 그는 단지 친구가 없어서 주변 소식을 모르고 지내다가, 온갖 소식을 들을 수 있는 케이발리 씨의 튀니지 식료품 가게에서 로자 아줌마 소문을 듣고 이 기회에 자기의 존재를 알리려고 찾아온 프랑스 노인에 불과했다.

샤르메트 씨의 얼굴에도 이미 그림자가 드리워져 있었다. 특히 제일 먼저 움푹 들어가게 되는 눈 주위가 그랬다. 그의 생생한 눈은 왜, 무슨 권리로 내가 살고 있는가, 내게 무슨 일이 일어날 것인

가, 뭐 그런 표정을 담고 있었다. 나는 로자 아줌마 앞에 똑바로 앉아 있던 그를 생생하게 기억한다. 그의 류머티즘은 나이가 들면서 점점 더 심해졌고 계절에 관계없이 쌀쌀한 밤이면 특히 악화됐다. 그는 그 때문에 허리를 굽히지 못했던 것이다. 그는 식료품 가게에서 로자 아줌마가 얼마 못 살 것이고 그녀 몸의 주요기관들이 모두 병들어 기능을 못하고 있다는 말을 듣고, 그런 사람이라면 아직 건강한 다른 사람들보다는 자기를 더 잘 이해할 수 있을 것이라 생각하고 올라왔던 것 같다. 하지만 로자 아줌마는 공포에 사로잡혀 있었다. 면전에서 그렇게 말없이 똑바로 앉아 있는 가톨릭 신자인 프랑스 남자를 손님으로 맞아본 적이 없었기 때문이다. 얼마간 더 침묵 속에 있다가 샤르메트 씨가 입을 열었다. 그는 로자 아줌마에게 자기가 프랑스 철도를 위해 평생 공헌한 일들을 매우 사무적인 말투로 이야기했다. 그러나 상태가 매우 악화된 늙은 유태인 여자에게는 무척 부담이 되는 얘기여서 그녀는 점점 더 당황해하고 있었다. 그들은 둘 다 두려워하고 있었다. 조물주가 세상의 모든 것을 다 잘 만든다는 것은 사실이 아니다. 조물주는 아무에게나 무슨 일이든 일어나게 하는가 하면, 자기가 하는 일이 무엇인지조차 모르기도 한다. 꽃이며 새를 만들기도 하지만 이젠 칠층에서 내려가지도 못하는 유태인 노파를 만들기도 하는 것이다. 나는 샤르메트 씨가 불쌍했다. 사회보장제도에서 나오는 연금이 있다 해도 그 역시 돈 없고 찾아오는 사람 없는 노인이었다. 사람에게 가장 필요한 것이 바로 그런 것들인데 말이다.

노인들이 결국 죽게 되는 것은 그들의 잘못이 아니고, 나는 자연의 이치라는 것을 그다지 좋다고 여기지도 않는다.

샤르메트 씨가 기차며, 역, 그리고 출발시간 따위에 대해 이야기할 때는 그래도 들어줄 만했다. 마치 그는 아직도 시간에 맞춰 기차를 타고 환승역에서 갈아탈 수 있기를 바라는 것 같았지만, 한편으로는 자신이 탄 기차가 이미 종착역에 다다라서 이제 내릴 일만 남았다는 것을 너무 잘 알고 있었다.

그들은 그런 식으로 한동안 힘들게 시간을 보냈다. 나는 로자 아줌마가 걱정됐다. 그녀는 마치 마지막 작별인사를 하기 위해서인 양 아주 정중한 차림을 한 방문객을 접하고는 완전히 정신이 나가 있었다.

나는 롤라 아줌마가 우리에게 갖다준 초콜릿 상자를 내놓았지만 샤르메트 씨는 손도 대지 않았다. 그는 몸이 좋지 않아 단것을 먹으면 안 된다고 했다. 마침내 그는 삼층 자기 집으로 내려갔다. 그의 방문으로 달라진 것은 아무것도 없었다. 로자 아줌마는 사람들이 점점 더 자기에게 친절해지고 있다는 것을 알게 되었는데, 그것이 결코 좋은 징조가 아니라는 것을 그녀는 알고 있었다.

로자 아줌마는 이제 정신이 나간 상태가 점점 더 길어져서 때로는 몇 시간 동안이나 아무것도 느끼지 못하는 상태에 빠지곤 했다. 나는 그럴 때에 다른 사람에게 알리는 데 쓰라고 구두수선공 레자 씨가 만들어준 플래카드를 생각해보았지만, 누구에게 알려야 할지를 알 수 없었다. 거기에는 메카에서 콜레라를 옮아온 사람도 있었기 때문이다. 나는 아줌마 옆에 작은 의자를 놓고 앉아서 그녀가 정신을 차릴 때까지 손을 잡고 기다리는 수밖에 없었다.

　롤라 아줌마가 힘닿는 대로 우리를 도와주었다. 그녀는 불로뉴 숲에서 자기 일을 하느라고 완전히 파김치가 되어 돌아와서는 오후 다섯시까지 자는 때도 있었다. 그래도 저녁이면 우리를 도와주러 올라왔다. 이따금씩 아이를 맡기러 오는 사람이 있긴 했지만 그걸로는 생활하기에 부족했다. 롤라 아줌마는 창녀라는 직업도 점점 한물가고 있다고 했다. 그건 돈도 안 받고 그 짓을 하는 여자들이 늘어가기 때문이라는 것이다. 돈을 안 받는 창녀들은 경찰이 단속하지 않지만, 돈을 받는 창녀들은 경찰의 단속을 받았다. 야비한 뚜쟁이였던 한 포주가 아이가 있는 창녀에게 다카르에 가지 않으면 빈민구제소에 고발해서 아이를 데려가게 하겠다고 협박한 일도 있었다. 그래서 쥘*이라 불렸던 그 아이는, 우리집에서 열흘 동안 숨어 있었는데, 그뒤 은다 아메데 씨가 그 일을 잘 처리해준 덕에 무사히 넘어갔다. 롤라 아줌마는 집안일을 돌봐주고 나서 로자 아줌마를 깨끗하게 씻기고 옷을 갈아입히는 일도 해주었다. 아부하려고 하는 말이 아니라, 정말로 롤라 아줌마만큼 좋은 엄마가 될 것 같은 세네갈 사람을 본 적이 없었다. 그런 그녀가 엄마가 되는 일을 조물주가 반대하고 있다는 것은 매우 유감스러운 일이다. 이건 불공평한 일일뿐더러 행복해질 수 있는 아이가 태어나는 것을 막는 일이다. 그녀에게는 입양할 권리조차도 없었다. 여장 남자들은 너무 특이한 존재들이라서 그런 것조차 허용되지 않았다.

　롤라 아줌마는 가끔씩 그 점에 대해 매우 슬퍼했다. 로자 아줌마의 모든 신체 기관들은 당장이라도 힘을 합해 그녀를 죽음으로 몰고 갈 태세였다. 로자 아줌마의 죽음이 임박했다는 소식이 전해지자 아파트 사람들은 무엇이든 도와주려 나섰다. 이삿짐을 운반하는 자움 씨네 네 형제는 이 동네에서 힘이 제일 센 사람들이었다. 나는 그들이 장롱이나 피아노를 거뜬히 들어올리는 모습을 보면서 감탄했고 나도 그들처럼 형제가 넷이었으면 얼마나 좋을까 하고 생각했다. 그들은 우리에게 와서 로자 아줌마가 바깥에 나가고 싶어할 때는 자기들이 안아서 내려주고 올려줄 테니 언제든 도움을 청하라고 했다. 그들은 이사 일이 없는 어느 일요일엔가는 로자 아

---

* 기둥서방, 포주란 뜻.

줌마를 피아노처럼 번쩍 들고 층계를 내려가 자기네 차에 태우고 마른 강가로 가서 맑은 공기를 마시게 해주었다. 그날은 그녀가 정신이 맑아져서 장례 계획까지 세우기도 했다. 그녀는 종교의식에 따라 묻히는 것을 원하지 않았다. 나는 처음에는 그녀가 하느님이 두려운 나머지 종교의식 없이 매장됨으로써 하느님을 벗어나보려는가보다 하고 생각했다. 그러나 그런 게 아니었다. 그녀는 하느님을 두려워하지 않았다. 이미 때가 너무 늦었고, 지나간 일은 어쩔 수 없으므로, 이제 신이 그녀에게 용서를 구하러 올 필요는 없다고 아줌마는 말했다. 정신이 맑을 때 로자 아줌마는 말하곤 했다. 완벽하게 죽고 싶다고. 죽은 다음에 또 가야 할 길이 남은 그런 죽음이 아닌. 집에 돌아오는 길에, 자움 씨네 형제들은 그녀가 레 알 시장과 생 드니 거리, 푸르시 거리, 블롱델 거리, 라 트뤼앙드리 거리를 두루 돌아볼 수 있게 해주었다. 로자 아줌마는 감동에 젖었다. 그녀는 특히 젊은 시절에 하루에도 사십 번씩 오르내리던 작은 호텔이 있는 프로방스 거리를 지날 때 무척 감격했다. 자기가 몸을 팔아 벌어먹던 거리며 골목길을 다시 돌아보게 되어 무척 기쁘다고, 밀린 빚을 다 갚은 듯한 느낌이라고 했다. 그녀는 오랜만에 환한 미소를 지었다. 산책을 해서 무척 기분이 좋아진 것 같았다. 그녀는 좋았던 지난 시절 이야기를 시작했다. 그때가 자기 생애에서 가장 행복했던 시기였다고 말했다. 나이 쉰에 그 일을 그만두었을 때에도 여전히 단골손님들이 있었지만, 그 나이에 그 일을 하는 것은 아름답지 못하다는 생각에 과감하게 생을 바꾸기로 결심했다고 했다. 우리는 프로쇼 거리에서 잠시 쉬면서 한잔했다. 로자 아줌마는 케이크를 좀 먹었다. 그리고 나서 우리는 집으로 돌아왔고 자움 씨네 형제들은 그녀를 칠층까지 마치 한 송이 꽃처럼 고이 모셔다주었다. 그녀는 이 산책으로 기분이 무척 좋아졌고 몇 달은 더 젊어진 것 같았다.

집에 돌아오니 우리를 보러 온 모세가 문 앞에 앉아 기다리고 있었다. 나는 그와 인사를 나누고, 로자 아줌마의 상태가 좋았기 때문에 그와 함께 있도록 하고 나왔다. 나는 아래층 카페로 친구를 만나러 내려왔다. 그 친구는 내게 상표만 바꾼 가짜가 아닌, 진짜 미제 가죽점퍼를 가져다주기로 약속했었는데, 아직 오지 않았다. 나는 건강이 좋아진 하밀 할아버지와 한동안 마주앉아 있었다. 그는 다 마셔버린 커피잔을 앞에 놓고 앞쪽 벽면을 바라보며 조용히 미소짓고 있었다.

"하밀 할아버지, 안녕하세요?"

"안녕, 내 귀여운 빅토르야. 네 목소리를 들으니 반갑구나."

"하밀 할아버지, 머지않아 뭐든지 다 잘 볼 수 있는 안경이 나온대요. 그러면 할아버지도 다시 볼 수 있게 될 거예요."

"신을 믿으면 되는 것을."

"여태까지 없던 정말 신기한 안경이 나올 거래요. 그러면 우리는 뭐든지 잘 볼 수 있을 거예요, 할아버지."

"빅토르야, 신께 영광을 돌려야지. 내가 이렇게 늙도록 살아 있는 것도 다 신 덕분이니까."

"하밀 할아버지, 저는 빅토르가 아니에요. 저는 모하메드예요. 빅토르는 할아버지의 또다른 친구 이름이잖아요."

그는 깜짝 놀라는 것 같았다.

"그래, 모하메드지…… 타와 칼투 알라 알 하이 엘라드리 라 이 아무트…… 죽지 않고 영원히 살아 계시는 그분께 내 믿음을 바치노라…… 내가 너를 뭐라고 불렀지, 빅토르야?"

나 참, 미치겠군.

"할아버지는 또 빅토르라고 불렀어요."

"그, 그랬니? 미안하구나."

"아, 괜찮아요. 아무렇지도 않아요. 어떻게 부르든 마찬가지니까요. 이름이야 아무러면 어때요. 어제부터는 좀 어떠세요?"

그는 뭔가 골똘히 생각하는 것처럼 보였다. 무언가를 생각해내려고 무진 애를 쓰는 듯했다. 그러나 아침부터 저녁까지 양탄자를 팔러 다니던 생활을 그만둔 뒤로는 매일 똑같은 생활의 반복이다보니 백지 위에 백지만 쌓아온 셈이어서 별다른 기억이 있을 리 없었다. 그는 빅토르 위고의 낡은 책 위에 오른손을 얹고 있었다. 그 책은 마치 장님이 도움을 받아 길을 건널 때에 의지하는 손길처럼 그의 손에 매우 익숙해진 것 같았다.

"어제부터라고 했니?"

"어제든 오늘이든, 그건 중요하지 않아요, 할아버지. 그저 흐르는 시간일 뿐이니까요."

"아, 오늘 난 하루종일 여기 앉아 있었단다, 빅토르야……"

나는 물끄러미 책을 바라보았다. 할말이 없었다. 그 책과 할아버지는 오랜 세월을 함께 지내왔다.

"언젠가는 저도 진짜 책을 한 권 쓸 거예요, 할아버지. 모든 얘기들이 다 담겨 있는 책 말예요. 빅토르 위고가 쓴 책 중 가장 훌륭한 책이 뭐예요?"

하밀 할아버지는 먼 곳을 바라보며 미소지었다. 그의 손은 책 위에서 애무하듯 부드럽게 움직였다. 손가락들이 가볍게 떨렸다.

"내게 너무 많은 질문을 하지 말아라, 우리 착한……"

"모하메드요."

"……내게 질문을 너무 많이 하지 마라. 오늘은 내가 좀 피곤하구나."

내가 그 책을 집어들었더니, 하밀 할아버지는 손에서 책이 떠나자 불안해했다. 나는 책 제목을 보고 나서 다시 돌려드리며 그의 손을 책 위에 얹어주었다.

"여기 있어요, 하밀 할아버지. 만져보세요."

그의 손가락이 책을 더듬거렸다.

"너는 다른 아이들과는 다르단다, 빅토르야. 난 항상 알고 있었단다."

"언젠가는 저도 불쌍한 사람들*에 관한 이야기를 쓸 거예요, 할아버지. 좀 있다가 할아버지 집까지 모셔다드릴 사람은 있나요?"

---

* 빅토르 위고의 『레 미제라블』이 '불쌍한 사람들'이란 뜻임.

"인샬라. 누군가 분명 있을 게다. 난 신을 믿는다."

신 얘기는 이제 지겨웠다. 신은 언제나 남들을 위해서만 존재하니까.

"얘기 좀 해주세요, 하밀 할아버지. 열다섯 살 때 니스로 대여행을 떠났던 얘기를 해주세요."

그는 말하지 않았다.

"내가? 내가 니스로 대여행을 떠났었다구?"

"아주 젊었을 때요."

"기억이 나질 않는구나. 도통 기억이 나질 않아."

"그럼 제가 이야기를 해드릴게요. 니스는 바닷가의 오아시스고요, 미모사와 종려나무 숲이 있어요. 꽃 때문에 서로 다투는 러시아와 영국의 왕자들도 있고요. 거리에서 춤추는 광대들도 있고, 하늘에서는 색종이가 모든 사람들 머리 위로 쏟아져내려요. 언젠가는 저도 니스에 갈 거예요, 젊어지면."

"뭐라구? 젊어진다구? 그럼 넌 늙었단 말이냐? 네 나이가 몇이지? 넌 꼬마 모하메드가 맞지? 안 그러냐?"

"아, 그건 아무도 몰라요. 저도 제 나이를 모르는걸요. 제 생일을 기록해놓은 사람이 없어요. 로자 아줌마는 제가 다른 아이들과 달라서 제게 맞는 나이가 없대요. 저는 계속해서 딴 애들과는 다를 수밖에 없대요. 로자 아줌마 기억하시죠? 아줌마는 곧 죽을 거예요."

생은 사람들로 하여금 자신들에게 무슨 일이 일어나고 있는지 별로 신경쓰지 않고 살아가게 한다. 하밀 할아버지는 이미 당신의

202

내면 속으로 들어가 있었다. 가게문을 닫을 때가 되면 건너편 건물에 살고 있는 할라우이 부인이 와서 할아버지를 데려다가 잠자리에 누이곤 했다. 그녀도 혼자 살고 있었다. 두 사람이 예전부터 아는 사이였는지 아니면 혼자 있기가 싫어서 그러는지는 나도 잘 모르겠다. 그녀는 바르베에 그녀의 아버지가 살아 있을 때부터 운영하던 땅콩 가게를 갖고 있었다.

"하밀 할아버지, 하밀 할아버지!"

내가 이렇게 할아버지를 부른 것은 그를 사랑하고 그의 이름을 아는 사람이 아직 있다는 것, 그리고 그에게 그런 이름이 있다는 것을 상기시켜주기 위해서였다.

나는 그와 함께 한동안 그렇게 시간을 보내고 있었다. 시간은 천천히 흘러갔고, 그것은 프랑스의 것이 아니었다. 하밀 할아버지가 종종 말하기를, 시간은 낙타 대상들과 함께 사막에서부터 느리게 오는 것이며, 영원을 운반하고 있기 때문에 바쁠 일이 없다고 했다. 매일 조금씩 시간을 도둑질당하고 있는 노파의 얼굴에서 시간을 발견하는 것보다는 이런 이야기 속에서 시간을 말하는 것이 훨씬 아름다웠다. 시간에 관해 내 생각을 굳이 말하자면 이렇다. 시간을 찾으려면 시간을 도둑맞은 쪽이 아니라 도둑질한 쪽에서 찾아야 할 것이다.

여러분도 틀림없이 알고 있을 카페 주인 드리스 씨가 우리를 잠깐 보러 왔다. 하밀 할아버지가 소변을 보고 싶어하면 너무 늦기 전에 화장실로 그를 안내해줘야 했다. 하지만 하밀 할아버지가 이

제는 뒤도 못 가리는 쓸모없는 인간이 되어버렸다고 생각해서는
안 된다. 노인들은 겉으로는 보잘것없이 초라해 보여도 다른 모든
사람들과 마찬가지로 가치가 있다. 그들도 여러분이나 나와 똑같
이 느끼는데 자신들이 더이상 돈벌이를 하지 못한다는 사실 때문
에 우리보다 더 민감하게 고통받는다. 그런데 자연은 노인들을 공
격한다. 자연은 야비한 악당이라서 그들을 야금야금 파먹어간다.
우리 인간들에게 그것이 더 가혹하게 느껴지는 것은 노인을 안락

사시킬 수 없도록 되어 있기 때문이다. 그래서 자연이 그들을 천천히 목 조르고 결국엔 머리에서 눈알이 튀어나오게 될 때까지 내버려두어야 한다. 하밀 할아버지는 그 정도까지는 아니었다. 그는 아직 더 늙을 수 있었다. 어쩌면 백열 살까지 살아서 세계기록을 남기게 될지도 모른다. 그는 여전히 대소변을 가릴 수가 있었다. 그가 필요할 때 "오줌"이라고 말하면, 일이 벌어지기 전에 드리스 씨가 그의 팔꿈치를 붙잡고 부축해서 화장실로 데려갔다. 회교도들은 사람이 아주 늙어서 살날이 얼마 남지 않게 되면 그 사람에게 존경을 보낸다. 그것은 알라신께 공덕을 쌓는 일이니까. 돌아올 축복이 적지 않다. 어쨌든 하밀 할아버지가 오줌을 누러 가는데 부축을 받아야 한다는 것은 슬픈 일이었다. 나는 그 자리를 떠났다. 슬픔을 찾아다닐 필요는 없을 테니까.

층계를 올라가고 있는데 모세의 울음소리가 들려왔다. 나는 로자 아줌마에게 무슨 일이 생겼을까봐 단숨에 뛰어올라갔다. 집안으로 들어서는 순간, 믿을 수 없는 광경이 눈앞에 펼쳐졌다. 나는 눈을 감았다가 다시 크게 떠보았다.

로자 아줌마가 벌어먹고 살던 골목길을 두루 드라이브한 것이 그녀에게 기적적인 결과를 낳았다. 그녀의 머릿속에 과거가 그대로 살아났던 것이다. 그녀는 방 한가운데서 벌거숭이가 된 채, 일하러 나가려고 옷을 갈아입는 중이었다. 마치 아직도 몸을 팔아 먹고사는 여자처럼. 내 생애에 그런 꼴은 처음 보았다. 그것이 끔찍하다느니 그보다 더 끔찍한 꼴은 본 적이 없다느니 말할 권리는 내게 없지만, 아무튼 로자 아줌마는 벌거벗은 몸에 가죽 장화를 신고, 스카프로 착각했는지 검은색 레이스 달린 속바지를 목에 두르고 있었다. 게다가 성기까지 훤히 드러나 있어서 상상을 초월할 지경이었다. 아줌마는 배를 깔고 엎드려 있었는데 세상 어느 곳에서도 볼 수 없는 기괴한 장면이었다. 설상가상으로 로자 아줌마는 섹스숍에서처럼 엉덩이를 흔들었는데, 그녀의 엉덩이는 이제 인간의 엉덩이 같지 않았다…… 시이드siyyid! 내 입에서 기도문이 절로 흘러나온 것은 그때가 처음이었다. 마불mahboûl을 위한 기도였다. 그러나 그녀는 계속해서 차마 눈뜨고 못 볼 웃음을 흘리며 교태스럽게 몸을 뒤틀어댔다.

그녀가 행복했던 시절의 장소를 돌아보면서 강한 충격을 받았을 것이라는 사실은 충분히 이해가 갔지만, 이해했다고 해서 도움이 되는 것은 아무것도 없었다. 그런 식으로 요란하게 치장을 하고 있으니까 그녀의 벌거벗은 몸이 더 두드러져 보였고 입술은 씰룩거리는 닭 똥구멍처럼 보였다. 정말 구역질이 날 지경이었다. 모세는

한쪽 구석에서 계속 울부짖고 있었다. 나는 "로자 아줌마, 로자 아줌마"만 되풀이하다가 밖으로 뛰쳐나가 미친듯이 계단을 내려와서 거리를 내달리기 시작했다. 도망치려 한 게 아니었다. 그럴 리가 있겠는가. 다만 그곳에 더는 있을 수가 없었다.

한참을 달리고 나니 마음이 가라앉아서, 어느 집 대문 그늘 아래, 수거를 기다리고 있는 쓰레기들 뒤에 앉았다. 나는 울지 않았다. 더 울 필요도 없었다. 나는 두 눈을 감고 창피한 마음에 무릎 사이에 얼굴을 묻었다. 한동안 그러고 있다가 나는 상상 속의 경찰을 불러냈다. 세상에서 가장 힘이 센 경찰을. 그는 다른 경찰들에 비해 백만 배는 더 큰 덩치에 안전을 책임지기 위해 완전무장을 하고 있었다. 심지어 그는 방탄차까지 몇 대씩 마음대로 쓸 수 있었다. 그와 함께라면 나는 두려울 것이 없었다. 그는 나의 안전을 보장해줄 터였다. 그가 책임을 져줄 것이므로 이제 마음을 놓아도 될 것 같았다. 그는 아버지처럼 억센 팔로 내 어깨를 감싸주면서 내게 그렇게 여러 발의 총을 맞았는데 다치지는 않았는지 물었다. 나는 상처를 입었지만 병원에 가봤자 소용이 없다고 말했다. 그는 한 손을 내 어깨에 얹은 채 가만히 있었다. 그가 나의 아버지가 되어 모든 일을 처리해줄 것만 같았다. 그런 생각을 하자 기분이 한결 나아졌다. 그리고 내게 제일 좋은 방법은 현실이 아닌 곳에서 사는 것이라는 사실을 깨닫게 되었다. 아직 제정신이었을 때 하밀 할아버지는 언제나 내게 다른 세상을 보여주는 것은 시인들이라고 했었는데, 나는 그가 나를 빅토르라고 불렀던 것이 갑자기 떠올라 웃음이 났다. 어쩌면 신이 할아버지를 통해 계시를 내게 주었는지도 모르겠다. 나는 상상 속에서 불어 날릴 수 있는 흰색과 핑크색의 풍선 새들을 보았다. 그 끝엔 내가 함께 멀리 날아갈 수 있도록 끈이 달려 있었다. 나는 잠이 들었다.

한참을 자고 나서 비송 거리 한 모퉁이에 있는 카페에 들어갔다. 그곳은 근처에 아프리카 사람들이 모여 사는 집이 세 채나 있었기 때문에 온통 검은색이었다. 아프리카는 이곳과 완전히 다르다고 했다. 거기서는 한 부족에 속하면 그곳이 곧 하나의 사회이며 대가족이 된다. 카페에는 아부아 씨가 있었다. 내가 그에 대해서 아직 한마디도 하지 않은 것은 내가 모든 걸 말할 수는 없는 일이기 때문이다. 그는 프랑스어를 할 줄 몰랐기 때문에 그와 이야기하려면 누군가를 불러야 했다. 나는 한동안 거기에서 아부아 씨와 함께 있었다. 그는 코트디부아르 출신이다. 우리는 손을 맞잡고 앉아서 실컷 웃었다. 열 살인 나와 스무 살인 그는 나이 차이가 꽤 났는데, 그게 우리를 더 재미있게 해주었다. 카페 주인인 소코 씨가 나더러 너무 늦게까지 있지 말라고 했다. 그는 미성년자보호법에 걸릴까봐 두려워하고 있었다. 나 같은 열 살짜리 아이는 마약 문제로 조사를 받을지도 모르기 때문이다. 사람들이 나 같은 아이를 볼 때 제일 먼저 떠올리는 것은 바로 그런 문제들이었다. 프랑스에서는 미성년자들을 극진히 보호한다. 너무 보호하는 나머지 보호해줄 사람이 없는 아이들은 감옥에 처넣을 정도로.

소코 씨도 아이들이 있는데 코트디부아르에 남겨두고 왔다. 그의 부인들이 여기보다 그곳에 더 많기 때문이라 했다. 부모를 동반하지 않은 아이가 술집에서 어슬렁거리면 안 된다는 것은 나도 잘 알고 있었지만, 솔직히 말해서 정말로 집에 돌아가고 싶지 않았다. 로자 아줌마의 꼴이 아직도 눈에 선했고 생각만 해도 소름이 끼쳤다. 아무것도 모른 채 서서히 죽어가는 그녀를 바라보는 일도 끔찍했지만, 벌거벗은 채 추잡한 미소를 띠고 구십오 킬로그램의 거구로 손님을 끄는 시늉을 하며 이미 인간의 것이라 할 수 없는 엉덩이를 흔들어대는 모습을 보느니 차라리 그녀의 고통을 끝내줄 법적인 조치가 절실할 정도였다. 사람들은 모두 자연의 법칙을 지켜야 한다고들 말하지만, 내가 보기에는 자연 속의 예비 부속품들인 인간부터 지켜야 할 것 같다. 아무튼 선술집에서 계속 살 수는 없었기 때문에 나는 집으로 돌아가야 했다. 나는 계단을 올라가는 내내 로자 아줌마는 이미 죽었을지도 모른다는 생각, 그렇다면 더이상 괴로울 일도 없을 거라는 생각을 했다.

나는 눈앞에 벌어질 광경이 두려워서 조심스럽게 문을 열었다. 옷을 차려입은 채 옆에 작은 여행가방까지 놓고 방 한가운데에 있는 로자 아줌마의 모습이 눈에 들어왔다. 그녀는 마치 플랫폼에서 지하철을 기다리는 사람 같았다. 나는 그녀의 얼굴 표정부터 살펴보았는데, 그녀는 완전히 정신이 나간 사람 같았다. 그녀는 완전히 딴 세상 사람 같은 표정이었고, 그런 만큼 행복해 보였다. 그녀의 눈길은 한없이 먼 곳을 향해 있었고, 도무지 어울리지 않는 모자를 억지로 눌러써서 얼굴 윗부분이 가려져 있었다. 마치 기쁜 소식이라도 들은 사람처럼 그녀는 미소짓고 있었다. 데이지꽃 무늬의 푸른색 원피스를 입고, 창녀 시절의 추억을 간직하기 위해 장롱 깊숙이 간직해두었던, 내가 익히 보아왔던, 그리고 지금도 콘돔이 들어 있는 핸드백까지 꺼내 들고 있었다. 그녀는 영원히 돌아오지 않을 기차를 탈 사람처럼 뚫어지게 벽을 바라보고 있었다.

"뭐해요, 아줌마?"

"그들이 날 데리러 올 거다. 그들이 모든 걸 다 해결해줄 거야. 나보고 여기서 기다리라고 했어. 그들이 트럭을 가지고 와서 경륜장으로 데려갈 테니 꼭 필요한 물건만 챙기라고 했어."

"그들이 누구예요?"

"프랑스 경찰이지."

도대체 뭐가 뭔지 모를 노릇이었다. 모세가 다른 방에서 자기 머리를 가리키면서 내게 신호를 보냈다. 로자 아줌마는 여전히 창녀 시절의 핸드백을 들고 여행가방을 옆에 놓은 채 마치 늦을까봐 걱정하는 표정으로 기다리고 있었다.

"그들은 삼십 분밖에 안 줬어. 그리고 여행가방 하나만 가져갈 수 있다고 했거든. 그들은 우리를 기차에 태워서 독일로 데려갈 거야. 이제 더이상 걱정할 게 없어. 그들이 다 알아서 해줄 테니까. 그들은 우리를 해치지 않겠다고 했어. 재워주고 먹여주고 빨래까지 해준다고 했어."

무슨 말을 해야 할지 알 수 없었다. 그들이 다시 유태인들을 독일로 데려갈 수 있을지도 모르는 일이었다. 회교도들은 유태인들을 좋아하지 않으니까. 로자 아줌마는 정신이 멀쩡했을 때 나에게 종종 그 시절 얘기를 했다. 히틀러가 유태인들에게 집단수용소를 마련해주고 어떻게 했는지, 그리고 유태인들의 이와 뼈와 좋은 옷과 신발은 아까워서 빼앗고 수용소에서 어떻게 했는지 따위의 이야기를. 나는 도무지 영문을 알 수 없었다. 왜 독일인들은 항상 유태인들을 책임지려고 하고 여전히 집을 마련해주려 애쓰는지 말이다. 그런 일은 모든 나라에서 돌아가면서 감수해야 할 문제가 아닐지…… 로자 아줌마는 자기에게도 젊은 시절이 있었다는 것을 내게 상기시키기를 무척 좋아했다. 그래서 나도 그 모든 것을 잘 알고 있었다. 유태인 여자와 오래 살았으니 당연한 일이다. 유태인들과 함께 지내다보면 그런 일은 다 알게 되는데, 나는 못생기고 늙고 아무짝에도 쓸모없는 로자 아줌마를 왜 프랑스 경찰이 돌보려 하는지 이해할 수 없었다. 나는 로자 아줌마가 정신착란으로 인해 다시 어린아이가 되었다는 것도 알고 있었는데, 카츠 선생님 얘기로는 그것이 바로 노망이라고 했다. 그녀가 창녀 시절의 옷을 입고 있는 것으로 보아, 그녀는 자기가 젊다고 믿는 것이 틀림없었다. 그리고 그녀는 다시 스무 살이 되어서 경륜장과 독일의 유태인 수용소로 돌아가기 위해 데려다줄 사람을 기다리는 중이었기 때문에, 작은 여행가방을 들고 그렇게 행복한 표정으로 있었던 것이다. 그녀는 다시 한번 젊어진 것이었다.

나는 그녀를 방해할 생각이 없었으므로 무얼 해야 할지 몰랐다. 하지만 나는 로자 아줌마를 스무 살로 되돌려놓기 위해 프랑스 경

212

찰이 오지는 않을 것이라는 건 잘 알고 있었다. 나는 한쪽 구석에 주저앉은 채 그녀를 쳐다보지 않으려고 고개를 숙이고 있었다. 그 것이 내가 아줌마를 위해 할 수 있는 일의 전부였다. 다행히도 그 녀는 상태가 좋아졌는지, 여행가방, 모자, 데이지꽃 무늬의 푸른색 원피스, 그리고 추억이 가득 담긴 핸드백을 들고 방 한가운데 서 있는 자신의 모습에 소스라치게 놀라는 것이었다. 그러나 무슨 일 이 있었는지는 말하지 않는 편이 나을 듯했다. 그녀는 벌써 모든 것을 다 잊어버리고 있었다. 그것은 건망증이었는데, 카츠 선생님 이 말하기를, 그녀는 점점 더 그런 증세가 심해져서 나중에는 아무 것도 기억하지 못한 채 한참을 더 살게 될지도 모른다고 했다.

"무슨 일이 일어난 거냐, 모모야? 내가 왜 어디 떠날 사람처럼 여행가방을 가지고 이러는 거지?"

"꿈을 꾼 거예요, 아줌마. 꿈 좀 꾸었다고 해서 큰일날 건 없으니 까 안심해요."

그녀는 믿지 못하겠다는 얼굴로 나를 바라보았다.

"모모야, 사실대로 말해줘."

"진실만을 말한다고 맹세할게요, 아줌마. 아줌마는 암에 걸리지 않았대요. 카츠 선생님이 분명히 그렇게 말했어요. 이제 안심하세요."

그녀는 약간 안심하는 듯했다. 암이 아니란 건 좋은 일이니까.

"내가 어떻게 해서 여기에 이러고 서 있었던 거냐고! 내가 무슨 일을 저지른 거냐, 모모야?"

아줌마는 침대에 털썩 주저앉더니 울기 시작했다. 나는 일어나서 그녀의 곁으로 다가가 손을 잡아주었다. 아줌마는 그걸 좋아했다. 그녀는 금세 미소를 지으면서 내 얼굴이 좀더 예쁘게 보이도록 내 머리카락을 매만져주었다.

"사는 게 원래 그런 거래요. 그러면서도 오래 살 수 있대요. 카츠 선생님이 그러는데, 아줌마 나이에는 다들 그런대요. 선생님은 그런 나이에 번호를 붙여서 불렀어요."

"제3기 인생 말이냐?"

"네, 바로 그거예요."

그녀는 잠시 생각에 잠겼다.

"글쎄, 모르겠구나. 난 이미 오래전에 월경이 끝났어. 그래도 일을 했지. 혹시 내 뇌에 종양이 생긴 건 아니냐, 모모야? 그것도 악성이면 용서가 없지."

"의사 선생님은 그런 말 안 했어요. 용서가 되네 안 되네 따위의 말은 안 했어요. 아무튼 용서에 관한 얘기는 전혀 없었어요. 선생님은 아줌마가 나이 때문에 그런다고 했지, 건망증이니 뭐니 하는 말도 안 했어요."

"건망증이라고?"

할 일 없이 거기 있던 모세가 울기 시작하는 바람에 내가 난처하게 되었다.

"모세는 왜 저러냐? 너 지금 내게 거짓말을 하고 있지? 내게 뭔가 숨기고 있는 거 아니냐? 저애가 왜 울어?"

"제기랄, 제기랄, 제기랄, 정말 왜 그래요? 유태인들은 저희들끼리 원래 잘 울잖아요. 잘 알면서 그래요. 오죽하면 통곡의 벽까지 만들었겠어요, 제기랄."

"내가 뇌경화증인가보구나?"

이젠 정말 진저리가 났다. 더이상은 참을 수가 없었다. 르 마우트를 찾아가서 근사한 주사나 한 대 맞고 아무한테나 욕설을 퍼붓고 싶었다.

"모모야! 뇌경화증이 맞지? 그건 용서가 없는 병이야."

"용서되는 건 또 뭐가 그렇게 많다고 그래요, 로자 아줌마! 이제 지겨워요, 정말 지겹다구요! 우리 엄마 묘지를 걸고라도 정말 지겨워요!"

"그런 말 하면 못써. 네 엄마는 가엾은 사람이야…… 어쩌면 아직 살아 있을 거야."

"나는 그런 것도 필요 없어요. 설령 살아 있다 해도 엄마는 그냥 엄마일 뿐이에요."

그녀는 나를 이상한 눈빛으로 바라보다가 미소지었다.

"너도 많이 컸구나, 모모야. 이제 어린아이가 아니야. 언젠가는……"

그녀는 내게 뭔가 말하고 싶은 듯했지만 그만두었다.

"언젠가는 어떻다구요?"

그녀는 죄의식에 사로잡히는 듯했다.

"언젠가는 너도 열네 살이 되겠지. 그리고 곧 열다섯이 되고. 그러면 너는 더이상 내가 필요치 않을 거야."

"바보 같은 소리 그만하세요. 내가 아줌마를 버리는 일은 없을 거예요. 내가 그렇게 나쁜 녀석은 아니라구요."

내 말에 그녀는 안심이 됐는지 옷을 갈아입으러 갔다. 그녀는 기모노를 입고 양쪽 귀 뒤에 향수를 뿌렸다. 나는 그녀가 왜 꼭 귀 뒤에 향수를 뿌리는지 알 수 없었지만 아마 보이지 않도록 하기 위한 것 같았다. 나는 그녀가 소파에 앉는 것을 도와주었다. 몸을 구부리는 게 힘겨워 보여서였다. 그녀는 이제 완전히 제정신으로 돌아와 있었다. 그녀가 슬프고 불안한 표정을 짓고 있어서 나는 차라리 마음이 놓였다. 그녀는 그런 게 정상이었으니까. 그녀는 눈물까지 약간 보였는데, 그것이야말로 그녀가 정상으로 돌아왔다는 결정적인 증거였다.

"너도 이제 다 컸구나, 모모야. 모든 걸 다 이해하고 있으니 말이다."

그건 사실이 아니다. 난 도무지 뭐가 뭔지 이해할 수 없었다. 하지만 그걸 가지고 이러쿵저러쿵 따질 때가 아니었다.

"넌 다 컸다. 그러니 내 말을 잘 들어라……"

그러더니 잠시 까무룩해져서 가만히 있었다. 잠시 시동이 걸리는 듯하다가 이내 꺼져버리는 낡은 자동차처럼. 그래도 그녀는 완전히 낡은 자동차는 아니었으므로 나는 그녀의 손을 꼭 잡고 다시 시작하기를 기다렸다. 내가 카츠 선생님을 세번째로 보러 갔을 때, 그는 미국에 식물인간 상태로 십칠 년째 살고 있는 사람이 있다고 말해주었다. 그 사람은 약으로 생명을 이어가고 있는데, 세계신기

216

록이라고 했다. 모든 세계기록은 다 미국에서 나온다. 카츠 선생님은 이제 우리가 그녀를 위해 해줄 수 있는 것이 아무것도 없지만, 병원에서 간호를 잘 받으면 몇 년은 더 살 수 있을 거라고 말했다.

문제는 로자 아줌마가 불법 체류자여서 사회보장연금을 받을 수 없다는 것이었다. 삼가 말하건대 젊고 잘나가던 시절에 프랑스 경찰의 단속에 걸린 이후, 그녀는 어디에도 등록하려고 하지 않았다. 벨빌에 사는 많은 유태인들은 그들을 드러내는 신분증과 모든 종류의 서류들을 가지고 있었다. 하지만 로자 아줌마는 자기 신분이 노출되면 사람들이 자기를 비난할 줄 뻔히 알기 때문에 합법적인 서류를 만드는 위험을 감수하려 들지 않았다.

로자 아줌마는 애국자가 아니었다. 그녀에게는 북아프리카인이건 아랍인이건, 말리공화국인이건 유태인이건 다 마찬가지였다. 그녀는 원칙이 없었다. 그녀는 종종, 어느 국민이든 다 장점이 있으므로 그걸 특별히 연구하고 배우는 역사학자들이 있는 거라고 했다. 로자 아줌마는 어디에도 등록되어 있지 않았고, 자신과는 아무 상관도 없는 위조서류들만 가지고 있었다. 그래서 그녀는 사회보장연금도 받지 못했다.

그러나 카츠 선생님은 아줌마가 아직 목숨이 붙어 있을 때 병원으로 옮기면 병원에서는 갈 곳 없는 그녀를 내다버리지는 못할 것이라고 나를 안심시켰다.

나는 정신이 외출중인 로자 아줌마를 바라보며 이런 모든 생각들을 했다. 이것은 사람들이 말하는 정신의 노쇠 현상으로, 처음에는 정신이 들락날락하다가 그 빈도가 더 잦아지면서 나중에는 아주 나가버리는 것이었다. 한마디로 말해서 넋이 나가는 것이고, 의학적으로 말하면 치매라는 것이었다. 나는 그녀가 정신이 들도록 도와주려고 손을 어루만져주었다. 그때만큼 아줌마를 사랑해본 적도 없었다. 그녀는 늙고 못생겼으며 이제 곧 그녀는 더이상 살아 있는 인간이 아닐 테니까.

나는 더이상 무얼 해야 할지 몰랐다. 우리에겐 돈도 없었고, 나는 미성년자보호법을 빠져나갈 수 있는 나이도 아니었다. 나는 열 살인 동갑내기들보다 키가 컸고, 혼자 사는 창녀들이 나를 귀여워 해준다는 걸 알고 있었다. 하지만 뚜쟁이들을 못 잡아먹어 안달인 경찰이 있었고, 거리를 차지하려는 경쟁에 목숨을 거는 유고슬라비아인들도 두려웠다.

모세는 자기를 데려간 유태인 가정에서 자기에게 아주 잘해주고 있으며 나 역시 사람을 잘 만나면 이 어려운 처지에서 벗어날 수 있을 거라며 나를 위로하려 애썼다. 그는 매일 들러서 나를 도와주 겠다고 약속하고 돌아갔다. 로자 아줌마는 이제 혼자서는 아무것도 할 수 없어서 내가 뒤를 닦아주어야 했다. 정신이 말짱할 때에도 이 점에서는 문제가 있었다. 엉덩이가 어찌나 큰지 손이 거기까지 닿지를 않았다. 그래도 여자이기 때문에 밑을 닦아주면 그녀는 몹시 불편해했지만 뭐 어쩌겠는가. 모세는 약속대로 다시 왔고, 그때 내 명예가 걸린 민족적 대재난이 일어났고, 그 일로 나는 갑자기 나이를 먹게 되었다.

　로자 아줌마의 상태가 악화된 이후 우리에게 호의를 베푸는 이웃들이 적지 않았다. 그날은 자움 씨네 맏형이 우리에게 밀가루 일 킬로, 기름, 완자튀김용 고기를 가져온 다음날이었다. 나는 그날을 기념비적인 날이라고 부르고 싶다. 그 표현이 근사하니까.

　로자 아줌마는 상태가 좋아졌다 나빠졌다 하면서도 조금씩 나아지고 있었다. 이따금 정신이 완전히 나갈 때도 있었지만 어떤 때는 말짱했다. 언젠가 나는 우리를 도와준 이웃에게 감사를 드리려 한다. 생 미셸 거리에서 불을 삼키는 묘기로 구경꾼을 끌어모으던 왈룸바 씨도 찾아와 로자 아줌마 앞에서 자기 재주를 보여주었다.

　왈룸바 씨는 카메룬 출신의 흑인으로 청소부 일을 하고 있었는데, 경제적인 이유 때문에 그는 여러 명의 아내와 자식들을 고향에 두고 왔다. 그의 불 삼키는 솜씨는 가히 올림픽 금메달감이었고, 그는 여가시간을 모두 이 일에 바쳤다. 경찰은 길거리에서 사람들을 끌어모으는 그를 곱지 않은 시선으로 바라보았지만, 그는 그 일에 대한 자격증을 가지고 있었기 때문에 처벌할 수는 없었다. 로자 아줌마의 눈동자가 돌아가고 입이 헤벌어진 채 침을 흘리며 딴 세상을 헤매기 시작하면, 나는 왈룸바 씨한테 재빨리 달려갔다. 그는

육층의 한방에서 고향 사람 여덟 명과 함께 생활하고 있었는데, 집에 있을 때면 그는 어김없이 횃불을 들고 달려와서 아줌마 앞에서 불을 토해내곤 했다. 그것은 슬픔에 짓이겨져 병든 환자를 즐겁게 해주기 위한 것만이 아니라 충격을 주기 위한 것이기도 했다. 카츠 선생님 말로는 많은 사람들이 병원에서 이 방법으로 효과를 보았고 이런 목적에서 전기충격요법도 쓰인다고 했다. 왈룸바 씨도 카츠 선생님의 말에 동의하고 있었다. 그는 노인들에게 공포를 느끼게 하면 기억력이 되살아나는 경우가 종종 있다고 말했다. 그리고 아프리카에서도 이런 방법으로 귀먹고 말 못하는 사람을 치료한 적이 있다고 했다. 죽을 때까지 병원에 입원시켜놓으면 노인들은 더 심한 우울증에 빠져버릴 거라고도 했다. 카츠 선생님 말로는, 이 시대는 너무 인정이 메말라서 예순다섯 살에서 일흔 살 정도가 되면 아무도 돌보려 하지 않는다고 했다.

우리는 몇 시간씩이나 로자 아줌마를 놀라게 해서 혈액순환을 좋게 하려고 애썼다. 왈룸바 씨가 삼켰다가 내뿜은 불꽃이 천장에 가닿을 때는 정말 무서웠다. 그러나 로자 아줌마는 소위 혼수상태에 빠져 있어서 그녀 앞에서 무슨 짓을 해도 소용이 없었다. 그녀를 깨어나게 할 방법은 없어 보였다. 왈룸바 씨가 삼십 분 동안이나 그녀 앞에서 불을 뿜어대고 있었지만 그녀는 애당초 나무나 돌로 조각된 동상인 양 눈을 동그랗게 뜨고 놀란 표정을 한 채 미동도 하지 않았다. 마지막으로 왈룸바 씨가 한번 더 시도해보았는데, 아줌마의 정신이 갑자기 돌아왔다. 그녀는 자기 앞에서 웃통을 벗어젖히고 불을 내뿜고 있는 흑인을 보고는 기겁을 해서 끔찍스런 비명을 질러댔다. 그러고는 달아나려고 발버둥치는 통에 우리가 억지로 붙잡아야 했다. 그녀는 아무 말도 들으려 하지 않고, 자기 집에서 불을 삼키고 내뿜는 짓은 하지 말아달라고 부탁했다. 자신이 혼수상태였다는 것은 까맣게 모르고 그저 잠시 낮잠을 자고 일어난 것쯤으로 생각하는 모양이었다. 그렇다고 그녀에게 사실을 말해줄 수는 없었다.

한번은 왈룸바 씨가 동료 다섯을 데려와 로자 아줌마에게 씐 악령을 내쫓는다며 아줌마를 에워싸고 맴돌며 춤을 추었다. 악령은 틈만 있으면 사람들을 공격해서 괴롭힌다는 것이었다.

왈룸바 씨 일행은 벨빌에서 아주 유명했다. 벨빌에서는 집에서 돌봐야 하는 환자가 생기면 왈룸바 일행을 불러 이런 의식을 치렀다. 카페 주인 드리스 씨는 이런 '종교의식'을 비웃으면서 왈룸바와 그 일당이 벌이는 푸닥거리는 흑인들에게나 약발이 있는 거라고 했다.

왈룸바 씨와 일행들이 집에 온 날 저녁에도, 로자 아줌마는 정신이 나간 채 소파에서 눈을 동그랗게 뜨고 앉아 있었다. 그들은 반쯤 벗은 몸에 울긋불긋 칠을 하고, 아프리카 노동자들이 프랑스에 올 때 따라온 악마들을 겁주려는 듯 얼굴에 험상궂은 그림을 그리고 나타났다. 그중 두 명은 손에 북을 들고 바닥에 앉고, 나머지 세 사람은 소파에 앉아 있는 로자 아줌마 주위를 맴돌며 춤을 추기 시작했다. 왈룸바 씨는 이런 의식을 위해 특별히 제작된 악기를 연주

했는데, 밤새도록 이어진 그 종교의식은 내 생전 벨빌에서 보아온
어떤 것보다 볼만한 구경거리였다. 하지만 그것은 정말 유태인에
게는 별 효과가 없는지 달라진 것은 아무것도 없었다. 왈룸바 씨는
이것이 종교상의 문제라고 변명했다. 그는 로자 아줌마의 종교가
저항하면서 그녀의 병이 낫지 못하게 방해하고 있다고 말했다. 그

건 내겐 놀라운 얘기였다. 로자 아줌마의 몰골은 너무나 끔찍해서 어느 한곳 종교가 비집고 들어갈 자리가 없어 보였으니까.

군이 내 생각을 말하자면, 어느 순간부터는 유태인도 더는 유태인이 아니며, 그때부터는 그 누구도 아무것도 아니다. 내 말이 제대로 이해될지 어떨지는 모르겠지만 그건 아무래도 좋다. 왜냐하면 잘 이해한다고 해도 그것은 틀림없이 더 구역질나는 무엇일 테니까.

얼마 안 가서, 왈룸바 씨 일행도 실망하기 시작했다. 로자 아줌마가 요지부동이었기 때문이다. 왈룸바 씨는 악령들이 출구를 모두 막고 있어서 자기들 노력이 먹혀들지 않고 있다고 내게 설명했다. 그들은 모두 유태인 노인네를 중심으로 바닥에 둘러앉아 잠시 휴식을 취했다. 아프리카에는 그런 일을 하는 사람들이 벨빌보다 훨씬 많기 때문에, 그들은 르노 자동차 공장에서처럼 조를 짜서 번갈아가며 악령을 감시할 수 있다고 했다. 왈룸바 씨가 술과 달걀을 가져왔다. 우리는 로자 아줌마 주위에서 그것을 먹었다. 로자 아줌마는 마치 잃어버린 자기 시선을 찾고 있는 사람처럼 멍한 눈으로 사방을 두리번거렸다.

음식을 먹으면서, 왈룸바 씨는 자기네 나라에서는 노인을 존중하고 보살피는 일이 파리 같은 대도시에서보다 훨씬 수월하다고 했다. 대도시에는 도로도 많고 층계나 구멍도 많고 노인을 잃어버리기 딱 좋은 장소들이 많기 때문인데, 그렇다고 노인을 찾아달라고 군 병력을 동원할 수도 없는 노릇이라는 것이었다. 군대란 젊은

이들을 위해서 있는 것이므로, 노인을 돌보는 데 시간을 쓴다면 그것은 프랑스 군대가 아닐 거라고 했다. 그는 또 이런 말도 했다. 도시와 시골에 노인 보호시설이 수만 곳이나 되지만, 아무도 그곳을 알려주지 않기 때문에 잊혀지기 마련이라고. 프랑스와 같이 크고 아름다운 나라에서는 노인들을 바라보는 것만으로도 고통스럽기 때문에 노인들은 골칫거리가 아닐 수 없는데, 노인들은 더이상 일도 할 수 없고 남에게 도움을 줄 수도 없으므로, 그저 방치해둔다는 것이다. 반면 아프리카에서는 종족 단위로 모여 사는데 노인들이 인기가 많다고 했다. 아프리카 사람들은 노인들이 죽어서도 종족을 위해 많은 일을 한다고 믿기 때문이라는 것이다. 프랑스에서는 이기주의 때문에 종족이 없다. 왈룸바 씨는 프랑스에서는 종족이 완전히 해체되었고, 그 대신 떼강도들이나 모여 일을 모의하고 저지른다고 했다. 왈룸바 씨는 젊은이들에게 특히 종족이 필요하다고 했는데, 종족이 없으면 그들은 바다 속의 물 한 방울과 같아지고 결국 미쳐버릴지도 모른다는 것이었다. 왈룸바 씨는 또 이젠 모든 것이 규모가 너무 커져서 천 이하는 셀 필요도 없다고도 했다. 그래서 무기를 갖고 모여 살 수 없는 노인들은 주소도 남기지 못하고 사라져 보잘것없는 소굴에 모여 살게 되는데, 그들이 거기, 엘리베이터도 없는 보잘것없는 아파트에 있다는 것을 아는 사람도 없고, 그들이 자기 존재를 알리기 위해 소리쳐봤자 너무 힘이 없어서 아무도 듣지 못한다고 했다. 왈룸바 씨의 생각으로는, 정부가 아프리카에서 일손을 많이 데려와서 매일 아침 여섯시에 노인들을

찾아다니면서 이미 나쁜 냄새를 풍기기 시작한 노인들은 치워버려
야 할 거라고 했다. 왜냐하면 여기서는 노인들이 살아 있는지 어떤
지 아무 관심도 없다가, 이웃에서 악취가 나니 가보라고 경비원에
게 말할 때에야 비로소 알게 되기 때문이라는 것이다.

　왈룸바 씨는 말을 아주 잘했고 항상 추장처럼 말했다. 그의 얼굴
은 흉터투성이였는데, 그것이 오히려 그를 중요한 사람으로 보이
게 하고 존경받게 하고 무슨 말이든 할 수 있게 했다. 그는 아직도
벨빌에 살고 있으니 조만간 보러 가야겠다.

　그는 나에게 로자 아줌마가 아직 숨을 쉬고 있는지 아니면 죽었

는지를 아는 손쉬운 방법을 하나 가르쳐주었다. 그는 일어나서 서랍장 위의 거울을 가져왔다. 그것을 아줌마의 입 근처에 대니까 그녀의 입김 때문에 거울에 뿌옇게 김이 서렸다. 살았는지 죽었는지를 구별하는 방법이다. 보통은 숨쉴 때 가슴이 들먹거리는지를 보면 알 수 있지만, 로자 아줌마는 너무 살이 쪄서 그런 움직임이 보이지 않았다. 왈룸바 씨는 엘리베이터도 없는 빈민 아파트에 살고 있는 노인들에게는 매일 아침 그 방법을 써서 단순한 혼수상태인지 완전히 죽었는지를 확인하는 작업이 필요하다고 했다. 거울이 뿌옇게 되면 아직 목숨이 붙어 있는 것이므로 내다버리면 안 된다고 말이다.

나는 왈룸바 씨에게 로자 아줌마를 그의 부족이 있는 아프리카로 보내서 그곳의 다른 노인들과 함께 대우받고 살게 할 수는 없겠느냐고 물었다. 왈룸바 씨는 유난히 흰 이를 드러내고 크게 웃었다. 도로청소부로 일하는 그의 동료들도 웃으며 자기네 나라 말로 뭐라고 주고받았다. 그러고는 인생은 그렇게 간단하지가 않다고, 그러려면 비행기표도 있어야 하고 돈도 필요하고 허가증도 있어야 한다는 것이었다. 따라서 로자 아줌마가 죽을 때까지 돌봐야 할 사람은 나뿐이라고 했다. 바로 그때, 로자 아줌마의 얼굴에 정신이 드는 기미가 보이자, 왈룸바 씨 일행은 재빨리 일어나 죽은 자를 깨우기 위한 노래를 부르고 북을 치면서 그녀의 주위를 돌며 춤을 추기 시작했다. 밤 열시 이후에는 공공질서를 파괴하고 편안한 잠자리를 방해하는 그런 소란은 금지되어 있었지만, 이 아파트에는 프랑스 사람들이 별로 없는데다 다른 곳에 비해 이곳 사람들은 화를 잘 내지 않는 편이었다. 왈룸바 씨는 이상한 악기를 들고 있었는데, 모양이 하도 특이해서 어떻게 묘사할 수조차 없다. 모세와 나도 합세해서 귀신을 쫓아내기 위해 유태인 노인네 주위를 맴돌며 춤추고 소리지르기 시작했다. 그녀가 깨어나는 기미를 보였기 때문에 힘을 보태기 위해서였다. 마침내 우리는 악마를 내쫓았고 로자 아줌마는 제정신으로 돌아왔다. 그러나 자기 주위에서 상체를 벗고 얼굴에는 푸르고 희고 노란 칠을 한 흑인들이 식인종처럼 괴성을 지르면서 춤추고 있는데다가, 왈룸바 씨는 또 그 이상한 악기를 연주하는 걸 보고, 로자 아줌마는 너무 놀라서 살려달라고 고래고래 소리를 지르며 달아나려고 했다. 그러다가 나와 모세를 발견한 그녀는 그제야 조금 진정되는지, 우리에게 갈보 새끼들이니 얼간이들이니 하며 욕을 퍼부었다. 그것은 그녀가 확실히 정신이 돌아왔다는 증거였다. 우리는 다 함께 기뻐했다. 특히 왈룸바 씨가 제일 좋아했다. 우리는 모두 잠시 앉아 편하게 쉬었다. 로자 아줌마는 그들이 지하철에서 늙은 여자에게 달려들어 지갑이나 빼앗으려고 모여 있는 게 아니라는 걸 확실히 알게 되었다. 그녀는 아직 완전히 정상으로 돌아오지는 않아서 왈룸바 씨에게 유태어— 더 정확히 말하면 이디시어*로 감사하다고 말했다. 그러나 왈룸바 씨는 워낙 사람이 좋아서 그런 것은 아무래도 좋았다.

---

* 동유럽의 유태인들이 쓰는 독일어와 히브리어의 혼합.

그들이 모두 떠나고 난 후 모세와 나는 아줌마의 옷을 모두 벗기고 머리에서 발끝까지 소독물로 씻겨주었다. 정신이 나갔을 때 똥을 쌌기 때문이었다. 그러고 나서 그녀의 엉덩이에 파우더를 발라주고 그녀가 좋아하는 소파에 다시 앉혀주었다. 그녀는 거울을 가져다달라고 하더니 화장을 했다. 그녀는 자기가 정신이 나갔었다는 것을 잘 알고 있었지만 그것을 유태인식으로 좋게 해석하려 애썼다. 정신이 나간 동안만큼은 걱정이 없었으니 그만큼 좋은 일 아니냐면서. 모세는 우리에게 남아 있던 마지막 돈을 가져다가 장을 봐왔고, 로자 아줌마는 실수 없이 요리를 잘해냈다. 불과 두 시간 전까지만 해도 정신이 혼미했던 사람이라고는 도저히 믿어지지 않을 정도였다. 카츠 선생님은 그것을 의학용어로 일시적 회복기라고 불렀다. 부엌일이 힘에 부쳤는지 그녀는 다시 자리로 가 앉았다. 그녀는 모세에게 설거지를 시키고 자기는 일본 부채를 꺼내 들고 잠시 부채질을 했다. 그녀는 기모노를 입은 채 생각에 잠겼다.

"모모야, 이리 와봐라."

"왜 그러세요? 또 정신이 나가려는 건 아니죠?"

"아니다, 아니길 바란다. 하지만 계속 그렇게 된다면 사람들은 나를 병원으로 보내겠지? 병원엔 가고 싶지 않아. 내 나이가 예순일곱인데……"

"예순아홉이에요."

"그래, 예순여덟이다. 보기엔 이래도 난 그렇게 나이 먹진 않았다. 잘 들어라, 모모야. 나는 병원에 진짜 가고 싶지 않아. 그 사람들은 나를 고문할 거야."

"로자 아줌마, 그런 말도 안 되는 소리 하지 마세요. 프랑스에서는 사람을 고문하지 않아요. 여긴 알제리가 아니라구요."

"모모야, 그들은 나를 억지로 살려놓으려 할 거다. 병원이란 데가 원래 늘 그 모양이야. 법이 그러니까. 나는 필요 이상 살고 싶지는 않다. 이제 더 살 필요가 없어. 아무리 유태인이라도 한계가 있는 거야. 그들은 나를 죽지 않게 하려고 온갖 학대를 다 할 거다. 그러려고 만든 의사협회라는 것도 있단다. 그들은 끝까지 괴롭히면서 죽을 권리조차 주지 않을 거야. 그것이 그들의 특권이니까. 내 친구 중에 유태인이 아닌 사람이 있었는데, 그는 교통사고로 팔다리를 다 잃었어. 그런데 병원에서는 순환계를 연구한답시고 십년씩이나 그를 병원에 잡아두고 고생을 시켰지 뭐냐. 모모야, 나는 의학적 연구를 위해서 살고 싶지는 않다. 내가 정신이 들락날락한다는 건 나도 알고 있어. 하지만 의학적 공헌을 위해 그런 상태로 수년씩 더 살고 싶지는 않다. 자, 그러니 나를 병원으로 옮긴다는 고약한 소문이 들려오면 네 친구에게 부탁해서 내게 주사를 한 대 놔주렴. 그리고는 시골에 내다버려줘. 숲에다 버려줘, 아무데나 버리지 말고. 전쟁 후에 한 열흘간 시골에서 살아본 적이 있는데, 공기가 그렇게 좋을 수가 없더구나. 내 천식에는 도시보다 그곳이 훨씬 좋을 거야. 내 엉덩이를 삼십오 년 동안 손님들에게 내주었는데, 이제 와서 또 의사들에게 내주고 싶지는 않아. 약속해주겠지?"

"약속해요."

"카이렘?"

"카이렘."

삼가 말하건대 카이렘, 유태어로 '당신에게 맹세한다'란 뜻이다.

　　나는 로자 아줌마를 행복하게 해주기 위해서라면 무슨 약속이라도 했을 것이다. 아무리 늙었다 해도 행복이란 여전히 필요한 것이니까. 그러나 바로 그때 초인종이 울렸고, 내가 아직은 여기에 설명할 수 없는 저 민족적 대재난이 벌어졌다. 그 일로 나는 단번에 몇 살이나 더 나이를 먹게 되어 다른 문제와는 별개로 무척이나 기뻤다.

초인종 소리에 나가보니, 문 앞에 무척 우울한 표정의 키 작은 남자가 서 있었다. 아래로 길게 처진 코에 흔히 볼 수 있는 보통 눈이었지만 상당히 공포에 질려 있는 듯했고, 매우 창백한 얼굴에 땀을 많이 흘리고 있었다. 그는 숨을 헐떡이며 가슴에 손을 대고 있었는데, 그것은 뭐 감동해서가 아니라 층계를 올라오느라 가슴이 뛰어서 그랬던 것 같다. 외투깃을 올리고 있는 그는 대머리들이 대체로 그렇듯이 머리칼이 거의 없었는데, 자기에게도 모자가 있다는 걸 증명이라도 하듯 손에 모자를 들고 있었다. 어디서 왔는지 모르지만 그렇게 불안해하는 사람은 본 적이 없었다. 그는 얼빠진 사람처럼 나를 바라보았고, 나는 그 시선을 그에게 되돌려주었다. 그 남자는 보기만 해도 당장 사방으로 튀어올라 내 머리 위를 덮칠 것 같았다. 공포였다.

　"여기가 로자 부인 댁인가요?"

　이런 경우 항상 조심을 해야 한다. 알지도 못하는 사람이 우리에게 기쁜 소식을 가져다주려고 이곳 칠층까지 걸어 올라오지는 않을 테니까. 나는 내 나이에 걸맞게 바보스럽게 되물었다.

　"누구라구요?"

"로자 부인."

나는 잠시 생각했다. 이런 경우에는 시간을 끌고 보는 게 좋다.

"나는 아닌데요."

그는 한숨을 내쉬더니, 손수건을 꺼내 이마를 닦았다. 그리고 다시 한번 반대 방향으로 이마를 닦았다.

"나는 병자다. 병원에 십일 년이나 갇혀 있다가 이제 막 나왔단다. 나는 지금 의사의 허락도 없이 칠층까지 올라왔어. 죽기 전에 아들이나 한번 보려고 온 거야. 나에겐 그럴 권리가 있어. 야만인들에게도 그럴 권리는 있는 법이다. 잠시 앉아서 쉬며 내 아들만 보고 가면 돼. 그뿐이야. 여기가 맞지? 십일 년 전에 로자 부인에게 내 아들을 맡기고 영수증을 받아두었거든."

그는 외투 주머니를 뒤지더니 꼬깃꼬깃한 종이쪽지 한 장을 내밀었다. 나는 하밀 할아버지에게서 배운 덕분에 글을 읽을 수 있었다. 나는 뭐든지 하밀 할아버지에게 빚진 셈이다. 할아버지가 아니었더라면 나는 정말 어떻게 되었을지 모르겠다. '회교도 어린아이 모하메드를 위해 유세프 카디르 씨로부터 오백 프랑을 선불 받음. 1956년 10월 7일.' 나는 충격을 받았다. 지금이 1970년이니까, 나는 재빨리 계산했다. 그렇다면 열네 살, 그러니까 분명 나는 아니었다. 로자 아줌마가 벨빌에서 맡아 기른 모하메드가 한둘이 아니었을 테니까.

"기다리세요, 여쭤보고 올게요."

나는 로자 아줌마에게 가서 웬 더럽게 생긴 남자가 자기 아들을

234

찾으러 왔다고 전했다. 그녀는 금세 얼굴이 파랗게 질렸다.

"맙소사, 모모야! 여기에는 너하고 모세밖에 없잖니."

"그럼 모세겠군요."

그 녀석 아니면 나라고 생각했기 때문에 나는 정당방위 삼아 그렇게 말했다.

모세는 한쪽 구석에서 졸고 있었다. 나는 그애보다 더 잠이 많은 아이를 본 적이 없었다.

"여편네를 협박하려고 온 건지도 모르지. 좋아, 만나보자꾸나. 나는 뚜쟁이 녀석들은 하나도 안 무섭다. 증명하고 말고 할 것도 없어. 난 제대로 된 위조서류를 갖추고 있으니 걱정 없다. 들어오라고 해. 정 귀찮게 굴면, 네가 가서 은다 씨를 불러오너라."

나는 남자에게 가서 들어오라고 했다. 로자 아줌마는 얼마 안 남은 머리칼을 세 갈래로 나누어 헤어롤을 말고 화장도 했으며 붉은색 기모노를 입고 있었다. 남자는 그녀를 보자 의자 끝에 걸터앉아 무릎을 덜덜 떨었다. 로자 아줌마 역시 떨고 있을 게 뻔했지만 워낙 살이 쪄서 떨림이 그녀의 육중한 몸을 들어올릴 수 없어 겉으로 드러나지 않을 뿐이었다. 아줌마의 갈색 눈은 무척 아름다웠다. 다른 것에 한눈을 팔 수 없을 정도로. 남자는 여전히 모자를 무릎에 얹은 채 의자 끝에 엉덩이를 걸치고 있었고, 로자 아줌마는 그 앞 소파에 당당하게 앉아 있었다. 나는 그의 눈에 띄지 않기 위해 창가에 등을 기대고 섰다. 혹시 무슨 일이 일어날지 모르기 때문이었다. 나는 그와 닮은 데라고는 한군데도 없었지만, 내가 살아오면서

235

정한 철칙 중의 하나가 바로 위험은 무릅쓰지 않는다는 것이었다. 그가 나를 향해 고개를 돌리더니 마치 잃어버린 자기 코라도 찾는 듯이 나를 뚫어지게 바라보았다. 우리는 모두 두려움 속에서 아무도 말을 꺼내지 못하고 침묵을 지키고 있었다. 나는 모세를 부르러 갔다. 이 남자는 정식 서류를 가지고 있으니까 그애라도 찾아와야 할 것 같았다.

"무슨 일이시죠?"

"제가 십일 년 전에 부인에게 제 아들을 맡겼습니다."

그 말을 하는 것도 힘이 드는지 그는 계속해서 숨을 헐떡였다.

"그동안 병원에 갇혀 있어서 연락을 드릴 수가 없었습니다. 부인의 이름도 주소도 제겐 없었으니까요. 저를 가두면서 모든 것을 가져가버렸거든요. 아시겠지만 불쌍하게 죽은 제 아내의 오빠 집에 부인이 써주신 영수증이 있었습니다. 오늘 아침에 병원에서 풀려났습니다. 그길로 영수증을 찾아가지고 이렇게 온 것입니다. 제 이름은 유세프 카디르입니다. 제 아들 모하메드를 보러 왔습니다. 만나게 해주십시오."

그날 다행히도 로자 아줌마는 정신이 온전했고, 덕분에 우리는 무사할 수 있었다.

울긋불긋 화장을 진하게 해서 얼핏 보아서는 드러나지 않지만, 그녀의 얼굴이 금세 창백해지는 것을 나는 알 수 있었다. 그녀는 안경을 끼고 영수증을 들여다보았는데, 안경을 쓰니 그럴듯해 보였다.

"뭐라고 하셨죠?"

남자는 곧 울 것 같은 표정이었다.

"부인, 저는 병잡니다."

"누군 병자가 아닌가요? 누군 병자가 아닌 줄 아세요?"

로자 아줌마는 엄숙한 목소리로 말하고 나서는 감사라도 드리는 것처럼 두 눈을 들어 하늘을 올려다보았다.

"부인, 제 이름은 유세프 카디르입니다. 간호사들에게는 유유로 통했죠. 저로서도 어쩔 수 없었던 그 비극이 신문에 난 이후 저는 십일 년간 정신병원에 있었습니다."

순간 로자 아줌마가 늘 카츠 선생님에게 나에게 정신병이 있는 건 아닌지, 그것이 유전은 아닌지 하는 것들을 묻던 것이 떠올랐다. 아무튼 상관없는 일이었다. 난 아니니까. 난 열 살이지, 열네 살이 아니니까. 빌어먹을!

"그래, 아드님 이름이 뭐라고 했지요?"

"모하메드입니다."

로자 아줌마가 그를 너무 뚫어져라 쳐다보는 바람에 나도 겁이 날 지경이었다.

"그럼 애 엄마 이름은 기억하시나요?"

그때 나는 남자가 곧 죽는 줄 알았다. 그는 사색이 되더니 턱이 축 처지고 무릎에 경련을 일으켰다. 두 눈에서는 눈물이 흘렀다.

"부인, 부인도 아시잖습니까. 제게는 책임이 없다는 것을요. 제가 범인으로 알려지고 선고를 받긴 했습니다. 하지만 제 손이 그런 짓을 했다고 하더라도 저와는 상관없는 일이었습니다. 저에게서는 매독균이 발견되지 않았는데도, 간호사들은 회교도가 모두 매독 환자라고 말합니다. 그때는 정말 제정신이 아니었습니다. 아내의 영혼은 신에게 가 있을 겁니다. 저는 독실한 신자가 되었습니다. 저는 매순간 그녀의 영혼을 위해 기도를 올립니다. 그녀의 직업이 직업이었던 만큼 그녀에겐 기도가 필요합니다. 저는 질투심에 미쳐서 일을 저질렀던 겁니다. 생각해보세요, 그 여자는 하루에 스무 번까지 그 짓을 했어요. 나는 질투에 사로잡혔습니다. 예, 그 여자를 죽였지요. 하지만 그땐 이미 제 행동에 책임을 질 수 없는 상태였어요. 프랑스 최고의 의사들이 그렇게 판단했습니다. 그후에는 그 무엇도 기억조차 할 수 없었는걸요. 그 여자를 미치도록 사랑했습니다. 그 여자 없이는 살 수가 없었어요."

로자 아줌마는 비웃음을 흘렸다. 그녀가 그렇게 웃는 모습은 한 번도 본 적이 없었다. 그것은 뭔가 좀…… 아니다, 난 말할 수 없다. 내 엉덩이까지 얼어붙는 것 같았으니까.

"물론 그애 없이는 살 수 없었겠지, 카디르 씨. 아이샤가 몇 년 동안 당신에게 갖다바친 돈이 십만 프랑은 될걸? 당신은 그애에게 돈을 더 벌어오라고 닦달하다가 죽인 거야."

남자는 낮은 외마디 비명을 흘리더니 이내 울기 시작했다. 나는 나 말고 아랍 남자가 우는 꼴은 난생처음 보았다. 남자가 가엾다는 생각이 들었다. 그럴 정도로 그의 문제가 나와는 상관없는 일로 여겨졌다.

238

로자 아줌마는 갑자기 부드러워졌다. 그 남자를 꼼짝 못하게 만든 것이 자못 즐거웠던 모양이다. 자기가 그래도 아직 여자라는 걸 느끼고 있었을지도 모른다.

"그래, 그건 그렇고 어떻게 지내셨소, 카디르 씨?"

그 사람은 주먹으로 눈물을 훔쳐냈다. 손수건을 찾을 힘조차 없는 것 같았다. 그건 너무 멀리 있었다.

"괜찮습니다, 로자 부인. 저는 곧 죽을 겁니다. 심장 때문이지요."

"마즐토프."

로자 아줌마는 친절하게 말했다. 그것은 유태어로 축하한다는 뜻이다.

"고맙습니다, 로자 부인. 제 아들 좀 만나게 해주세요, 제발."

"카디르 씨, 당신은 내게 삼 년 치 양육비를 빚졌어요. 십일 년 동안 소식 한 장 없었지요."

그 사람은 의자에서 벌떡 일어났다가 다시 앉았다.

"소식이라, 소식. 오, 소식 말이죠!"

그는 우리 모두를 기다리고 있는 하늘을 향해 눈을 치켜뜨고 노래하듯 같은 소리를 되풀이했다.

"소식이라구요?"

그는 그 단어의 뜻을 모르는 사람처럼 굴었다. 그는 한 음절 한 음절을 발음할 때마다 마치 누군가가 그의 엉덩이를 사정없이 걸어차기라도 하는 것처럼 의자에서 벌떡벌떡 일어났다.

"소식 말이죠. 아니, 농담하시는 거겠죠!"

"절대 아니에요! 당신은 당신 아들을 그야말로 똥싸듯 내깔기고 가버렸어요."

"하지만 부인, 제겐 부인의 이름도 주소도 없었어요! 아이샤의 삼촌이 영수증을 가지고 브라질로 가버리고…… 저는 갇혀 있었 다구요! 저는 오늘 아침에야 풀려났어요. 크렘린-비세트르에 살고 있는 처삼촌네 며느리 집에 갔더니, 그들은 모두 죽고 늙은 어머니 만 남아서 상속받은 유산으로 살고 있었어요. 하지만 그녀는 기억 이 희미한 상태더군요! 마치 어머니와 아들인 양 영수증이 아이샤 의 사진 위에 핀으로 꽂혀 있었어요! 그런데 소식이라뇨, 소식이란 게 대체 무슨 뜻입니까?"

"돈 말이에요."

로자 아줌마는 점잖게 말했다.

"부인, 제가 돈을 어디서 구할 수 있었겠습니까?"

"그야 내 알 바 아니죠."

로자 아줌마는 일본 부채로 얼굴에 부채질을 하며 말했다.

유세프 카디르 씨는 어찌나 공기를 꿀꺽꿀꺽 삼켜대는지 그의 목울대가 엘리베이터처럼 빠르게 오르내렸다.

"부인, 부인께 아들을 맡길 때만 해도 저는 돈벌이를 꽤 했습니 다. 레 알 시장에서 일하는 여자를 셋이나 거느리고 있었으니까요. 그중 한 여자를 사랑했었죠. 아들에게 좋은 교육을 시킬 능력도 있 었습니다. 저는 경찰에까지 잘 알려진 대외적 이름, 유세프 카디르 라는 이름도 있었어요. 그래요, 부인, 경찰에도 잘 알려져 있었죠.

'경찰에 잘 알려진 유세프 카디르……'라고 신문에 그대로 났었죠. 잘 알려진 겁니다, 부인. 잘못 알려진 게 아니고. 그리고 그후 저는 제가 책임질 수 없는 일로 붙잡혀서 불행이 시작된 겁니다."

그는 늙은 유태인 노파처럼 울고 있었다.

"양육비도 보내지 않고 자기 아들을 똥싸듯 내깔겨버릴 권리는 누구에게도 없는 법이지요."

로자 아줌마는 냉담하게 말하고 나서 부채질을 했다.

그 일에서 나의 유일한 관심사는 문제의 모하메드가 나인지 아닌지, 그것뿐이었다. 만일 그게 나라면 나는 열 살이 아니라 열네 살이고, 그것은 중요한 일이었다. 내가 열네 살이라면 나는 이제 더이상 어린애가 아니기 때문이다. 그건 정말 신나는 일이 아닐 수 없었다. 문 뒤에 서서 엿듣고 있던 모세는 안달할 게 없었다. 남자의 이름이 유세프 카디르라면, 그가 유태인일 확률은 거의 없었기 때문이다. 그렇다고 유태인이라는 게 뭐 대단하다는 말은 아니다. 그들도 나름대로 문제를 가지고 있으니까.

"부인이 그렇게 말씀하시는 것을 이해할 수 없군요. 아니면 내 정신이 온전치 못해서 착각을 일으키고 있는 것인지…… 하지만 저는 십일 년 동안 외부세계와 격리된 채 지냈고, 물질적으로 무능할 수밖에 없었습니다. 그것을 증명해줄 의사의 진단서도 가지고 왔습니다."

그는 신경질적으로 자기 호주머니를 뒤지기 시작했다. 그는 확실히 아는 것이 아무것도 없는 부류의 사람이었으므로, 그가 가지

고 있다고 믿는 진단서도 있을 리가 없었다. 그는 누군가가 자신을 강제로 가두었다고 상상하는 것일 테니까. 정신병자들이란 자신에게 없는 것을 있다고 믿고, 보지 않은 것을 보았다고 생각하는 사람들이기 때문에 미친놈 취급을 받는 것이니까. 그런데 그는 정말 자기 호주머니에서 무슨 서류 같은 걸 찾아내더니 로자 아줌마에게 건네려 했다.

"난 무얼 증명한다는 서류 따위는 보고 싶지도 않아요, 퉤퉤퉤."

로자 아줌마는 마치 고약한 운명을 쫓아버리려는 듯, 그리고 바로 그 사람 때문에 그래야 한다는 듯이 침을 뱉는 시늉을 했다.

"저는 이제 다 나았습니다."

유세프 카디르 씨는 그렇게 말하고는 그 말을 믿어달라는 듯이 우리를 쳐다보았다.

"계속하시지요."

그녀로서는 그 말밖에 달리 할말이 없었을 것이다.

그러나 구원을 갈망하는 그의 눈빛을 보면 그는 전혀 나아진 것 같지 않았다. 그의 눈은 여전히 도움을 절실히 필요로 하고 있었다.

"저는 제가 저지른 살인사건에 대해 책임질 능력이 없음을 선고받고 감금되었기 때문에 부인에게 돈을 보낼 수가 없었습니다. 제가 알기로는, 제 가엾은 아내의 삼촌이 죽기 전까지 부인께 돈을 보내드린 것으로 압니다. 저는 운명의 희생자입니다. 만일 그때 제 주위에 위험한 것이 없었더라면 그런 죄를 저지르지는 않았을 것입니다. 아이샤를 되살려낼 수는 없지만, 죽기 전에 아들을 한 번

안아보고 싶습니다. 아들에게 용서를 구하고, 저를 위해 신께 기도
해달라고 부탁하고 싶습니다."

아버지입네 하며 요구사항까지 들고 나오는 그가 슬슬 지겨워지
기 시작했다. 우선 그 사람은 생김새부터 틀려먹었다. 우리 아버지
가 될 사람은 진짜 남자다운 사람이어야지 그렇게 무기력하게 늘
어진 사람은 아니었다. 게다가 그의 말대로, 나의 어머니가 레 알
시장에서 몸을 팔았다면, 그것도 아주 잘나가는 여자였다면, 누구
도 내게 와서 자기가 아버지라고 내세울 수 없는 것 아닌가. 빌어
먹을. 나는 수많은 법률에 따라 보장된 아버지가 없는 아이였다.

그래도 내 어머니의 이름이 아이샤라는 것에는 만족했다. 그 이
름은 내가 생각할 수 있는 한 최고로 예쁜 이름이었다.

"저는 치료를 잘 받았습니다. 그래서 이제 발작은 일으키지 않
습니다. 그건 완전히 치료가 되었습니다. 하지만 오래 살지는 못합
니다. 조금만 흥분해도 심장에 이상이 오니까요. 의사들이 저를 불
쌍히 여겨서 외출을 허락해주었습니다. 부인, 저는 제 아들을 보고
싶습니다. 그애를 껴안고 싶습니다. 용서를 빌고 싶고……"

젠장, 정말 고장난 녹음기같이 노는군.

"그리고 그애에게 날 위해 기도해달라고 빌고 싶습니다……"

그는 내 쪽으로 몸을 돌리더니 몹시 겁먹은 얼굴로 나를 바라보
았다. 감동을 받아 자기 심장에 이상이 올 것을 두려워하는 것 같
았다.

"저 아이인가요?"

그러나 로자 아줌마는 정신이 평소보다 더 말짱했다. 그녀는 유세프 카디르의 그런 모습을 즐기기라도 하는 듯 여유 있게 부채질을 하고 있었다. 그녀는 한참을 말없이 부채질만 하다가 모세를 돌아다보았다.

"모세야, 아빠한테 인사드려라."

"안녕, 아빠."

모세가 말했다. 어차피 자기는 아랍인이 아니니까 겁날 게 없다는 투였다.

순간 유세프 카디르 씨는 얼굴이 더욱 창백해졌다.

"뭐라구요? 아니, 제가 잘못 들었겠지요? 지금 모세라고 하셨나요?"

"그래요, 모세라고 했어요, 그게 어째서요?"

남자는 자리에서 일어섰다. 매우 강한 충격에 이끌리듯 벌떡 일어섰다.

"모세는 유태인 이름입니다. 확신하건대, 부인, 모세는 회교도 이름으로는 적절치 않습니다. 물론 그런 이름이 있을 수는 있겠지만, 저희 집안에는 없는 이름입니다. 저는 모하메드를 맡겼습니다, 부인. 모세란 아이를 맡긴 적은 없습니다. 저는 유태 아들을 둘 수는 없습니다. 부인, 제 건강이 그것을 허락지 못합니다."

모세와 나는 서로 쳐다보았다. 우리는 터져나오는 웃음을 겨우 눌러 참았다.

로자 아줌마는 놀라는 것 같았다. 그리고 차츰 더 놀라는 기색이었다. 그녀는 계속 부채질을 했다. 무거운 침묵이 흘렀고 그 침묵 안에서 모든 일이 일어나고 있는 것 같았다. 남자는 여전히 선 채로 머리부터 발끝까지 부들부들 떨고 있었다.

"쯧쯧, 확실해요?"

로자 아줌마는 고개를 설레설레 저으며 혀를 찼다.

"뭐가 확실하냐는 말씀입니까, 부인? 저는 확실한 것이 아무것도 없습니다. 세상에 확실한 것은 하나도 없습니다. 저는 심장이 약합니다. 저는 지금 제가 유일하게 알고 있는 작은 사실 하나를 말씀드리고 있는 것입니다. 예, 아주 작은 것이죠. 하지만 제가 매달릴 수 있는 것도 그것 하나뿐입니다. 저는 십일 년 전에 세 살 난 회교도 아들을 부인께 맡겼습니다. 이름은 모하메드고요. 부인은 제게 회교도 아들 모하메드 카디르를 맡았다는 영수증도 써주셨습니다. 저는 회교도이고 제 아들도 물론 회교도였습니다. 애 엄마도 회교도였구요. 다시 말씀드리지요. 저는 건강하고 확실한 회교도인 아들을 부인께 맡겼습니다. 이제 그 아들을 돌려달라는 겁니다. 저는 결코 유태인 아들은 원치 않습니다, 부인. 절대로 그건 안 됩니다. 그뿐입니다. 제 건강이 그것을 허락지 않습니다. 분명히 모하메드 카디르였지, 모세 카디르가 아닙니다, 부인. 저는 다시 미치고 싶지 않습니다. 유태인을 싫어하는 건 아닙니다, 부인. 신께서 그들을 용서하시길! 하지만 저는 아랍인입니다. 독실한 회교도이구요. 제 아들 역시 회교도입니다. 모하메드는 아랍인이고 회교도입니다. 저는 부인께 건강한 아랍 아이를 맡겼으니 그런 아이를 돌려주셔야 합니다. 다시 말씀드리지만, 제 심장은 이런 격한 감정 상태를 견디지 못합니다. 저는 평생 피해망상증에 시달려왔습니다. 그것을 증명해주는 의사의 진단서도 가지고 있습니다. 거기에는 여차할 때 도움이 되도록 제가 피해망상증 환자라는 것이 기록되어 있습니다."

"그럼, 당신이 유태인이 아니라는 건 확실한가요?"

로자 아줌마는 희망을 가지고 물었다.

유세프 카디르 씨의 얼굴에 파도처럼 경련이 스쳐갔다.

"부인, 저는 유태인은 아니지만 학대를 받았습니다. 박해가 당신네 유태인의 독점물은 아닙니다, 부인. 다른 사람들도 유태인들처럼 박해받을 권리가 있는 겁니다. 저는 부인에게 영수증을 받고 맡겼던 회교도인 내 아들 모하메드 카디르를 원합니다. 저는 어떤 이유로도 유태인 아들은 원치 않습니다. 구구한 이유가 있을 수 없습니다."

"좋아요, 너무 흥분하지 마요. 뭔가 잘못된 모양이군요."

로자 아줌마는 남자의 마음이 크게 흔들리는 것을 보고 동정심을 느낀 모양이었다. 사실 아랍인과 유태인은 모두 이미 너무 많은 고통을 당해왔으니까.

"분명히 뭔가 잘못된 것입니다, 오 신이여."

유세프 카디르 씨는 다리에 힘이 빠진 듯 자리에 풀썩 주저앉았다.

"모모야, 서류들 좀 가져오너라."

로자 아줌마가 말했다.

나는 침대 밑에서 커다란 패밀리 사이즈 여행가방을 꺼냈다. 내 엄마에 관해 알아보려고 수시로 그 가방을 뒤졌었기 때문에 나는 그 속에 무엇이 들어 있는지 어느 누구보다도 잘 알고 있었다. 로자 아줌마는 자기가 맡은 창녀의 아이들에 관해서 종이 쪼가리들에 끄적여놓곤 했는데 무슨 소린지 이해가 가지 않는 글들이었다. 우리집에서 그건 비밀이었기 때문이다. 그래야 관련된 사람들이 마음 편히 잠을 잘 수가 있었다. 아무도 양육권이 없는 창녀들이 아이를 맡겨 기른다고 고발하지 못하게 말이다. 만약 그런 약점을 이용해서 그녀들을 아비장에 보내겠다고 협박하려는 뚜쟁이들이 찾아와서 뒤진다 해도 가방 속에서는 아무것도 찾아내지 못했을 것이다. 아무리 특별하게 연구했다고 해도 말이다.

나는 로자 아줌마에게 서류뭉치를 몽땅 가져다주었다. 그녀는 안경을 끼고 손가락에 침을 묻혀가며 서류들을 뒤적이기 시작했다.

"여기 있군."

그녀는 서류 한 장을 손가락으로 짚으면서 의기양양하게 말했다.

"1956년 10월 7일 어쩌구저쩌구."

"뭐라구요? 어쩌구저쩌구라니요?"

유세프 카디르 씨는 하소연하듯 말했다.

"대충 그렇단 말이지요. 그날 내가 사내아이 두 명을 받았군요. 하나는 회교도고, 하나는 유태인이었는데……"

그녀는 골똘히 생각하다가 무언가 생각이 난 듯 얼굴이 환해졌다.

"아, 그렇군요. 이제야 모든 걸 알겠어요. 내가 종교를 착각했던 거군요."

그녀는 즐거운 목소리로 말했다.

"뭐라구요? 뭐가 어떻다구요?"

유세프 카디르 씨가 바싹 달려들며 관심을 보였다.

"내가 모하메드를 모세로, 그리고 모세를 모하메드로 길렀던 거예요. 두 아이를 같은 날 받았기 때문에 혼동을 일으켰던 모양이군요. 진짜 모세는 지금 마르세유에 있는 좋은 회교도 가정에서 잘 지내고 있어요. 그리고 당신의 모하메드는 여기 있어요. 내가 유태인으로 키운 거지요. 뭐 그래봤자 바르 미츠바*를 치른 것하고, 항상 코셔**를 먹은 것 정도니까 안심해요."

"뭐라구요, 항상 코셔를 먹었다구요?"

유세프 카디르 씨는 거의 울부짖듯이 말했다. 그는 온몸의 힘이 완전히 빠져서 의자에서 일어설 힘조차 없어 보였다.

"제 아들 모하메드가 항상 코셔를 먹었단 말입니까? 바르 미츠바를 치르구요? 제 아들 모하메드가 유태인이 되었단 말예요?"

"내가 신원 파악을 잘못했던 거지요. 신원이란 게 잘못될 수도 있잖아요. 절대적인 것은 아니니까. 세 살짜리 아이에 대해 확실한 게 뭐가 있겠어요. 할례를 받은 아이라고 하더라도 말이에요. 내가 할례에 대해 잘못 생각했던 거죠. 나는 당신의 모하메드를 착한 유

---

* 유태교에서 열세 살이 되어 성년식을 치른 남자아이 또는 그 의식.
** 유태교 계율에 맞는 식품.

태인으로 키웠어요. 그러니 안심해요. 십일 년 동안이나 내버려둬 놓고 이제 와서 유태인이 됐다고 그렇게 놀랄 건 없겠지요."

"하지만 병원에 있었기 때문에 저도 어쩔 수가 없었다구요!"

유세프 카디르 씨가 신음하듯이 말했다.

"그래요, 저애는 아랍인이었어요. 그리고 지금은 약간 유태인 애가 되었어요. 하지만, 여전히 당신의 아들이에요!"

로자 아줌마는 가족적인 친밀한 미소를 지으며 말했다.

남자는 벌떡 일어났다. 아직도 화낼 힘이 남아 있는 듯했다.

"저는 아랍인 아들을 원합니다! 유태인 아들은 필요 없어요!"

그는 소릴 질렀다.

"그게 결국 같은 거라니까요."

로자 아줌마는 격려하듯이 말했다.

"그게 어떻게 같아요? 세례를 받았다면서요!"

"쯧쯧쯧!"

로자 아줌마는 혀를 찼다. 그녀가 참는 데도 한계가 있었다.

"천만에, 세례는 받지 않았다니까요. 모세는 착한 유태인 아이라구요. 모세야, 넌 착한 유태인이지, 안 그러냐?"

"네, 아줌마."

모세는 기꺼이 대답했다. 그애는 엄마든 아빠든 아무 관심이 없었던 것이다.

유세프 카디르 씨는 일어선 채로 공포에 가득찬 눈으로 우리를 바라보았다. 그러다가 갑자기 발을 동동 구르기 시작했다. 마치 즉

251

홍적인 절망의 춤을 추는 것 같았다.

"원래대로의 내 아들을 돌려주세요. 유태인은 싫어요. 온전한 회교도인 내 아들을 돌려달라구요!"

"아랍인이건 유태인이건 여기에서 그게 무슨 상관입니까. 당신이 정말로 아들을 원한다면 지금 그대로의 아이를 받아들이세요. 아이 엄마를 죽여놓고, 자기가 정신병자라고 자처하더니 이제 아들이 착실한 유태교도로 자랐다고 난리를 하는군요! 모세야, 네 아빠에게 가서 키스하렴. 그래서 네 아빠가 죽는다고 해도 아빠는 아빠니까!"

"어쩔 수 없잖아."

내가 말했다. 나는 네 살을 더 먹게 되었다는 생각에 기분이 괜찮아졌다.

모세는 유세프 카디르 씨를 향해 한 발짝 다가섰다. 그러자 남자는 자기 말이 맞다는 것도 모른 채 끔찍한 비명을 내질렀다.

"얘는 내 아들이 아니야!"

그는 비극의 주인공처럼 소리질렀다.

그는 벌떡 일어나서 문 쪽으로 한 발짝을 내디뎠다. 그리고 그의 의지는 바로 거기에서 꺾여버리고 말았다. 그의 몸은 분명하게 의도를 드러낸 것처럼 더이상 나가지 못하고, 아! 하는 짧은 비명에 이어 으! 하고 소릴 흘리더니 왼손을 심장께에 대고 그 자리에서 그대로 고꾸라지고 만 것이다. 더는 할말이 없다는 듯이.

"저런, 왜 저러니?"

252

로자 아줌마는 여전히 부채질을 하며 물었다. 달리 할 일도 없었으니까. 왜 그랬느냐고? 들어보시라.

"왜 저런다니? 가봐라."

그가 정말 죽은 것인지 잠시 기절한 것인지 알 수가 없었다. 그는 아무런 움직임도 보이지 않았다. 좀 기다려보았지만 움직일 기미가 없었다. 로자 아줌마는 당황하기 시작했다. 우리가 제일 피하고 싶은 게 경찰인데, 경찰은 한번 일을 시작하면 끝낼 줄을 모르니까. 그녀는 나더러 빨리 달려나가서 누구든 도와줄 사람을 찾아오라고 말했지만, 유세프 카디르 씨는 이미 완전히 숨이 끊어져 있었다. 그의 얼굴에는 이제 더이상 안달할 게 없어진 사람의 얼굴에나 떠오르는 평온이 깃들어 있었다. 유세프 카디르 씨의 몸 여기저기를 꼬집어보기도 하고 입술에 거울을 들이대보기도 했지만 아무런 변화가 없었다. 모세는 당연히 달아나버린 뒤였다. 그애는 달아나는 데는 선수였으니까. 나는 자움 씨네 형제에게로 달려갔다. 가서 사람이 죽었다는 것을 알리고 우리집에서 죽지 않은 것처럼 하기 위해 시체를 층계로 끌어내야 한다고 말했다. 그들은 곧 올라와서 시체를 오층 샤르메트 씨네 집 문 앞 층계참에 끌어다놓았다. 샤르메트 씨는 신분이 보장된 프랑스 사람이기 때문에 그런 일쯤은 별문제가 되지 않을 것이기 때문이었다.

나는 다시 내려가서 죽은 유세프 카디르 씨 곁에 잠시 앉아 있었다. 우리는 서로에게 아무것도 해줄 수 없었지만 한동안 그곳에 머물렀다. 그의 코는 내 코보다 훨씬 더 길었다. 하지만 코는 살면서

계속 길어지는 것이니까.

　나는 무슨 추억이 될 만한 것이라도 있을까 하고 그의 주머니를 뒤져보았다. 주머니 속엔 푸른색 골루아즈 담배 한 갑뿐이었다. 담뱃갑 속에는 아직 한 개비가 남아 있었다. 나는 그의 곁에 앉아서 그것을 피웠다. 그 담뱃갑 속에 있었을 다른 담배들은 모두 그가 피웠을 테니, 나머지 한 개를 내가 피운다는 것이 뭔가 의미 있는 일같이 여겨졌으므로.

　　나는 조금 울기까지 했다. 그러고 나니 기분이 좋아졌다. 내게도 누군가가 있었다는 것이, 그리고 이제 그를 잃어버렸다는 생각이 나를 기쁘게 했다.

　　잠시 후 경찰차 사이렌 소리가 들렸다. 귀찮은 일에 휘말리고 싶지 않아서 얼른 집으로 올라와버렸다.

로자 아줌마는 여전히 겁에 질려 있었다. 나는 그것이 오히려 정신이 나간 상태보다 안심이 되었다. 우린 운이 좋았다. 그즈음 그녀가 제정신일 때는 하루에 몇 시간씩밖에 없었는데, 유세프 카디르 씨는 마침 그때 와주었던 것이다. 나는 갑자기 네 살을 더 먹게 된 데 대해 아직 어리둥절했기 때문에 뭘 어떻게 해야 할지 몰랐다. 새삼스레 내 모습을 거울에 비춰보기도 했다. 그것은 내 인생에서 가장 중요한 사건이었다. 거의 혁명이라고까지 할 수 있었다. 갑자기 내가 예전의 내가 아닌 듯 느껴질 때처럼, 나는 내가 어디에 있는 건지 알 수가 없었다. 나는 내가 이제 예전처럼 생각할 수 없다는 걸 알았다. 하지만 당분간은 아무 생각도 하고 싶지 않았다.

"오, 하느님 맙소사."

로자 아줌마가 말했다. 우리는 좀 전에 일어난 일에 대해 서로 말하지 않으려 애썼다. 머리만 복잡해질 것이 뻔했다. 나는 그녀의 발치에 있는 등받이 없는 의자에 앉아서, 그녀가 나를 지키기 위해 해준 일들에 감사하며 그녀의 손을 잡아주었다. 우리가 세상에서 가진 것이라고는 우리 둘뿐이었다. 그리고 그것만은 지켜야 했다.

아주 못생긴 사람과 살다보면 그가 못생겼기 때문에 사랑하게 되는 것 같다. 정말로 못생긴 사람들은 무언가 결핍 상태에 있기 때문에 그것이 오히려 장점이 된다. 지금 생각해보면, 로자 아줌마는 그렇게 못생긴 것도 아니었다. 그녀는 유태인 특유의 짙은 갈색 눈을 하고 있었다. 하지만 그녀를 여자로 생각해선 안 된다. 그 점에서 그녀는 유리할 게 없으니까.

"모모야, 아까 일로 속상했지?"

"아니에요, 아줌마. 난 내가 열네 살이란 게 좋아요."

"다행이구나. 정신병자 아버지는 네게 아무 도움도 안 된다. 그건 흔히 유전되거든."

"그래요, 난 재수가 좋았어요."

"그렇구말구. 더구나 아이샤는 손님이 아주 많았거든. 그러니 진짜 네 아빠가 누군지는 아무도 모른다. 네 엄마는 일하는 중에 널 가졌어. 일을 하루도 쉰 적이 없었지."

나는 드리스 씨네 가게로 내려가 초콜릿 케이크를 사다 그녀에게 주었다. 그녀는 그것을 맛있게 먹었다. 그후 그녀는 며칠씩이나 정신이 말짱했다. 카츠 선생님의 말로는 그것은 일시적인 호전 상태일 뿐이라고 했다. 자움 씨네 형제들은 일주일에 두 번씩 카츠 선생님을 업고 올라왔다. 카츠 선생님은 심장 때문에 칠층까지 걸어 올라올 수가 없었던 것이다. 로자 아줌마는 머리뿐 아니라 다른 기관에도 문제가 있었기 때문에 두루 진찰을 해야 했다. 나는 아줌마가 진찰받는 동안 그 자리에 있기가 싫어서 거리로 나가 끝나기를 기다렸다.

한번은 검둥이가 그 길로 지나갔다. 사람들은 무슨 이유에서인지 그애를 그냥 검둥이라고 불렀는데, 아마도 그 동네의 다른 흑인들과 구별하기 위해서 그런 것 같았다. 다른 사람들을 위해 한 사람이 덮어써야 하는 건 언제나 있는 흔한 일이니까. 그는 빼빼 마르고 중산모를 쓴 열다섯 살의 소년이었는데, 적어도 오 년 전부터는 혼자 살고 있었다. 부모가 그애를 삼촌에게 맡겼는데, 삼촌은 다시 자기 처제에게 맡기고, 처제는 마음 좋은 누군가에게 다시 맡겼지만 좋지 않은 결말이어서 누가 시작이었는지 아무도 모르게 되었다. 그러나 그는 화내지 않았다. 그는 자기가 원한이 많은 놈이라서 사회질서에 복종하고 싶지 않다고 말했다.

검둥이는 동네의 심부름꾼으로 통했다. 전화를 하는 것보다 그애를 시키는 게 더 싸게 먹혔다. 그는 하루에 수백 건의 심부름을 했고, 자기 방도 하나 가지고 있었다. 그는 내가 기분이 좋지 않은 것을 알고 비송 거리에 있는 술집에 가서 축구 게임을 하자고 했다. 그가 나에게 로자 아줌마가 죽으면 어떻게 할 거냐고 묻기에 돌봐줄 다른 사람이 있다고 말했다. 그러나 내가 괜히 허세를 부리고 있다는 것을 그애는 이미 알고 있다는 표정이었다. 내가 갑자기 네 살이나 더 먹게 되었다고 말하니까 그애는 나를 축하해주었다. 우리는 열네 살이나 열다섯 살이 된 아이가 혼자가 되면 어떻게 벌어먹고 살아야 하는지를 잠시 의논했다. 그는 갈 곳을 한군데 알고 있긴 하지만, 엉덩이로 벌어먹는 짓은 좋아서 해야지 그렇지 않

으면 죽을 맛이라고 말했다. 그러면서 그런 일
은 여자들이나 할 짓이라고, 자기는 그렇게 벌
어먹고 싶은 생각은 눈곱만큼도 없다고 덧붙였
다. 우리는 담배 한 대를 나눠 피우고 잠깐 게
임을 한 후 헤어졌다. 검둥이는 일이 있다고 했
고, 나는 끈끈하게 들러붙는 녀석이 아니었다.

집에 돌아오니 카츠 선생님이 아직도 있었
다. 그는 로자 아줌마에게 병원에 가야 한다고
설득하는 중이었다. 다른 사람들도 많이 올라
와 있었다. 자움 씨네 맏형, 일이 없었던 왈룸
바 씨와 그의 동료 다섯 명이 있었다. 죽음은
사람에게 중요성을 부여해주고, 사람들은 죽
음이 다가온 사람을 더 존경하게 되기 때문이
다. 카츠 선생님은 치과의사가 이를 뽑을 때 환
자를 기분좋게 해주기 위해 그러듯이 거짓말을
늘어놓고 있었다. 기분이란 환자에게 큰 영향
을 미치는 것이니까.

"아, 마침 우리 모모가 소식을 들으러 오시
는군! 좋은 소식이란다. 아무튼 암은 아니거든.
모두들 안심하라고, 하하!"

모두들 웃음을 터뜨렸다. 특히 예리한 심리
학자인 왈룸바 씨가 가장 크게 웃었다. 로자 아

261

줌마 역시 만족한 표정이었다. 아무튼 자신의 생에서 그래도 뭔가 성공한 것이 있긴 있구나 하는 생각에.

"하지만 지금은 무척 힘든 시기입니다. 이 가엾은 분의 뇌가 혈액순환 문제를 일으킬 때도 있고, 신장과 심장도 예전 같지 않아요. 그러니 잠시 동안이라도 널찍하고 좋은 방이 있는 병원으로 가시는 게 좋을 것 같습니다. 거기에 가면 모든 게 다 해결될 테니까요!"

카츠 선생님의 말에 나는 등골이 오싹했다. 병원에 갔다 하면 아무리 아파서 죽을 지경이라 해도 안락사를 시켜주지 않고 주삿바늘 찌를 살덩이가 남아 있으면 언제까지고 억지로 살아 있게 한다는 것을 이 동네 사람들이라면 누구나 알고 있었다. 최후의 결정은 의학이 하는 것이고, 의학은 하느님의 뜻이 이루어지는 것을 끝까지 막으려 한다는 것을. 로자 아줌마는 푸른색 원피스를 입고 화려한 수를 놓은 값비싼 숄을 두른 채 사람들의 주목을 받고 있다는 것에 흡족해하고 있었다. 왈룸바 씨가 악기를 연주하기 시작했다. 여러분도 알겠지만, 한 사람이 다른 한 사람에게 해줄 수 있는 게 아무것도 없다는 것은 괴로운 일이다. 나도 미소를 짓고 있었지만, 속으로는 죽을 맛이었다. 이건 아닌데, 생이 이런 건 아닌데, 내 오랜 경험에 비춰보건대 결코 아닌데 하는 생각이 문득문득 뇌리를 스쳐갔다. 사람들은 말없이 하나둘 줄을 지어 밖으로 나갔다. 어떤 말도 할 수 없는 순간이 있는 법이다. 왈룸바 씨도 몇 곡 더 연주해주고 나서는 음악 소리가 끝나자마자 떠나가버렸다. 어쩔 수 없이,

우리 단둘만 남게 되었다.

"모모야, 너도 들었지. 이젠 병원에 가야 하나보다. 그럼 넌 어떻게 되는 거지?"

나는 가볍게 휘파람을 불었다. 달리 무슨 말을 하겠는가. 나는 조로처럼 그녀에게 무슨 말이든 해주려고 그녀를 향해 돌아섰는데, 운 좋게도 바로 그 순간 그녀는 가사 상태에 빠져들었다. 그러고는 이틀 낮 사흘 밤을 깨어나지 못했다. 그러나 그녀의 심장은 여전히 뛰고 있었다. 말하자면 그녀는 살아 있었다.

나는 겁이 나서 카츠 선생님도 이웃도 부르지 않았다. 이번에는 정말 우리 둘을 떼어놓을 게 확실하니까. 나는 오줌도 누러 가지 않고 과자 한 조각도 먹지 않은 채 꼼짝 않고 그녀 곁에 앉아 있었다. 그녀가 정신을 차렸을 때 가장 먼저 나를 볼 수 있도록. 나는 그녀의 가슴에 손을 얹었다. 우리를 갈라놓는 그 푸짐한 살 위에서도 심장이 뛰는 게 느껴졌다. 검둥이가 집에 찾아왔다. 내가 통 보이지 않아서 찾아왔다고 했다. 그는 담배를 한 대 피우면서 로자 아줌마를 오랫동안 바라보았다. 한참 뒤 그는 자기 주머니를 뒤지더니 인쇄물 하나를 찾아 내게 주었다. 거기에는 '대형물건 무료 수거. 전화 278 78 78'이라고 적혀 있었다.

그리고 그는 내 어깨를 툭툭 치고 가버렸다.

그녀가 가사 상태에 빠진 지 이틀째 되던 날, 나는 롤라 아줌마를 찾아갔다. 롤라 아줌마는 제일 시끄러운 팝송 판들을 들고 올라와서 귀가 찢어지도록 크게 틀어놓았다. 그 음반들이 죽은 사람도 깨운다고 그녀는 말했지만 로자 아줌마에게는 아무 효과가 없었다. 카츠 선생님이 처음에 선고한 대로 아줌마는 정말 식물상태였다. 롤라 아줌마는 자기 친구가 그 지경이 된 것을 보고 얼마나 충격을 받았는지, 그날은 손해를 무릅쓰고 불로뉴 숲에 가지 않았다. 이 세네갈 여자는 정말로 인정이 있는 사람이었다. 나는 언젠가 그녀를 꼭 만나러 갈 것이다. 우리는 로자 아줌마를 소파에 그대로 둘 수밖에 없었다. 롤라 아줌마가 아무리 링에서 몇 년이나 단련된 몸이라 해도 그녀를 들어올릴 수는 없었다. 이런 혼수상태의 환자에게 가장 슬픈 일은 그런 상태가 얼마나 지속될지 모른다는 것이었다. 카츠 선생님은 십칠 년여를 버틴 미국인이 아직까지는 세계기록이라고 말했다. 그러나 그 정도로 오래 견디자면 전문 간병인과 방울방울 주사액이 떨어지는 특수시설이 필요하다고 했다. 로자 아줌마가 어쩌면 세계 챔피언이 될지도 모른다는 생각을 하면 끔찍했다. 지금까지도 그녀는 충분히 괴로운 생을 살아왔는데, 세계기

록까지 깬다는 것은 너무 심한 일이니까. 나는 롤라 아줌마만큼 친절한 사람을 본 적이 없었다. 그녀는 아이를 갖고 싶어했지만, 앞서 말했듯이 그럴 수 있는 기관이 그녀에겐 없었다. 다른 여장 남자들처럼 그 문제에서 자연의 법칙과 해결을 보지 못했던 것이다. 그녀는 나를 돌봐주겠다고 약속했고, 나를 무릎에 앉히고는 세네 갈 어린애들에게 들려주는 자장가를 불러주었다. 프랑스에도 자장가는 있겠지만, 나는 들어본 적이 없다. 자장가를 들을 만큼 어렸던 적이 내겐 없었고, 언제나 머릿속에 다른 걱정들이 가득차 있었기 때문이다. 나는 사양했다. 나는 이미 열네 살이나 먹었고, 그런 나를 가지고 인형놀이를 한다는 것은 영 이상한 일이었으니까. 그녀는 일 나갈 준비를 하러 갔고, 왈룸바 씨가 자기네 고향 사람들을 이끌고 로자 아줌마를 지켜주려고 올라왔다. 그들은 심지어 양한 마리를 통째로 구워왔다. 우리는 로자 아줌마를 에워싸고 소풍 나온 사람들처럼 바닥에 빙 둘러앉아 고기를 먹었다. 기분이 좋았다. 마치 들판에 나온 것 같았다.

고기를 씹어서 로자 아줌마에게 먹여주려 했지만, 그녀는 입에 넣어준 고기를 반은 입 밖에 내민 채 멍한 눈으로 꼼짝도 하지 않았다. 선량한 유태인의 눈으로는 보지 못하는 모든 것을 바라보면서. 하긴 그녀에게 뭘 먹이는 것이 그다지 중요한 일은 아닌 것 같았다. 그녀는 이미 살이 너무 많았기 때문에 그것으로 자기를 먹여 살리기에 충분해 보였다. 심지어는 왈룸바 씨 부족 전체를 먹여살릴 수도 있을 것 같았으니까. 하지만 그런 시대는 지나갔다. 그들도 이제 사람은 먹지 않는다. 고기를 다 먹은 뒤 기분이 좋아진 그들은 종려나무 술을 마시고 로자 아줌마 주위를 맴돌며 춤을 추고 악기를 연주하기 시작했다. 시끄럽다고 불평하는 이웃들은 아무도 없었다. 모두가 합법적인 증명서류를 갖고 있었지만, 그들은 불평하는 사람들이 아니었다. 왈룸바 씨는 로자 아줌마에게 종려나무 술을 조금 먹이려 했다. 비송 거리에 있는 송고 씨네 가게에서 콜라나무 열매와 함께 살 수 있는 그 술은, 특히 결혼식 때는 없어서는 안 되는 것이었다. 종려나무 술이 로자 아줌마에게 좋을 것 같았다. 피가 머리에까지 오르게 하고 혈액순환을 돕기 때문이다. 그러나 로자 아줌마는 얼굴이 약간 붉어지기만 할 뿐, 다른 변화를 보이지는 않았다. 왈룸바 씨는 벌써 여기 와 있을지 모르는 죽음을 멀리 내쫓기 위해서는 탐탐북 소리를 많이 내야 한다고 했다. 죽음은 탐탐북 소리를 무서워하니까. 탐탐은 손으로 두드리는 작은 북인데, 그들은 밤새 그 북을 두드렸다. 둘째 날, 나는 로자 아줌마가 이제 세계기록을 깨는 일에 돌입했음을 확신했다. 그리고 모든 조치를 다 해줄 병원을 피할 길이 없다는 것도. 나는 밖으로 나와 거리를 걸었다. 걸으면서 하느님과 하느님 비슷한 것들을 생각했다. 나는 정말 멀리멀리 나가버리고 싶었다. 내 발길이 맨 먼저 향한 곳은 퐁티에 거리였다. 그곳 녹음실에는 세상을 거꾸로 돌아가게 할 수 있는 사람들이 있었다. 내가 전에 말했던 아름답고 좋은 냄새가 나는 금발의 여자, 나딘인지 뭔지 하는 여자도 보고 싶었다. 로자 아줌마에게는 미안한 일이었지만, 어쩔 수 없는 일이었다. 나는 정말 기분이 바닥이라서 내가 네 살이나 더 먹었다는 것도 느껴지지 않았다. 지금까지 살아온 대로 여전히 열 살인 것 같았다. 그녀가 녹음실에서 나를 기다리고 있었다고 하면 믿지 않을 것이다. 나는 누군가가 기다려줄 만한 녀석이 못 되니까. 하지만 그녀는 거기에 있었고, 나는 그녀가 사주었던 바닐라 아이스크림 맛이 새삼 떠올랐다. 그녀는 내가 들어서는 것을 보지 못한 채, 마이크에 대고 열심히 사랑의 말을 속삭이고 있었다. 물론 나와는 상관없는 말들이었다. 화면에서는 어떤 예쁜 여자가 입술을 움직이고 있었지만, 실제로 말을 하고 있는 사람은 내가 아는 그 여자였다. 기계적인 작업이었다. 나는 녹음실 한구석에서 조용히 기다렸다. 너무나 비참해서 네 살을 더 먹지만 않았더라면 그냥 그 자리에서 울어버렸을 것이다. 하지만 정말 참기가 힘들었다. 불이 켜지고, 그녀가 나를 알아보았다. 방안이 그렇게 환한 것도 아니었는데, 그녀는 내가 있는 것을 금방 알아보았다. 순간 눈물이 왈칵 쏟아지고 말았다. 내가 어쩔 수 있는 일이 아니었다.

"모하메드!"

그녀는 내가 무슨 소중한 사람이나 되는 듯이 달려와 내 어깨를 감싸안았다. 그녀의 입에서 아랍 이름이 튀어나오자 모두들 나를 쳐다보았다.

"모하메드! 무슨 일이야? 왜 울어? 모하메드!"

모모라고 부르지 않고 모하메드라고 부르는 것에 왠지 거리감이 느껴졌지만 아무래도 상관없었다.

268

"모하메드, 말해봐! 무슨 일이야?"

그녀에게 무슨 말을 한단 말인가. 어디서부터 시작해야 할지조차 알 수 없었다. 나는 숨을 크게 들이마셨다.

"아뇨…… 아무것도 아니에요."

"그래, 나도 일이 다 끝났거든. 우리집에 가서 얘기하자."

그녀는 뛰어가서 레인코트를 가져왔다. 우리는 곧바로 차에 올라탔다. 그녀는 이따금씩 내 쪽으로 고개를 돌려 미소지어 보였다. 그녀에게서는 믿을 수 없을 정도로 좋은 냄새가 났다. 그녀는 내가 몹시 우울한 상태라는 것을 잘 알고 있었다. 그때 나는 딸꾹질까지 하고 있었으니까. 무슨 말을 해도 소용없을 것을 알고 그녀는 아무 말도 하지 않았다. 빨간 신호등에 걸려 멈추었을 때 몇 번 내 뺨을 어루만져주었을 뿐이다. 그녀의 손길은 무척 위안이 되었다. 우리는 생 토노레 거리에 있는 그녀의 집 앞에 도착했다. 그녀는 앞뜰에 차를 세웠다.

우리는 그녀의 집으로 들어갔다. 집에는 낯선 남자가 있었다. 큰 키에 머리가 길고 안경을 낀 그 남자는 아무 말 없이 자연스럽게 내게 악수를 청했다. 비교적 젊어 보이는 남자였다. 내 나이의 두세 배 정도는 아닐 것 같았다. 그들에게 이미 있는 금발의 두 아이가 있나 두리번거렸지만 보이지 않았다. 내가 그들의 가정에는 필요 없다는 말을 하려고 튀어나오지는 않을까 싶었다. 대신 순하게 생긴 개만 한 마리 있었다.

그들은 내가 알아들을 수 없는 영어로 말을 주고받더니 내게 차와 샌드위치를 가져다주었다. 너무 맛있어서 나는 주는 대로 다 먹어치웠다. 그들은 내가 배불리 먹도록 가만히 지켜보기만 했다. 내가 다 먹고 나자, 남자가 내게 기분이 좀 나아졌느냐고 조심스레 말을 걸었다. 나는 말을 해보려 했지만 할말이 너무 많아서 숨을 쉴 수가 없었다. 마침내 딸꾹질이 나오더니 급기야 로자 아줌마처럼 천식까지 일으켰다. 천식은 전염되는 것이니까.

나는 한 삼십 분 동안이나 말문이 막힌 채 딸꾹질만 했다. 낯선 남자는 내가 심한 충격을 받아서 그렇다고 말했다. 내가 그들의 관심사가 되었다는 게 무척 기뻤다. 잠시 후에 나는 자리에서 일어났다. 나를 필요로 하는 혼수상태에 빠진 노인네가 집에 있기 때문에 돌아가봐야 한다고 했더니, 나딘은 부엌으로 가서 바닐라 아이스크림을 가져다주었다. 그것은 내 빌어먹을 생―이건 내가 그냥 되는대로 지껄여보는 소리다―에서 먹어본 것 중 최고로 맛있는 것이었다.

아이스크림 때문에 기분이 좀 나아져서 나는 그들과 이야기를 좀 나누었다. 나는 혼수상태에 빠진 유태인 노인네를 돌봐야 하고, 그녀는 모든 면에서 세계기록을 깨뜨리는 일을 시작했다는 얘기를 들려주었다. 카츠 선생님이 식물상태와 같다고 말했다는 것도. 그러자 그들은 내가 이미 들어본 적이 있는 치매니 뇌경화증이니 하는 말들을 했다. 나는 로자 아줌마에 관해 말할 수 있다는 것이 즐거웠다. 로자 아줌마에 관한 이야기는 늘 나를 즐겁게 한다. 나는 로자 아줌마가 창녀였으며, 독일 유태인 수용소에서 살아 돌아왔고, 창녀의 아이들을 맡아 기르는 일을 해왔다는 것도 이야기했다. 창녀는 불법 매춘 때문에 친권이 박탈되는데다가 비열한 이웃이 고발이라도 하면 아이들이 빈민구제소로 보내지기 때문에 로자 아줌마에게 아이들을 은밀히 맡겼다고 말이다. 그들에게 이야기하는 게 왜 그렇게 기분이 좋았는지 모른다. 나는 소파에 앉아 있었고, 남자는 내게 담배를 한 대 권하고는 자기 라이터로 불까지 붙여주면서 내가 무슨 중요한 사람인 양 내 말에 귀를 기울였다. 이런 말을 하기는 좀 그렇지만, 내가 그들에게 깊은 인상을 주고 있는 건 분명했다. 나는 흥분했다. 모든 이야기를 다 쏟아버리고 싶어서 멈출 수가 없었다. 그러나 나는 빅토르 위고가 아니었고 아직 그럴 준비도 되지 않았다. 결국 이야기가 이것저것 뒤죽박죽이 되고 말았는데, 그건 내가 결과부터 이야기했기 때문이다. 혼수상태에 빠진 로자 아줌마 얘기와 정신이상으로 엄마를 죽인 아버지 얘기부터 시작했으니까. 하지만 나는 어디서 시작하고 어디서 끝내야 할지를 몰랐기 때문에, 생각나는 대로 계속 이야기할 수밖에 없었다. 내 엄마의 이름은 아이샤이고, 그녀는 엉덩이로 벌어먹고 살았으며, 어떤 미친놈에게 살해되기 전에는 하루 스무 명까지 손님을 받은 적도 있었는데, 그렇다고 내게 정신병이 유전되었다고는 말할 수 없는 것이, 유세프 카디르 씨가 정말로 내 아버지인지 아닌지 아무도 증명할 수 없기 때문이라고 말했다. 나딘 아줌마의 남자의 이름은 라몽이었다. 그는 자기는 의사인데, 유전이란 것을 그다지 믿지 않는다면서 나더러도 그런 것은 신경쓸 필요가 없다고 했다.

그는 라이터로 다시 내게 담뱃불을 붙여주면서 말했다. 창녀의 자식은 아버지를 마음대로 선택할 수 있기 때문에 오히려 좋을 수도 있다고. 또 출생 사고란 얼마든지 있는 일이며, 그들이 훗날 더 잘되어 훌륭한 어른이 된 예도 많다고 했다. 나도 그렇게 생각한다고 그에게 말했다. 일단 태어났으면 그뿐이지, 나딘 아줌마의 녹음실에서처럼 다시 뒤로 돌려 엄마 뱃속으로 들어갈 수는 없는 일이니까. 그러나 가장 견딜 수 없는 일은 로자 아줌마처럼 온갖 세상 고생을 다하며 살아온 노인네에게 안락사를 허용하지 않는 것이라고 말했다. 그들에게 얘기를 하고 나니 기분이 좀 나아졌다. 끔찍했던 일들도, 일단 입 밖에 내고 나면 별게 아닌 것이 되는 법이다. 라몽이라는 남자는 과히 나쁘지 않은 인상이었다. 그는 내가 이야기하는 동안 파이프 담배를 열심히 피우고 있었지만, 관심은 내게 쏠려 있다는 것을 알 수 있었다. 다만 나는 나딘이 우리 둘만 남겨놓고 가버리면 어쩌나 겁을 내고 있었다. 그 여자가 없으면 분위기가 그만큼 좋을 것 같지 않았다. 그녀는 오직 나만을 위해 미소짓고 있었다. 내가 그 전날만 해도 열 살이었다가 하루 사이에 열네 살이 된 사연을 이야기할 때는, 그들은 한층 더 호기심을 보였다. 내가 여전히 이야기의 주도권을 쥐고 있었는데 그들이 너무 재미있어했기 때문에 나는 이야기를 끝낼 수가 없었다. 나는 그들을 즐겁게 해주기 위해, 나와 함께 있으면 재미있다는 것을 알려주기 위해 최선을 다했다.

"얼마 전에는 아버지가 나를 데리러 왔었어요. 아버지는 엄마를

273

죽이기 전에 나를 로자 아줌마에게 맡겼대요. 아버지는 정신이상 판정을 받았어요. 아버지는 창녀를 몇 명 데리고 있었는데, 그중에서 엄마를 제일 좋아했대요. 그래서 죽였대요. 아버지는 병원에서 풀려나자마자 나를 찾으러 온 거였는데, 로자 아줌마는 시치미를 뗐어요. 정신병은 유전되는 것이고, 정신병자 아버지를 두는 것이 내게 좋을 게 없으니까요. 아줌마는 아버지한테 유태인 아이인 모세가 당신 아들이라고 말했어요. 아랍인들한테도 모세란 이름은 있겠지만 그들이 유태인은 아니지요. 유세프 카디르 씨는 아랍인이고 회교도거든요. 그런데 유태인 아들을 돌려준다고 하니까 충격을 받아서 죽은 거예요……"

라몽 의사 역시 내 말을 열심히 듣고 있었지만, 나는 무엇보다 나딘이 내 말에 귀기울여주는 것에 신이 났다.

"……로자 아줌마는요, 세상에서 제일 못생겼구요, 내가 아는 사람 중에 가장 불행한 사람이에요. 다행히 내가 같이 지내면서 돌봐주고 있어요. 아무도 거들떠보려 하지 않으니까요. 왜 세상에는 못생기고 가난하고 늙은데다가 병까지 든 사람이 있는가 하면 그런 나쁜 것은 하나도 가지지 않은 사람이 있는지 모르겠어요. 너무 불공평하잖아요. 내 친구 중에는 경찰서장도 있어요. 누구보다도 힘이 센 대단한 경찰이에요. 뭐든지 다 할 수 있는 힘을 갖고 있어요. 왕이나 마찬가지죠. 함께 길을 걸어갈 때면 그 친군 내 아버지처럼 보이게 하려고 내 어깨에 팔을 얹고 다녀요. 내가 어렸을 때는 밤마다 암사자가 와서 내 얼굴을 핥아주곤 했어요. 그때 난 아

직 열 살이었기 때문에 이런저런 상상을 했었죠. 그런데 학교에서
는 내가 네 살 더 먹은 것을 몰랐기 때문에 내가 정신이 불안하다
고 말했어요. 그건 유세프 카디르 씨가 날 데리러 와서 영수증을
보여주기 훨씬 전의 일이에요. 지금 내가 알고 있는 모든 것을 가
르쳐준 것은 양탄자 장사로 유명한 하밀 할아버지예요. 그분이 다
가르쳐주셨어요. 지금은 장님이 되었지만요. 하밀 할아버지는 빅
토르 위고의 책을 들고 다녀요. 나도 크면 '불쌍한 사람들' 이야기
를 쓰려고 해요. 사람들은 하고 싶은 말이 있어서 글을 쓸 때면 늘
불쌍한 사람들 이야기를 쓰잖아요. 로자 아줌마는 내가 갑자기 발
작을 일으켜서 자기 목을 자르려고 덤비지나 않을까 두려워했어
요. 내가 유전성 정신병자가 아닐까 겁을 냈던 거죠. 하지만 자기
아버지가 누구라고 말할 수 있는 창녀의 아이는 없거든요. 그리고
나는 절대로 아무도 죽이지 않을 거라구요. 나는 그런 사람이 아니
에요. 나는 크면 안전을 위한 것들을 모두 갖춰놓고 내 마음대로
살 거예요. 그러면 겁닐 일도 없겠죠. 아줌마네 녹음실에서처럼 모
든 것을 뒤로 돌아가게 할 수 없다는 게 참 안타까워요. 그렇게 할
수 있다면 로자 아줌마도 젊고 아름답게 되어 보기 좋을 텐데요.
어릿광대 친구들이 있는 서커스단을 따라 떠나버릴까 하는 생각도
여러 번 했었지만 그럴 수 없었어요. 모두에게 엿먹으란 말도 못했
어요. 돌봐줘야 할 유태인 노인네가 있으니까요……"

　나는 점점 더 흥분해서 열심히 말했다. 잠시라도 말을 멈추면 그
들이 더이상 내 말에 귀기울이지 않을 것 같아 두려웠다. 라몽 의

사는 안경 낀 눈으로 나를 뚫어지게 바라보다가 자리에서 일어나더니 녹음기를 가져왔다. 내 말을 더 잘 듣기 위해서. 내가 중요한 인물이라도 된 기분이었다. 믿을 수 없을 정도였다. 그는 머리숱이 많은 사람이었다. 내가 그렇게 관심의 대상이 된 것도 누군가가 내 목소리를 녹음한 것도 처음 있는 일이었다. 나는 누군가를 인질로 붙잡아 죽이는 것 말고는 사람의 관심을 끌 수 있는 방법을 알지 못했었다. 아아, 세상에는 관심을 끌지 못하는 사람이 너무 많다. 산과 바다로 동시에 바캉스를 갈 수 없어서 한군데를 선택해야 하듯이 사람들도 그렇게 선택당하기 때문이다. 세상은 관심을 끌지 못하는 그 많은 사람들 중에서 가장 마음에 드는 사람을 선택한다. 사람들은 가장 좋은 것을 선택하고, 수백만 명의 희생자를 낸 나치나 베트남전쟁처럼 가장 비싼 대가를 치른 것을 선택하는 것이다. 그러므로 엘리베이터도 없는 칠층에 사는, 과거에 너무 고통스럽게 살았기 때문에 지금의 고통은 아무것도 아닌 유태인 노파 같은 건 누구의 관심사도 될 수 없다. 그런 사람이 관심을 끌 일은 없다, 절대로. 관심을 끌기 위해서는 수백만 이상의 수가 필요하다. 그렇다고 누구를 원망할 수도 없다. 그 수가 적으면 적을수록 그만큼 중요하지 않은 일이니까……

나는 왕처럼 소파에 앉아 얘기하고 있었다. 무엇보다도 그들이 세상에 이런 이야기는 처음이라는 듯이 귀기울이고 있는 게 기분 좋았다. 내게 말을 시키는 것은 주로 라몽이었다. 나딘은 때로 듣고 싶지 않다는 듯이 귀를 막는 시늉을 했다. 그런 모습이 좀 우스웠다. 사람은 어쨌든 살아야 하는 것 아닌가.

라몽이 내가 말하는 결핍 상태라는 게 무슨 의미냐고 물었다. 그건 아무것도, 아무도 없는 상태라고 대답해주었다. 그는 창녀들이 더이상 아이들을 맡기지 않게 된 후에는 어떻게 먹고살았는지 알고 싶어했다. 나는 곧바로 그를 안심시켰다. 나는 엉덩이란 것이 인간에게 가장 성스러운 것이라는 점을 분명히 해두었다. 로자 아줌마는 내가 아직 그것의 쓰임새를 모르던 때부터 이미 그걸 강조했었다. 나는 결코 엉덩이로 벌어먹고 살지는 않았으니 그 점은 안심하라고 말했다. 불로뉴 숲에서 몸을 팔아서 먹고사는 롤라 아줌마는 여장 남자인데, 그녀가 우리를 많이 도와주었다고 말이다. 세상 사람들이 모두 그녀만 같으면 세상은 많이 달라질 것이고 불행한 사람이 훨씬 줄어들 것이라고도 말했다. 그녀는 여장 남자가 되기 전에 세네갈에서 권투 챔피언이었고 충분한 돈도 벌고 있지만, 자연의 법칙 때문에 가정을 꾸릴 수 없는 게 문제라는 것도.

내 이야기를 열심히 듣는 것으로 보아, 그들은 산다는 것에 대해 도대체 아는 게 없는 것 같았다. 그래서 나는 블랑슈 거리에서 뚜쟁이 노릇을 하며 약간의 용돈을 벌었던 이야기도 해주었다. 이제는 내가 어린애가 아니니까 뚜쟁이가 아니라 매춘 중개인이라는 단어를 써야 했지만, 하루아침에 습관을 고치기는 어려운 일이다. 이따금 라몽은 나딘과 정치적인 이야기를 주고받았다. 정치적인 이야기란 나이 어린 사람을 위한 것이 아니므로 나는 무슨 뜻인지 잘 알아들을 수가 없었다.

그들에게 하지 않은 이야기가 무엇인지 모를 지경이었지만 그래도 계속 얘기하고 싶었다. 그만큼 내겐 밖으로 쏟아내고 싶은 것들이 많았다. 그러나 나는 곧 지쳤다. 마침내 푸른 옷의 광대가 내게 손짓하는 게 보이기 시작했다. 내가 졸릴 때면 종종 나타나는 친구다. 나는 그들이 그것을 알아차리고 나를 정신적 결함이 있는 아이로 생각할까봐 겁이 났다. 더이상 말을 할 수 없었다. 그들은 내가 지쳤다는 것을 알고는 자기네 집에서 자도 좋다고 말했다. 그러나 나는 곧 죽을지도 모르는 로자 아줌마를 돌봐야 하기 때문에 집에 가야 한다고, 나중에 다시 보자고 대답했다. 그들은 내게 자신들의 이름과 주소가 적힌 종이를 다시 주었고, 나딘은 자기 차로 집에 데려다주겠다고 했다. 라몽도 자기가 해줄 일이 있을지 모르니 로자 아줌마를 살펴보러 같이 가겠다고 했다. 나는 사람들이 로자 아줌마에게 해줄 수 있는 것은 다 해주었기 때문에 더이상 할 일이 있을 것 같지 않았지만, 아무튼 차로 데려다주는 것은 좋다고 말했다. 그런데 그때 좀 우스운 일이 일어났다.

막 나가려는데 초인종이 연달아 다섯 번 울렸다. 나딘이 문을 열자, 전에 보았던 그 아이들이 들어왔다. 여기가 그애들의 집이니까. 말할 것도 없는 일이다. 그녀의 아이들이 학교나 학원 같은 데서 돌아온 것이었다. 그 아이들은 금발에다가 꿈속에서처럼 환상적인 옷을 입고 있었다. 그런 고급 옷은 훔칠 수도 없는 것이었다. 진열대에 내놓지 않고 가게 안쪽에 두고 파는 것이라서 점원 아가씨들을 통과해야 그 옷에 손을 델 수 있기 때문이다. 아이들은 내가 마치 똥이라도 되는 듯이 바라보았다. 나는 내가 거지 같은 옷을 입고 있다는 것을 금방 느낄 수 있었다. 내 모자는 머리숱이 많아서 뒤쪽이 불룩했고, 외투는 발뒤꿈치까지 치렁치렁했다. 옷을 훔칠 때는 치수가 큰지 작은지까지 살펴볼 겨를이 없으니까. 그랬다. 그들은 아무 말도 하지 않았지만, 우리는 서로 다른 세계에 속한 사람들이었다. 나는 그애들처럼 진짜 금빛이 나는 머리칼을 본 적이 없었다. 단언컨대 그애들은 세상 어떤 손길도 닿지 않은 새것이었다. 정말로 나와는 다른 부류였다.

"자, 우리 친구 모하메드를 소개해줄게." 그애들의 엄마가 말했다.

그녀는 모하메드가 아니라 모모라고 불렀어야 했다.

모하메드라고 하면 프랑스에서는 아랍새끼라는 말이나 다름없다. 나는 그런 소리를 들으면 화가 난다. 내가 아랍인이라는 게 부끄럽다는 말은 아니다. 하지만 프랑스에서는 모하메드라고 하면 청소부나 막일꾼을 뜻한다. 그것은 알제리인과는 또다른 의미다. 게다가 모하메드는 바보라는 뜻이다. 프랑스에서 누군가를 예수그리스도라고 부르면 모두들 낄낄대는 것과 마찬가지인 것이다. 두 아이는 즉시 나를 훑어보았다. 큰아이는 열 살쯤 되어 보였고, 작은애는 예닐곱 살쯤 되어 보였는데, 작은애가 나를 생전 처음 보는 물건 구경하듯이 바라보다가 말했다.

"얘는 왜 이런 옷을 입고 있어?"

나는 웃음거리나 되자고 거기에 있는 게 아니었다. 나는 거기가 우리집이 아니라는 것을 잘 알고 있었다.

큰아이는 나를 다시 한번 훑어보더니 내게 물었다.

"너 아랍 애니?"

제기랄, 아무도 나를 그런 식으로 대놓고 아랍놈 취급 하지는 않았다. 그렇다고 싸워봤자 소용없는 일이었고, 질투를 느낀다든가 하진 않았지만 그곳은 내가 있을 곳이 못 되는데다가 그녀는 이미 다른 아이들의 소유니까 난 아무 말도 하지 않았다. 뭔가가 목까지 치밀어올랐지만 꿀꺽 삼키고 나는 서둘러 그곳을 빠져나와 내달렸다. 어차피 나와는 속한 세계가 다른 사람들이었다.

　나는 영화관 앞에서 멈춰 섰다. 그러나 그 영화는 미성년자 관람 불가였다. 다른 사람들은 다 할 수 있지만 미성년자는 할 수 없는 것을 생각해내다니 웃기는 일이다. 문 앞에 붙은 사진을 보고 있는데, 매표소 여직원이 미성년자를 보호한답시고 나더러 빨리 가라고 소리쳤다. 멍청한 것 같으니라구. 나는 미성년자 관람불가라는 것에 화가 나서 바지를 내리고 그녀에게 고추를 보여주고는 도망쳤다. 지금은 시시덕거릴 때가 아니었으니까.

　　몽마르트르를 지나가자면 주변에 섹스숍이 즐비했는데, 그곳도 미성년자 금지구역이었다. 나는 그런 것들 도움 없이도 내가 원할 때 언제나 용두질을 할 수 있었다. 그곳은 혼자서는 그것도 하지 못하는 노인들을 위한 곳이다.

　　엄마는 중절수술을 받지 못했는데, 그땐 그것이 계획적인 살인으로 여겨졌기 때문이라고 했다. 로자 아줌마는 그 얘기를 늘 입에 달고 살았다. 그녀는 교육도 받고 학교도 다녔다고 했다.

　　　　　　　생은 누구에게나 주어지는 것은 아니다.

　　나는 더이상 기웃거리지 않고 곧장 집으로 향했다. 내게는 한 가지 생각뿐이었다. 로자 아줌마 곁에 앉아 있고 싶다는 것.

적어도 그녀와 나는 같은 부류의, 똥 같은 사람들이었으니까.

집에 도착하자, 집 앞에 구급차가 있었다. 나는 정말 끝장이라고 생각했고, 내 곁에는 아무도 남지 않게 되었다는 걸 실감했다. 그러나 구급차는 로자 아줌마 때문에 온 게 아니었다. 이미 죽은 다른 사람 때문에 왔던 것이다. 나는 너무나 기뻐서 눈물이 나올 뻔했지만, 네 살이나 더 먹었기 때문에 참았다. 나는 벌써부터 내게 아무도 남지 않게 될 것을 알고 있었다. 구급차는 부아파 씨의 시신을 위한 것이었다. 부아파 씨는 아직 한 번도 얘기한 적이 없는데, 사실 할말이 별로 없어서이다. 그 사람은 별로 눈에 띄는 사람이 아니었다. 그는 심장이 나빴다고 했다. 밖에 서 있던 자움 씨네 맏형이 내게 말하기를, 그 사람에게는 우편물 하나 오지 않았기 때문에 아무도 그가 죽은 것을 몰랐다고 했다. 나는 그 사람이 죽은 것이 그렇게 만족스러울 수가 없었다. 그 사람에게 무슨 감정이 있어서가 아니라, 다 로자 아줌마를 생각해서 그런 것이었다. 그만큼 아줌마는 덜 죽은 셈이니까.

나는 단숨에 달려 올라갔다. 문이 열려 있었다. 왈룸바 씨 일행이 가면서, 로자 아줌마가 잘 보이도록 불을 켜놓았다. 그녀는 소파에 늘어져 있었다. 그녀가 눈물 흘리는 것을 보고 얼마나 기뻤는지 모른다. 그건 그녀가 살아 있다는 증거였으니까. 그녀는 흐느끼는 사람처럼 속으로 약간 떨고 있는 것 같았다.

"모모…… 모모…… 모모……"

그녀의 말은 이게 전부였지만, 나에겐 그것으로 충분했다.

284

나는 달려가서 그녀를 껴안았다. 정신이 나갔을 때 똥오줌을 쌌는지 고약한 냄새가 났다. 그녀를 더 꼭 끌어안았다. 혹시 내가 자기 때문에 구역질내고 있다고 생각하지 않도록.

"모모…… 모모……"

"네, 로자 아줌마, 나 여기 있어요. 나만 믿으세요."

"모모야…… 난 들었다. 사람들이 구급차를 불렀어…… 날 데리러 올 거야……"

"아줌마 때문에 온 게 아니에요. 부아파 씨가 죽었어요."

"무서워……"

"그게 바로 살아 있다는 증거잖아요."

"구급차는……"

그녀는 말하는 것조차 힘들어했다. 말을 하자면 근육을 움직여야 하는데 그녀의 근육은 이미 힘이 다 빠져나간 상태였던 것이다.

"아줌마 때문에 온 게 아니라니까요. 사람들은 아줌마가 여기 있는 것도 몰라요. 신의 이름을 걸고 맹세해요, 카이렘."

"날 데리러 올 게다, 모모야……"

"지금은 안 와요. 아무도 밀고하지 않았어요. 똥오줌을 싸긴 했지만 아줌만 아직 이렇게 멀쩡히 살아 있잖아요. 살아 있는 사람들만 똥오줌을 싸잖아요."

그녀는 약간 안심하는 것 같았다. 나는 그녀의 눈만 바라보았다. 그녀의 딴 곳을 보지 않기 위해. 내 말을 믿지 않을지 모르지만, 이 유태인 노인네의 눈은 정말 아름다웠다. 그 눈은 하밀 할아버지가

"이건 최고로 아름다운 양탄자란다"라고 말하던 양탄자만큼이나 아름다웠다. 하밀 할아버지는 아름다운 양탄자보다 더 아름다운 것은 세상에 없으며, 알라신도 양탄자 위에 앉아 있었다고 믿었다. 내 생각에는, 알라신이 속임수 더미 위에 앉아 있는 것 같지만.

"정말 냄새가 나는구나."

"그건 아줌마 몸속의 기관이 아직 살아 움직이고 있다는 증거예요."

"인샬라, 난 곧 죽을 거다."

"인샬라, 로자 아줌마."

"죽는다는 게 만족스럽구나, 모모야."

"우리 모두 아줌마에게 만족해요. 여기 사람들은 모두 아줌마 친구들이에요. 모두들 아줌마에게 잘해주고 싶어해요."

"하지만 나를 병원으로 데려가게 하지는 마. 모모야, 그건 절대로 안 된다."

"걱정 마세요."

"병원에서는 나를 억지로 살려놓을 거야. 그런 법이 있단다. 뉘른베르크의 법이지. 너는 너무 어려서 모를 거다."

"난 뭘 하기에 너무 어려본 적이 한 번도 없잖아요, 아줌마."

"카츠 선생님이 나를 병원에 신고하면 그들이 날 데리러 올 거야."

나는 아무 말도 하지 않았다. 유태인들이 자기네끼리 서로 밀고하기 시작한다면 나로서는 끼어들 생각이 없다. 유태인이라면 이젠 정말 지긋지긋하다. 그들도 다른 사람들과 다를 바가 없으니까.

"병원에서는 나를 조용히 죽게 놔두지 않을 거야."

나는 말없이 그녀의 손을 잡아주었다. 적어도 그건 거짓말을 하는 건 아니었으니까.

"미국에 있다는 그 세계 챔피언이라는 사람은 병원에서 얼마나 괴롭혔다고 했지?"

나는 모르는 척했다.

"무슨 챔피언이요?"

"미국에 있는 사람 말이다. 네가 하는 말을 다 들었어. 네가 왈룸바 씨와 하던 얘기 말이다."

빌어먹을!

"아줌마, 미국이란 나라는 온갖 세계기록을 다 갖고 있어요. 다들 운동을 잘하니까요. 프랑스에서는요, 마르세유에서 올림픽을 할 때도 외국인들뿐이었어요. 세계 각국에서 왔었다구요. 브라질에서까지도요. 아무도 아줌마를 데려가지 않아요. 병원에 말예요."

"맹세하렴……"

"내가 여기 있는 한, 병원엔 절대 못 데려가게 할게요."

그녀의 입가에 희미한 미소가 어렸다. 우리끼리 얘기지만 그녀가 미소를 지으면 더 예뻐 보이는 게 아니라 그 반대였다. 얼굴의 다른 부분이 더 강조되니까. 머리카락은 이미 거의 다 빠지고 없었다. 남은 걸 세어보니, 지난번처럼 서른두 가닥이었다.

"로자 아줌마, 왜 내게 거짓말을 했어요?"

그녀는 정말 놀라는 것 같았다.

"내가? 내가 너한테 거짓말을 했다구?"

"열네 살인데, 왜 열 살이라고 하셨냐구요."

믿기 어렵겠지만, 정말로 그녀는 얼굴이 약간 붉어졌다.

"네가 내 곁을 떠날까봐 겁이 났단다. 모모야. 그래서 네 나이를 좀 줄였어. 너는 언제나 내 귀여운 아이였단다. 다른 애는 그렇게 사랑해본 적이 없었어. 그런데 네 나이를 세어보니 겁이 났어. 네가 너무 빨리 큰 애가 되는 게 싫었던 거야. 미안하구나."

나는 와락 그녀를 끌어안았다. 한 손으로는 그녀의 손을 잡고, 한 팔로는 마치 여자를 안듯이 그녀의 어깨를 감싸안았다. 얼마 후 롤라 아줌마가 자움 씨네 맏형과 함께 왔다. 그들은 로자 아줌마를 일으켜서 옷을 벗기고 다시 바닥에 누인 뒤 몸을 닦아주었다. 롤라 아줌마는 로자 아줌마의 몸 구석구석에 향수를 뿌려주었다. 가발을 씌우고 기모노를 입혀서 깨끗한 침대에 누이니 한결 보기가 좋았다.

로자 아줌마의 몸은 뭐라 말할 수 없을 만큼 악화되어갔다. 목숨이 붙어 있다고 해서 이렇게 고통받아야 한다는 것은 부당했다. 그녀의 내장 기관들은 온전히 작동하지 못했고 하나가 괜찮으면 다른 하나가 고장을 일으켰다. 공격을 받는 것은 언제나 방어 능력이 없는 노인들이다. 그것이 더 쉬운 일이니까. 로자 아줌마는 이런 범죄의 희생자였다. 심장, 간, 신장, 기관지, 어디 한군데 성한 곳이 없었다. 집에는 이제 아줌마와 나밖에 없었고, 밖에도 롤라 아줌마뿐이었다. 매일 아침 나는 로자 아줌마의 굳은 몸을 풀어주느라 운동시켰다. 그녀의 뼈마디가 완전히 녹슬어버리지 않도록 그녀의 어깨를 부축해서 방문에서 창문까지 왔다갔다하게 했다. 그럴 때면 나는 그녀가 좋아하는 유태인들의 전통 음악을 틀어주었다. 좀 덜 슬픈 곡으로. 유태인들의 음악은 왜 그렇게 모두 슬픈지 모르겠다. 그들의 민요가 다 그렇다. 로자 아줌마는 종종 자신의 모든 불행이 유태인이기 때문에 일어난 것이며, 유태인이 아니었더라면 자신이 겪은 고난의 십분의 일도 겪지 않았을 것이라고 말하곤 했다.

샤르메트 씨가 조화를 보내왔다. 죽은 사람이 부아파 씨라는 것을 몰랐기 때문이다. 그 역시 로자 아줌마를 위해서 그녀가 빨리 죽기를 바라는 사람이었으므로, 죽은 사람이 당연히 로자 아줌마일 거라고 여긴 것 같았다. 로자 아줌마는 그 꽃을 받고 몹시 기뻐했다. 희망을 가지게 되었고, 지금까지 누군가로부터 꽃을 받아본 적이 한 번도 없기 때문이었다. 왈룸바 씨 일행은 바나나, 암탉, 망고, 쌀을 가져왔다. 자기네 부락에서 어느 집안에 경사가 있을 때 그러는 것처럼. 모두들 로자 아줌마에게 고통이 곧 끝날 거라고 말해주었기 때문에 그녀는 덜 두려워했다. 앙드레 신부도 와주었다. 그는 비송 거리에 있는 아프리카인 집단 거주지의 가톨릭 신부였는데, 예배를 드리러 온 것은 아니었고 그냥 단순한 방문이었다. 그는 로자 아줌마에게 가까이 가지 않고 그저 예절 바르게 있었다. 우리 역시 아무 말도 하지 않았다. 그들의 하느님이 어떤지 잘 알기 때문이었다. 그들의 하느님은 뭐든지 제멋대로 할 능력이 있고 자기가 원하는 바대로 행하니까.

앙드레 신부는 그후 심장마비로 죽었다. 내 생각에 그분이 심장마비를 일으킨 것은 그분 개인적인 문제 때문이 아니라 다른 사람들 때문에 그랬을 것 같다. 진작 그 신부에 대해 말하지 않았던 것은 로자 아줌마나 나나 그분의 영역에 속하지 않았기 때문이다. 그가 벨빌로 온 것은 아프리카에서 온 가톨릭 노동자들을 돌보기 위해서였는데, 우리는 아프리카에서 온 신자도 아니었고 노동자도 아니었으니까. 그는 정말 친절했지만 항상 자기가 뭔가 비난받을 짓이라도 했다는 듯이 미안하다는 표정을 하고 다녔다. 지금 그분 이야기를 하는 것은, 그는 정말 좋은 사람이었고 그가 죽은 후에 내게 좋은 추억을 남겨주었기 때문이다. 앙드레 신부가 잠시 더 머물 것 같아서, 나는 거리로 내려갔다. 그즈음 동네에서 일어난 더러운 사건에 대해 무슨 새로운 소식이 없나 해서였다. 사람들은 모두 헤로인을 '똥'이라고 부르곤 했다. 그러는 통에 똥 주사를 맞으면 기분이 끝내준다는 소리를 들은 여덟 살짜리 꼬마녀석이 신문지에 똥을 눈 뒤 정말 그것으로 주사를 맞고 죽어버린 것이다. 그 일로 르 마우트와 포주 둘이 잡혀갔다. 꼬마에게 잘못된 정보를 주었다는 죄로. 내가 보기에는 여덟 살짜리에게 주사 놓는 법을 가르쳐준 것부터가 잘한 짓이 아니었다.

다시 올라가자, 앙드레 신부 옆에 숌 거리의 랍비가 와 있었다. 그는 뤼뱅 씨의 유태인 식료품 가게 옆에 살고 있었는데, 아마도 로자 아줌마 주변에 신부 한 사람이 와서 얼쩡거린다는 소식을 듣고 그녀가 혹시 기독교도로 임종할까봐 달려온 것 같았다. 그 랍비는 로자 아줌마가 창녀였을 때부터 알았기 때문에 우리집에 발걸음도 하지 않던 사람이었다. 앙드레 신부와 랍비—그에게도 이름이 있긴 한데 지금은 기억나지 않는다—는 떠날 기미를 보이지 않고, 로자 아줌마의 침대 곁에 놓인 두 개의 의자에 나란히 앉아 있었다. 그들은 베트남전쟁에 대한 얘기까지 나누었다. 그건 중립지대에 있는 화젯거리였으니까.

로자 아줌마는 잠을 잘 자는 것 같았지만 나는 잠이 오지 않았다. 나는 어둠 속에서 뜬눈으로 무언가 다른 생각을 해보려 했다. 하지만 그게 무엇인지는 알 수 없었다. 이튿날 아침 카츠 선생님이 정기검진을 왔다. 진찰을 마친 선생님을 따라 층계참으로 나왔을 때, 이번에는 정말 올 것이 왔다는 걸 느낄 수 있었다.

"병원으로 옮겨야겠다. 더이상 여기에 놔둘 수가 없어. 구급차를 불러야겠구나."

"병원에 가면 어떻게 해줄 건데요?"

"적절한 치료를 해줄 게다. 그러면 얼마간 더 살 수 있어. 어쩌면

291

꽤 오래 살 수도 있고. 이런 경우에 몇 년씩이나 더 살게 된 사람들도 보았단다."

제기랄, 나는 생각했다. 하지만 카츠 선생님 앞에서는 아무 말도 하지 않았다.

나는 잠시 머뭇거리다가 물어보았다.

"저기요, 아줌마를 안락사시켜주실 수는 없나요, 같은 유태인끼린데?"

그는 정말로 놀라는 기색이었다.

"뭐라고? 안락사라고? 너 지금 무슨 소리를 하는 거냐?"

"안락사 말예요, 안락사를 시켜달라구요. 아줌마가 더이상 고통받지 않게 말예요."

카츠 선생님은 너무 놀란 나머지 계단에 주저앉으려 했다. 그는 두 손으로 머리를 감싸쥐고 고개를 들어 하늘을 보며 연달아 몇 번인가 한숨을 내쉬었다. 그것은 그의 버릇이었다.

"안 돼, 모모야, 그럴 순 없어. 안락사는 법으로 엄격히 금지되어 있단다. 우리는 문명국가에 살고 있어. 넌 지금 네가 무슨 소리를 하고 있는지도 모르는 거야."

"알고 있어요. 나는 알제리 사람이기 때문에, 내가 무슨 소리를 하는지 알고 있어요. 그곳에는 신성한 민족자결권이 있다던데요."

그는 마치 내가 자기를 위협하기라도 한 것처럼 두려운 눈으로 나를 바라보았다. 입을 딱 벌린 채 말을 하지 못했다. 도대체 사람들은 왜 그렇게 말귀를 못 알아먹는지…… 짜증날 때가 한두 번이

아니다.

"신성한 민족자결권이란 게 있어요, 없어요?"

"물론 있지."

그는 예의를 갖추려는 듯 앉아 있던 계단에서 일어나기까지 했다.

"물론 있단다. 그것은 훌륭하고 아름다운 것이지. 하지만 그게 지금 로자 부인과 무슨 관계가 있는지 모르겠구나."

"그건요, 만약 그런 권리가 있다면 로자 아줌마에게도 다른 사람들처럼 자신을 마음대로 할 신성한 자결권이 있다는 거죠. 아줌마가 자결하고 싶다면 그건 아줌마의 권리라구요. 그리고 아줌마가 그 일을 할 수 있도록 선생님이 도와주어야 해요. 유태인 배척주의에 걸리지 않으려면 유태인 의사가 필요하니까요. 유태인끼리 서로 괴롭히면 안 돼요. 그건 정말 구역질난다구요."

카츠 선생님은 점점 더 한숨을 몰아쉬고 이마에는 땀방울까지 맺혔다. 그 정도로 내가 말을 잘했던 것이다. 내가 네 살 더 먹은 구실을 제대로 한 것이 그때가 처음이었다.

"너는 지금 네가 무슨 말을 하고 있는지도 모르고 있어. 아가야, 넌 무슨 말인지도 모르는 말을 하고 있는 거야."

"난 선생님의 아이가 아니에요. 나는 아이가 아니라구요. 나는 창녀의 아들이고, 내 아버지는 내 엄마를 죽였어요. 그런 걸 알면, 모르는 게 없는 것이고, 더이상 아이가 아니잖아요."

그는 몸을 떨었다. 그리고 얼빠진 사람처럼 나를 바라보았다.

"누가 그런 말을 했니, 모모야? 그런 얘기를 누가 너한테 했어?"

"그건 중요하지 않아요, 선생님. 아버지는 없는 게 더 나을 때가 많으니까요. 하밀 할아버지의 말씀처럼, 그것은 삼가 내 오랜 경험에 비춰보면 아니까요. 그리고 하밀 할아버지는 선생님도 아시는 빅토르 위고 씨의 친구분이잖아요.

나를 그렇게 쳐다보지 마세요, 선생님. 발작을 일으키는 일은 없을 테니까요. 난 정신병자가 아니에요. 그건 유전병도 아니래요. 창녀 엄마를 죽일 일도 없을 거예요. 이미 죽었으니까요. 이 세상에서 좋은 일을 많이 했다는 엄마의 엉덩이는 이제 하느님이 차지하고 있겠죠. 이제 모두 다 지겨워요. 로자 아줌마만 빼고요. 아줌마는 내가 이 세상에서 제일 사랑한 사람이에요. 의사들을 즐겁게 해주자고 아줌마를 식물처럼 살게 해서 세계 챔피언이 되게 할 생각은 없어요. 내가 불쌍한 사람들 얘기를 쓸 때는 누굴 죽이지 않고도 하고 싶은 얘기를 모두 다 쓸 거예요. 그건 누굴 죽이는 것과 같은 힘이 있대요. 선생님이 인정머리 없는 늙은 유태인이 아니고 심장이 제자리에 붙어 있는 진짜 유태인이라면, 좋은 일 한번 해주세요. 로자 아줌마를 고통스런 생에서 구해주세요. 생이란 것은 아줌마를 엉덩이로 걷어차버렸어요. 그놈의 알지도 못하는 하느님 아버지란 작자 때문이에요. 그 작자는 어찌나 잘 숨어 있는지 낯짝도 안 보여요. 그 낯짝을 재현시키는 것조차도 안 된대요. 붙잡히지 않으려고 마피아들을 풀어서 막잖아요. ……로자 아줌마를 도와주지 않는 더럽고 멍청한 의사들은 비난받아야 해요. 그건 범죄라구요……"

카츠 선생님의 얼굴은 백지장처럼 하얗게 질렸다. 그것은 그의 아름다운 흰 수염과 심장병 환자의 눈빛에 잘 어울렸다. 나는 그 정도에서 말을 그쳤다. 만일 그가 지금 죽는다면 내가 언젠가 하려는 모든 말들을 듣지 못할 것이기 때문이었다. 그의 두 무릎에서 힘이 빠져나가서 나는 그를 부축해 계단에 앉도록 도와주었다. 하지만 어떤 것도 어느 누구도 용서한다는 말은 하지 않았다. 그는 심장께에 손을 대고, 지난번 영화에서 본 은행 창구 직원이 자기를 죽이지 말라고 애원할 때와 같은 모습으로 나를 쳐다보았다. 그러나 나는 팔짱을 끼고, 민족자결권을 가진 국민임을 실감하고만 있었다.

"꼬마 모모야, 꼬마 모모……"

"꼬마 모모는 이제 없어요. 해주실 거예요, 안 해주실 거예요?"

"내겐 그럴 권리가 없어……"

"안락사를 시켜주시지 않겠다구요?"

"그럴 수가 없단다. 안락사는 중벌을 받아……"

웃기는 말이었다. 중벌을 받지 않을 사람이 누가 있단 말인가. 특히 벌받을 일을 하지 않은 사람 중에 말이다.

"아줌마를 병원으로 보내야 한다. 그게 인간적인 일이야……"

"나도 함께 병원에 데려가나요?"

그 말에 그는 약간 마음이 놓이는지 미소까지 지었다.

"착한 모모야. 널 데려가지는 않아. 하지만 병원에 아줌마를 보러 갈 수는 있어. 아줌마는 곧 너를 알아보지 못하게 될 테지만……"

그는 다른 얘기로 넘어가려 했다.

"그건 그렇고…… 모모야, 너는 어떻게 할 거니? 너 혼자 살 수는 없잖니."

"제 걱정은 마세요. 피갈에 있는 창녀들을 많이 알아요. 벌써 몇 명이 따라붙었다구요."

그의 입이 딱 벌어졌다. 그는 나를 쳐다보면서 침을 삼키고는 한숨을 내쉬었다. 사람들이 내 앞에서 흔히 보이는 반응이었다. 나는 생각했다. 시간을 벌어야 해. 늘 그렇듯이 무엇보다 시간을 끌어야 했다.

"저기요, 카츠 선생님, 병원에 전화하지 말아주세요. 며칠만 기다려주세요. 그사이에 아줌마가 죽을 수도 있잖아요. 나도 준비를 좀 해야 하구요. 그러지 않으면 사람들이 나를 빈민구제소로 보낼 거예요."

그는 또 한숨을 내쉬었다. 이 작자는 숨쉴 때마다 한숨이었다. 이제 한숨 쉬는 사람은 지겨웠다. 그는 또 나를 바라보았다. 그러나 이번에는 좀 전과 다른 표정이었다.

"모모야, 너는 다른 아이들과는 달랐어. 넌 어른이 되어서도 딴 사람들과는 다를 거야. 나는 언제나 그걸 알고 있었다."

"고마워요, 카츠 선생님. 그렇게 말씀해주시니."

"정말이야. 난 그렇게 생각하고 있단다. 너는 언젠가 특별한 사람이 될 거야."

나는 잠시 생각했다.

"그건 어쩌면 내 아버지가 정신병자였기 때문일 거예요."

카츠 선생님은 환자처럼 보일 정도로 안색이 안 좋아졌다.

"그렇지 않아, 그런 뜻으로 한 말이 아니다. 넌 너무 어려서 이해를 못하겠지만……"

"선생님, 내 오랜 경험에 비춰보건대 사람이 무얼 하기에 너무 어린 경우는 절대 없어요."

그는 깜짝 놀라는 것 같았다.

"그런 말은 어디서 배웠니?"

"내 친구 하밀 할아버지가 늘 쓰는 말이에요."

"아, 그래. 너는 아주 영리하고 예민한 아이야. 너무 지나치게 예민하다고 해야겠지. 종종 로자 부인에게 말했지만, 너는 정말 남다른 사람이 될 거다. 훌륭한 시인이나 작가나, 아니면……"

그는 또 한숨이었다.

"반항아가 되거나…… 하지만 안심해라. 네가 정상이 아니라는 말은 결코 아니니까."

"나는 절대로 정상은 안 될 거예요. 선생님. 정상이라는 작자들은 모두 비열한 놈들뿐인걸요."

"정상인을 말하는 거다."

"나는 정상인이 되지 않기 위해서라면 뭐든지 할 거예요, 선생님……"

그는 다시 일어났다. 난 이때가 그걸 물어볼 기회라고 생각했다.

나를 심각하게 괴롭힌 문제였으니까.

"말해주세요, 선생님. 내가 열네 살인 건 확실한가요? 스무 살이나 서른 살이나 혹시 그 이상은 아니겠죠? 처음에는 열 살이라고 하더니 이제는 열네 살이라고 하잖아요. 나이를 좀더 올려줄 수는 없나요? 혹시 내가 난쟁이는 아니겠죠? 아무리 정상이 아니고 남다르다고 해도 난쟁이가 되고 싶은 생각은 눈곱만큼도 없거든요."

카츠 선생님의 입가에 미소가 번졌다. 내게 좋은 소식을 들려주게 된 것이 기쁜 모양이었다.

"아니다, 모모야. 넌 난쟁이가 아니야. 의학적으로 말해주는 건데, 너는 열네 살이 맞다. 로자 부인은 가능한 한 너를 오래 붙들어두고 싶어했어. 부인은 네가 떠날까봐 두려웠던 거야. 그래서 네가 열 살밖에 안 되었다고 했던 거란다. 내가 좀더 일찍 말해줄 걸 그랬구나······"

그는 미소지었다. 그것이 그를 더욱 슬퍼 보이게 했다.

"하지만 그건 아름다운 사랑이었기 때문에 내가 말을 할 수 없었던 거야. 로자 부인은 말이다. 그래, 며칠 더 기다려주마. 하지만 병원에 가는 것은 피할 수 없을 게다. 아까도 말했듯이 우리에겐 부인의 고통을 줄여줄 권리가 없단다. 그동안에라도 운동을 시켜드려라. 일어서게 하고, 움직이게 하고, 방안을 조금씩 걷게 해. 그렇게라도 하지 않으면 몸이 여기저기 썩고 곪게 될 거다. 조금씩이라도 움직이게 해야 한다. 내 이삼일은 기다리겠다만, 그 이상은 안 돼······"

나는 자움 씨네 형제 중 한 사람을 불러와서 선생님을 업어서 아래로 내려다주게 했다.

카츠 선생님은 아직도 살아 있다. 언젠가 그를 보러 갈 생각이다.

나는 마음을 진정시키려고 한동안 층계에 혼자 앉아 있었다. 그래도 내가 난쟁이가 아니란 걸 알게 된 건 기뻤다. 그것만 해도 어딘가. 언젠가 팔다리가 없는 앉은뱅이 사진을 본 적이 있었다. 나는 그 사람보다는 내가 훨씬 낫다는 걸 느끼기 위해 종종 그 사진을 떠올리곤 했다. 내게 팔다리가 있다는 것만 해도 다행이었다. 곧이어 로자 아줌마가 조금이라도 몸을 움직이도록 운동을 시켜야 한다는 생각이 났다. 도움을 청하려고 왈룸바 씨를 찾아갔지만, 그는 쓰레기 치우는 일을 하러 나가고 집에 없었다. 나는 그날 하루 종일 자신의 미래를 알아보기 위해 카드 점을 치는 로자 아줌마 옆에 앉아 있었다.

일터에서 돌아온 왈룸바 씨가 친구들과 함께 올라왔다. 그들은 로자 아줌마를 붙잡고 운동을 시켰다. 아직 다리를 움직일 수 있었기 때문에 그들은 그녀가 방안을 걷게 도와주었다. 그러고 나서 내부 기관을 움직여야 한다며 로자 아줌마를 침대 시트 위에 누이고 흔들어주었는데, 그러다가는 한바탕 웃음을 터뜨렸다. 로자 아줌마를 커다란 인형처럼 뉘어놓고 무슨 장난을 하는 것 같았기 때문이다. 그녀는 아주 즐거워했다. 한 사람 한 사람에게 고맙다는 인사를 할 정도였다. 그런 후 그들은 그녀를 다시 침대에 누이고 음식을 먹여주었다. 그녀는 거울을 가져다달라고 했다. 그러고는 거울을 보고 미소를 지으며 남아 있는 서른두 가닥의 머리칼을 매만졌다. 우리는 모두 그녀의 안색이 좋아졌다고 축하해주었다. 그녀는 화장을 했다. 아줌마는 여전히 여자다움을 간직하고 있었다. 아무리 못생겼어도 손질을 하면 조금은 나아 보이는 법이다. 로자 아줌마가 미인이 아니라는 것은 유감스러운 일이다. 그녀는 화장을 잘하니까 아주 예쁜 여자가 될 수도 있었을 텐데. 그녀는 거울을 보고 미소지었다. 그녀가 자기 모습을 보고 끔찍해하지 않아서 정말 다행이었다.

왈룸바 씨 일행은 고추를 넣은 쌀 음식을 만들어주었다. 혈액순환을 좋게 하려면 고추를 먹어야 한다면서. 그때 롤라 아줌마가 도착했다. 그 세네갈인이 나타나면 언제나 해가 뜨는 것 같았다. 롤라 아줌마가 유일하게 나를 슬프게 하는 것은, 진짜 여자가 되기 위해서 거기를 자르고 싶어할 때이다. 그건 너무 극단적인 방법이 아닌가 싶었고, 그녀가 잘못될까봐 걱정이 되었다.

여자들에게 기분이 얼마나 중요한지를 잘 알고 있는 롤라 아줌

301

마는 로자 아줌마에게 자기 옷 중 한 벌을 선물했고, 샴페인도 가져왔다. 정말 최고였다. 그녀는 로자 아줌마에게 향수도 뿌려주었다. 대소변을 가리기 힘들어진 로자 아줌마에게는 점점 더 향수가 필요했다.

롤라 아줌마는 천성적으로 유쾌한 성격이었다. 아마도 아프리카 태양의 축복 때문인 것 같았다. 그녀가 최신 유행하는 우아한 옷을 입고 침대에 다리를 꼬고 앉아 있는 모습을 보면 기분이 좋아졌다. 롤라 아줌마는 남자로서는 참 아름다운 모습이었다. 다만 헤비급 권투 챔피언 시절부터 가지고 있던 목소리만은 어쩔 수가 없었다. 목소리는 불알과 밀접한 관계가 있다니까. 그것이 그녀 인생에서 가장 슬픈 일이었다. 나에게는 여전히 우산 친구 아르튀르가 있었다. 단번에 네 살을 더 먹었다고 해서 아르튀르와 갑작스레 헤어질 수는 없었다. 나도 익숙해질 시간을 가질 권리가 있다. 남들은 그만큼 나이 먹는 데 훨씬 더 많은 시간을 쓰니까, 너무 성급하게 굴 필요는 없는 것이다.

로자 아줌마는 빠르게 기력을 회복하면서 일어설 수 있게 되었고 혼자 걷기까지 했다. 그것은 병이 한발 물러났다는 희망적인 얘기였다. 롤라 아줌마가 손가방을 들고 일터로 간 뒤 우리는 저녁식사를 했다. 로자 아줌마는 유명한 식료품 가게인 자마일리 씨네가 보내준 닭고기를 맛있게 먹었다. 그 당시 자마일리 씨는 죽고 없었지만, 생전에 자마일리 씨는 아줌마와 좋은 관계였고, 그 가족이 가게를 계속하고 있었다.

식사를 마친 후 그녀는 젤리와 함께 차를 좀 마셨다. 그러고는 잠시 생각에 잠긴 얼굴이 되었다. 나는 겁이 났다. 다시 혼수상태에 빠지는 것 같았기 때문이다. 그러나 낮 동안에 그녀를 잘 흔들어준 덕분에 피가 순환이 잘되어 머리까지 올라간 모양이었다.

"모모야, 나한테 진실을 말해주렴."

"아줌마, 난 진실 같은 건 몰라요. 누가 진실을 아는지도 모르구요."

"카츠 선생님이 뭐라고 하셨니?"

"아줌마를 병원으로 옮겨야 한다고 말했어요. 병원에 가면 아줌마가 죽지 않게 보살펴줄 거래요. 그러면 더 오래 살 수 있대요."

나는 그 비슷한 말을 하면서 마음이 조마조마한데도, 마치 좋은 소식이라도 전하는 것처럼 애써 미소를 지어 보였다.

"내 병명이 뭐라고 하던?"

나는 침을 꿀꺽 삼켰다.

"암은 아니래요, 아줌마. 맹세해요."

"모모야, 의사들이 무슨 병이라고 하던?"

"그런 상태로도 오랫동안 살 수 있대요."

"그런 상태라니?"

나는 입을 다물었다.

"모모야, 내게 거짓말을 하려는 건 아니지? 나는 늙은 유태인이다. 그동안 나는 한 인간이 당할 수 있는 온갖 끔찍한 짓을 다 당했다."

그녀는 '망슈mensch'라고 말했다. 유태어로 인간이라는 뜻의 이 말에는 여자도 남자도 다 포함된다.

"말해주렴. 망슈에게 해서는 안 되는 짓이 있는 거란다. 난 내가 정신이 나갈 때가 있다는 것을 알고 있어."

"괜찮아요, 아줌마. 그런 상태로도 오래 살 수 있대요."

"그런 상태라니, 무슨 상태인데?"

나는 참을 수가 없었다. 속에서부터 눈물이 북받쳐서 숨이 막혔다.

나는 로자 아줌마의 품에 몸을 던졌다. 그녀는 두 팔로 나를 안아주었다. 나는 울며 소리쳤다.

"식물처럼요, 로자 아줌마. 식물처럼요! 그 사람들은 아줌마를 식물처럼 살게 하려고 해요!"

그녀는 아무 말도 하지 않았다. 단지 약간 땀을 흘릴 뿐이었다.

"언제 날 데리러 온다던?"

"잘은 모르겠어요. 하루나 이틀쯤 후에요. 카츠 선생님은 아줌마를 무척 좋아하세요. 선생님은 자기 목에 칼이 들어가기 전에는 우리를 갈라놓지 않을 거라고 했어요."

"난 안 갈 거다." 로자 아줌마가 말했다.

"어떻게 해야 할지 모르겠어요. 모두 다 나쁜 놈들이에요. 안락사는 절대 안 된대요."

그녀는 무척 차분해 보였다.

다만 오줌을 쌌으니 닦아달라고 말했다.

지금 생각해보면 그녀는 무척 아름다웠던 것 같다. 아름답다는 것은 우리가 누구를 어떻게 생각하는가에 달려 있는 것이다.

"게슈타포들."

그러고는 그녀는 더이상 말이 없었다.

한밤중에 추워서 잠이 깼다.

나는 일어나서 그녀에게 이불을 하나 더 덮어주었다.

이튿날 기분좋게 잠이 깼다. 잠에서 깨어날 때 아무 생각도 나지 않는 날은 기분이 좋은 날이다. 로자 아줌마는 여전히 살아 있었다. 그녀는 자기가 괜찮다는 것을 보여주기 위해 미소까지 지어 보였다. 병 때문에 그녀는 간이 안 좋고 왼쪽 신장도 심하게 안 좋아서 카츠 선생님은 매우 위험한 상태로 보았다. 다른 데도 안 좋았지만 어디가 어떻게 안 좋은지는 다 말할 수가 없다. 나도 모르니까. 바깥 날씨가 좋아서 나는 커튼을 열어 햇살이 들어오게 했다. 그러나 그녀는 햇빛이 들어오는 것을 좋아하지 않았다. 자기 모습을 너무 적나라하게 보는 것이 고통스러운 모양이었다. 그녀는 거울을 비춰보며 말했다.

"난 너무 추한 꼴이 되었구나, 모모야."

나는 화가 났다. 늙고 병든 여자에게 나쁘게 말할 권리는 누구에게도 없는 것이니까. 하나의 자로 모든 것을 잴 수는 없지 않은가. 하마나 거북이 다른 모든 것들과 다르듯이 말이다. 그녀는 두 눈을 감았다. 그녀의 눈에서 눈물이 주르륵 흘러내렸다. 하지만 나는 그녀가 슬퍼서 우는 건지 근육이 풀려서 저절로 눈물이 흐르는 것인지 알 수 없었다.

"내가 흉측하다는 걸 나도 알아."

"아줌마는 다른 사람과 다를 뿐이에요."

그녀는 나를 바라보았다.

"그들이 언제 날 데리러 온다던?"

"카츠 선생님은……"

307

"카츠 선생 얘기는 더 듣고 싶지 않다. 그는 물론 좋은 사람이야. 하지만 여자를 모르는 사람이다. 모모야, 나도 전에는 예뻤단다. 프로방스 거리에서 최고급 손님만 받았었지. 참, 돈은 얼마나 남았니?"

"롤라 아줌마가 백 프랑을 줬어요. 더 줄 거예요. 돈벌이가 잘된 대요."

"난 불로뉴 숲에서는 절대로 일하지 않았다. 거기서는 씻을 수가 없거든. 레 알에는 좋은 호텔들이 많았어. 위생시설을 잘 갖춘 곳이었지. 불로뉴 숲은 변태들 때문에 위험하기도 했고."

"변태들이 오면요, 롤라 아줌마는 한 방 먹인대요. 아줌마는 권투 챔피언이었잖아요."

"그 사람은 성녀야. 그 사람이 없었다면 우리가 어떻게 되었을지 모르겠구나."

잠시 후 로자 아줌마는 자기 어머니에게 배운 유태교 기도문을 외우려고 했다. 나는 그녀가 다시 어린애로 되돌아갈까봐 무척 겁이 났지만, 말리고 싶지는 않았다. 그러나 그녀는 머리가 잘 돌아가지 않아서 기도문을 기억해내지 못했다. 예전에 그녀는 모세에게 그 기도를 가르쳐주었다. 나만 빼놓고 두 사람이 기도할 때 심통이 나서 따라 외웠기 때문에 나도 그걸 알고 있었다.

"쉬마 이스라엘 아데노이 엘로하이누 아데노이 에코트
부루크 쉐인 퀘이트 마루세 로에일렘 보에트……"

그녀는 나와 함께 그것을 암송했다. 기도가 끝난 뒤, 나는 화장실에 가서 유태인들이 그러듯이 츳츳츳, 침을 뱉었다. 내 종교가 아니었으니까.

그녀는 내게 옷을 입혀달라고 했는데, 나 혼자서는 할 수가 없었다. 나는 흑인들이 모여 사는 집에 달려갔다. 거기에는 왈룸바 씨, 소코로 씨, 타네 씨 그리고 내가 이름을 일일이 열거할 수 없이 많은 사람들이 있었다. 그들은 모두 친절한 사람들이었다.

　우리가 집으로 돌아왔을 때 로자 아줌마는 또다시 바보가 되어
있었다. 눈동자는 풀려서 구운 생선 눈이 되었고 입은 헤벌어져서
침이 흘러나왔다. 이미 겪었던, 다시는 겪고 싶지 않아 안간힘을
썼던 바로 그 상태였다. 로자 아줌마를 움직이게 해서 몸의 구석구
석 피가 잘 돌게 하기 위해서는 운동을 시켜야 한다는, 카츠 선생
님의 말이 생각났다. 우리는 서둘러 로자 아줌마를 시트 위에 뉘었
다. 왈룸바 씨 일행은 있는 힘껏 아줌마를 들어올려 흔들어댔다.
바로 그때 카츠 선생님이 작은 왕진가방을 들고 자움 씨네 맏형의
등에 업혀서 들어섰다. 그는 자움 씨네 맏형의 등에서 내리기도 전
에 불같이 화를 냈다. 자기가 말했던 것과는 전혀 다른 짓들을 하
고 있었기 때문이었다. 나는 그가 그렇게 화내는 것을 본 적이 없
었다. 그는 가슴을 부여잡고 잠시 앉아서 진정을 해야 했다. 이곳
에 사는 유태인들은 모두 환자들이다. 그들은 오래전에 벨빌에 온
사람들이었다. 그들은 너무 늙고 지쳐서 이제 이곳에 틀어박혀 멀
리 갈 수도 없었다. 카츠 선생님은 나에게 욕설을 퍼붓고는 우리
모두를 야만인이라고 몰아세웠다. 그 말에 왈룸바 씨는 모욕적이
라며 몹시 화를 냈다. 카츠 선생님은 경멸의 뜻으로 한 말은 아니

라고 변명하면서, 자기가 운동을 시키라고 한 것은 로자 아줌마를 빈대떡 뒤집듯이 허공에 쳐올리라는 게 아니라 아주 조심스럽게 방안을 조금씩 걷게 하라는 것이었다고 설명했다.

왈룸바 씨와 동향인들은 얼른 로자 아줌마를 소파에 앉혔다. 로자 아줌마의 배설물 때문에 침대 시트를 갈아야 했기 때문이었다.

"병원에 전화해야겠다."

카츠 선생님은 단호하게 말했다.

"즉각 구급차를 보내라고 해야겠다. 이런 상태로는 안 돼. 아줌마는 지속적인 간호가 필요해."

나는 엉엉 울기 시작했다. 이제 무슨 말을 해도 소용없다는 것을 나는 알고 있었다.

그런데 바로 그 순간 기막힌 생각이 떠올랐다. 난 정말 뭐든 할 수 있는 놈이다.

"카츠 선생님, 아줌마를 병원에 보낼 수 없어요. 오늘은 안 돼요. 오늘, 아줌마네 친척이 찾아온다고 했어요."

그는 깜짝 놀라는 것 같았다.

"뭐라고, 친척? 부인에게는 친척이 없어."

"이스라엘에 아줌마 친척이 있는데요……"

나는 침을 꼴깍 삼켰다.

"그분들이 오늘 오신대요."

카츠 선생님은 조국 이스라엘을 위해 일 분간 묵념했다. 그는 조국 걱정을 떨쳐낼 수가 없었다.

"그런 얘기는 듣지 못했는데."

그의 목소리에는 존경심이 배어 있었다. 유태인들에게 이스라엘은 대단한 무엇이었다.

"나한테는 그런 말을 한 적이 없는데……"

다시 희망이 생겼다. 나는 외투를 걸치고 내 우산 아르튀르와 함께 방구석에 앉았다. 그러고는 아르튀르의 중산모를 벗겨서 행운을 빌며 내 머리에 썼다.

"그 사람들이 오늘 아줌마를 데리러 온대요. 아줌마를 이스라엘로 데려갈 거래요. 준비는 다 되었어요. 러시아 사람들이 아줌마한테 비자를 내줬어요."

갑자기 카츠 선생님이 깜짝 놀라며 물었다.

"뭐라고, 러시아 사람? 너 지금 무슨 말을 하는 거냐?"

빌어먹을, 난 뭔가 잘못 말했다는 것을 직감했다. 하지만 로자 아줌마는 이스라엘에 가려면 러시아 비자가 필요하다는 말을 여러 번 했었다.

"뭐 어쨌거나, 내 말을 듣긴 들으셨죠?"

"너 지금 뭔가 혼동하고 있나보구나, 모모야. 아무튼 알겠다만…… 그래, 그 사람들이 부인을 데리러 온다는 게냐?"

"네, 그래요. 아줌마가 가끔 정신이 나가곤 한다는 것을 알고 이스라엘로 데려가려는 거예요. 내일 비행기를 타고 간대요."

그는 무척 감탄하며 턱수염을 어루만졌다. 그것은 내가 지금까지 생각해낸 아이디어 중 최고였다. 비로소 내가 네 살을 더 먹은

313

값을 해낸 것이다.

"그분들은 무지하게 부자래요. 가게도 있고, 자동차도 있고, 또……"

제기랄, 너무 호들갑을 떨면 안 되는데, 하는 생각이 문득 들었다.

"아무튼 필요한 건 다 갖고 있다나봐요."

"쯧쯧……"

고개를 끄덕이며 카츠 선생님이 말했다.

"그거 참 좋은 소식이구나. 가엾은 부인이 평생 그렇게 고생을 하더니만…… 그런데 그 사람들은 왜 진작 연락을 하지 않았다니?"

"그분들은 아줌마에게 오라는 편지를 보냈었는데, 아줌마가 나를 버리지 못해서 안 갔대요. 로자 아줌마와 나는 서로 떨어져서는 못 살아요. 우리는 세상에 단둘뿐이잖아요. 아줌마는 나와 헤어지기 싫었던 거예요. 지금도 아줌마는 가고 싶어하지 않아요. 어제도 제가 애원했어요. 로자 아줌마, 이스라엘에 가서 친척들과 함께 사세요, 그러면 편히 돌아가실 수 있어요, 거기 가면 친척들이 돌봐줄 거 아니에요, 여기서는 아무것도 아니잖아요, 거기 가면 대접받을 거예요, 하고 말예요."

카츠 선생님은 놀라서 입을 다물지 못했다. 감동한 나머지 그의 눈에 눈물까지 고였다.

"아랍인이 유태인을 이스라엘로 보내는 최초의 일이구나."

그는 충격을 받아서 말도 제대로 못할 정도였다.

"아줌마는 날 떼어놓고는 안 가려고 하세요."

카츠 선생님은 잠시 생각하는 것 같았다.

"그런데 두 사람이 함께 갈 수는 없니?"

그 말에 나는 깜짝 놀랐다. 말문이 막혔다. 빠져나갈 구멍만 있다면 뭐든 할 수 있을 것 같았다.

"로자 아줌마가 거기 가서 연락하겠다고 했는데……"

나는 목소리도 제대로 나오지 않았다. 정말 무슨 말을 해야 할지 몰랐던 것이다.

"결국 아줌마가 가시겠다고 했어요. 오늘 그분들이 아줌마를 데리러 오고, 내일 비행기로 떠난댔어요."

"그럼 넌, 모하메드야, 넌 어떻게 할 거니?"

"나는 따로 나를 기다리는 사람이 있어요."

"뭐…… 뭐라구?"

나는 더이상 말하지 않았다.

나는 정말로 궁지에 빠져버렸고,

어떻게 빠져나올 수 있을지 알 수가 없었다.

왈룸바 씨와 그 일행은 내가 모든 일을 잘 준비해두었다고 생각하고 아주 만족해했다. 나는 내 우산 아르튀르와 함께 바닥에 주저앉아버렸다. 내가 뭘 하고 있는 거지. 더이상 뭐가 뭔지 알 수가 없었고 알고 싶지도 않았다. 카츠 선생님이 일어섰다.

"그래, 그거 참 좋은 소식이구나. 로자 부인은 더 오래 살 수 있을 거야. 그걸 느낄 수 있는 정신은 없을지 모르지만. 부인의 병은 급속도로 진전되어가고 있어. 가끔씩 의식이 돌아오기도 할 거고,

주위를 둘러보며 고국에 온 것을 알고 행복해하겠지. 부인의 친척이 오면 꼭 나를 만나고 가라고 전해라. 너도 알다시피, 나는 움직이기가 힘드니까."

그는 내 머리에 손을 얹었다. 내 머리에 손을 얹는 사람들이 너무 많아서 미칠 지경이다. 그들은 그렇게 해야 안심이 되나보다.

"그리고, 혹시 떠나기 전에 로자 부인이 정신이 들면 내가 축하한다고 전해주렴."

"그럴게요. '마즐토프'라고 전해드릴게요."

그는 자랑스럽다는 듯이 나를 바라보았다.

"유태어를 할 줄 아는 아랍인은 아마 세상에 너밖에 없을 거다."

"네, 미토르니시트 조르겐."

유태어를 모를까봐 말해주겠는데, 그건 '한탄할 건 없다'는 뜻이다.

"로자 부인에게 꼭 전해다오. 부인이 잘되어서 내가 얼마나 기쁜지 모르겠다고."

그는 신신당부했다. 내가 그에 대해 말하는 것은 이것이 마지막이다. 생이란 원래 그런 것이다.

자움 씨네 맏형이 그를 아래층까지 데려다주려고 문 앞에서 공손히 기다리고 있었다. 왈룸바 씨와 그의 동료들도 로자 아줌마를 깨끗한 침대에 누이고 떠났다. 나는 외투를 입은 채 아르튀르와 함께 남아, 침대에 누워 있는 로자 아줌마를 바라보았다. 로자 아줌마는 그곳에 어울리지 않는 커다란 거북처럼 보였다.

"모모야……"

나는 고개도 들지 않고 대답했다.

"네."

"다 들었다."

"알아요. 아줌마가 눈을 떴을 때 알았어요."

"그래, 난 이제 이스라엘로 떠나는 거냐?"

　　　나는 아무 말도 하지 않았다.

　　　그녀를 바라보지 않으려고 고개를 숙였다.

　　　서로 눈이 마주치면 피차 가슴만 아프니까.

"참 잘했다, 모모야. 날 좀 도와주렴."

"그럼요. 하지만 조금 있다가요."

　　　　　나는 눈물을 조금 흘리기까지 했다.

　그녀는 기분좋게 하루를 보내고 잠도 잘 잤다. 그러나 바로 다음날 저녁에는 상태가 아주 나빠지고 말았다. 벌써 몇 달 전부터 집세를 내지 못했기 때문에 관리인이 올라왔다. 그는 돌볼 사람도 제대로 없는 늙고 병든 노파를 아파트에 방치해둔다는 것은 부끄러운 일이라며 보호시설로 옮겨야 한다고 말했다. 인간적으로 그렇다는 거였다. 그는 몸집이 좋은 대머리였는데, 바퀴벌레 같은 눈을 갖고 있었다. 그는 로자 아줌마를 위해 자선병원에 연락하고, 나를 위해서는 빈민구제소에 연락하겠다며 텁수룩한 수염을 흔들면서 내려갔다. 나는 엎어질 듯이 쫓아나가, 전화를 걸기 위해 벌써 드리스 씨네 카페에 들어서고 있는 관리인을 붙잡았다. 나는 내일 로자 아줌마네 친척이 와서 아줌마를 이스라엘로 데려갈 거고, 나도 같이 갈 거라고 말했다. 따라서 아파트를 비워줄 수 있다고 했다. 천재적인 생각을 해낸 것이다. 그 친척이 밀린 석 달 치의 집세도 내줄 텐데, 지금 우리를 병원으로 보내버리면 집세는 끝장이라고 덧붙였다. 내가 되찾은 네 살은 정말 큰 힘을 발휘하고 있었다. 이제 나는 필요한 생각을 제때에 잘해낼 줄 알게 된 것이다. 나는 또 말했다. 로자 아줌마를 병원에 보내고 나를 빈민구제소로 내쫓는다면 우리가 조국으로 돌아가는 것을 막는 일인데, 그랬다가는 벨빌에 있는 모든 유태인과 아랍인들을 적으로 삼는 일이 될 것이라고. 그렇게 되면 아저씨 아가리에 불알이 박힐 거라고. 유태인 테러리스트들은 원래 그런 사람들이고, 그보다 더 무서운 것은 자유를 찾아 고향에 돌아가고자 투쟁하는 내 아랍인 친구들이라고. 그런데 만약 나나 로자 아줌마에게 잘못했다가는 유태인 테러리스트들과 아랍인 테러리스트들 모두에게 앙갚음을 당해서 불알 한쪽 남기도 어려울 거라고 말했다. 카페에 있는 사람들 모두가 우리를 쳐다보았다. 나는 나 자신이 자랑스러웠다. 날아갈 것 같은 기분이었다. 그때 같아서는 그자를 죽이고 싶을 만큼 절박한 심정이었다. 카페에서 내가 이런 모습을 보인 건 처음이었다. 곁에서 듣고 있던 드리스 씨가 관리인에게 충고했다. 유태인과 아랍인들 문제에 끼어들었다가는 호되게 당하니 손을 떼라고. 드리스 씨는 튀니지인이지만, 튀니지에도 아랍인은 있었다. 얼굴이 창백해진 관리인은 우리가 고향으로 돌아가는 줄 몰랐다고, 그렇게 됐다면 정말 잘된 일이라고 내게 말했다. 그는 내게 뭘 좀 마시겠느냐고 묻기까지 했다.

누가 나에게 어른한테 하듯 마실 것을 권한 것은 처음 있는 일이었다. 나는 콜라 한 잔을 주문해서 마시고, 그들 모두에게 작별인사를 한 후 다시 칠층으로 올라왔다. 머뭇거릴 시간이 없었다.

로자 아줌마는 여전히 혼수상태에 빠져 있었지만, 두려워하는 표정이 떠오르는 것으로 봐서 정신이 돌아오고 있는 것 같았다. 그녀는 마치 구원을 요청하듯 내 이름을 부르기까지 했다.

"나 여기 있어요, 아줌마. 나 여기 있다구요……"

그녀는 무언가 말하려는 듯이 입술을 움직이고 머리를 흔들었다. 그녀는 인간다워지려고 노력하는 중이었다. 그러나 그럴수록 그녀의 두 눈은 더욱 커지고, 입은 헤벌어지고, 두 손은 안락의자 팔걸이에 놓인 채 마치 벌써 초인종 소리를 들은 것처럼 앞만 바라보고 있었다.

"모모야……"

"걱정 마세요, 로자 아줌마. 아줌마가 병원에서 식물인간 세계 챔피언이 되게 내버려두지는 않을 테니까요……"

이미 말했는지 모르겠지만, 로자 아줌마는 항상 자기 침대 밑에 히틀러 사진을 간직하고 있었다. 일이 잘못되어간다 싶으면 그녀는 그 사진을 꺼내서 들여다보았고, 그러면 금세 기분이 풀어지곤 했다. 나는 침대 밑에서 그 사진을 꺼내 로자 아줌마의 코밑에 들이댔다.

"아줌마, 로자 아줌마! 여기 누가 있는지 보세요……"

나는 그녀를 흔들어야 했다. 그녀는 가늘게 한숨을 내쉬고는 눈앞에 있는 히틀러의 사진을 보았다. 그녀는 금세 히틀러를 알아보고는 외마디 소리를 질렀다. 완전히 정신이 들었는지 자리에서 일어나려고 했다.

"서두르세요, 아줌마. 곧 떠나야 해요……"

"그들이 왔니?"

"아직은 아니에요. 하지만 여기를 떠나야 해요. 우린 이스라엘로 가는 거예요, 기억하죠?"

그녀는 정상으로 돌아오기 시작했다. 노인네들에게 가장 강한 힘을 발휘하는 것은 옛 추억이다.

"도와다오, 모모야……"

"천천히 하세요. 아직 시간이 있어요. 아직은 전화도 오지 않았으니까요. 하지만 이제 더이상 여기에 머물 순 없어요……"

나 혼자서 그녀에게 옷을 입혀주기가 쉽지 않았다. 더구나 그녀는 아름답게 보이고 싶어했기 때문에, 그녀가 화장하는 동안 나는 거울을 들고 있어야 했다. 그녀가 왜 자기 옷 중 제일 좋은 옷을 입으려고 하는지 도무지 이해할 수가 없었다. 하지만 여자에 대해 이러쿵저러쿵 따질 수는 없는 법이다. 그녀의 옷장에는 괴상망측한 헌 옷가지들이 잔뜩 걸려 있었다. 그녀에게 돈이 있을 때 벼룩시장에서 사들인 것들인데, 입으려고 산 것이 아니라 모두 환상에 젖어서 산 것들이었다. 그중에서 그녀의 몸이 제대로 들어갈 수 있는 옷은 새와 꽃과 떠오르는 태양이 그려진, 붉은색과 오렌지색이 배합된 일본 기모노뿐이었다. 그녀는 가발까지 쓰고 다시 한번 옷장의 거울을 보려고 했지만 나는 보지 못하게 했다. 보지 않는 게 나을 테니까.

우리가 층계로 나섰을 때는 벌써 밤 열한시였다. 나는 로자 아줌마가 그곳에 가려고 할 줄은 생각도 못했다. 자신이 만들어놓은 유태인 동굴까지 죽으러 갈 기운이 남아 있는지조차 의심스러웠다. 유태인 동굴이 필요하다고 믿지도 않았다. 로자 아줌마가 왜 그곳에 생필품을 갖다놓고 이따금 내려가서 의자에 앉아 둘러보며 안도하곤 했는지 알지 못했었다. 그런데 비로소 이해할 수 있었다. 나는 그때까지도 충분한 경험을 쌓을 만큼 오래 살지 못했던 것이다. 이 말을 하고 있는 지금도, 경험에 대해 떠벌려봐야 소용없고 여전히 배워야 할 것들이 남아 있다는 것을 나는 알고 있다.

층계의 전등은 자동 스위치가 고장이 나서 늘 꺼져 있었다. 오층에서 우리가 소리를 내는 바람에, 모로코의 우지다에서 온 지디 씨가 무슨 일인가 하고 문을 열고 나왔다. 그는 로자 아줌마를 보고는 일본 기모노를 생전 처음 본다는 듯이 입을 딱 벌리고는 얼른 문을 닫고 들어가버렸다. 사층에서는 미문 씨와 마주쳤다. 그 사람은 몽마르트르에서 땅콩과 군밤을 팔아 먹고살았는데, 돈을 꽤 모아서 모로코로 곧 돌아갈 예정이었다. 그는 우뚝 멈춰 서더니 올려다보며 물었다.

"맙소사, 이게 뭐냐?"

"로자 아줌마가 이스라엘로 돌아가는 거예요."

그는 잠시 생각하는 표정이었다. 그리고 또다시 생각하고는 그래도 여전히 이상한지 놀란 목소리로 물었다.

"그런데 옷을 왜 이렇게 입혔지?"

"모르겠어요, 미문 씨. 나는 유태인이 아니라서요."

미문 씨는 숨을 크게 들이마시고는 말했다.

"난 유태인들을 알아. 그들은 이런 식으로 옷을 입지 않아. 아무도 이렇게 입지 않는다. 이건 말도 안 돼."

그는 손수건을 꺼내서 이마를 훔치더니 로자 아줌마가 내려가는 것을 도왔다. 나 혼자 부축하기에는 그녀가 너무 무겁다는 것을 알았기 때문이다. 일층까지 다 내려가자, 그는 짐은 어디에 있느냐고 물었다. 그리고 택시를 기다리다가 아줌마가 감기라도 걸리면 어쩌느냐고 걱정하면서, 사람을 이런 꼴로 이스라엘로 떠나보낼 권리는 누구에게도 없다고 화를 내며 소리쳤다. 나는 그에게 칠층으로 올라가서 로자 아줌마의 친척에게 아줌마의 여행가방을 챙기라고 말해달라고 부탁했다. 그는 유태인들을 이스라엘로 보내는 일에 동참하고 싶은 마음은 추호도 없다고 툴툴대며 올라가버렸다. 이제 아래층엔 우리 둘만 남았다. 지하실까지 내려가려면 아직 반층이 남아 있었기 때문에 서둘러야 했다.

지하실에 도착하자마자 로자 아줌마는 무너지듯 소파에 주저앉았다. 나는 그녀가 죽는 줄 알았다. 그녀는 눈을 감았고 호흡이 약해져서 가슴도 들썩이지 않았다. 나는 촛불을 켜고 바닥에 주저앉아 그녀의 손을 잡아주었다. 그러자 그녀의 기분이 조금씩 나아지는 것 같았다. 그녀는 눈을 뜨고 주변을 두리번거리더니 입을 열었다.

"모모야, 언젠가는 이 방이 나한테 꼭 필요하리라는 걸 알고 있었다. 이제 나는 편히 죽을 수 있겠구나."

그녀는 미소까지 지어 보였다.

"식물처럼 살면서 세계기록을 깨는 일은 없겠구나."

"인샬라."

"그래, 인샬라다, 모모야. 넌 참 착한 아이야. 우린 늘 함께였지."

"그래요, 로자 아줌마. 아무도 없는 것보다 훨씬 나았죠."

"이제 내 기도를 올려다오, 모모야. 이제 다시는 기도를 못하게 될지도 모르잖니."

"셰마 이스라엘 아테노이……"

그녀는 나와 함께 기도문의 맨 끝인 '로에일렘 보에트'까지 전부 암송하고 나서는 매우 만족해했다. 그렇게 한 시간 정도 기분좋게 지내다가 그녀는 다시 상태가 나빠졌다. 그날 밤 그녀는 어린 시절에 사용했던 폴란드어로 중얼거렸다. 그러더니 '블루멘타그'라는 남자 이름을 반복해서 불렀다. 아마도 젊은 시절, 그녀가 여자였을 때 알고 지내던 뚜쟁이의 이름인 것 같았다. 나는 이제 그런 사람을 포주라고 부른다는 것을 알지만, 습관이 되어서 그런지 자꾸 뚜쟁이라고 하게 된다. 그러고 나서 그녀는 아무 말 없이 자기 앞의 벽을 멍한 표정으로 바라보기만 하다가 소파에 앉은 채로 똥오줌

을 쌌다.

한 가지 말해둘 게 있다. 이런 일은 있어서는 안 될 것이라는 점이다. 물론 내 생각일 뿐이지만, 나는 정말 이해할 수 없다. 엄마 뱃속에 있는 아기에게는 가능한 안락사가 왜 노인에게는 금지되어 있는지 말이다. 나는 식물인간으로 세계기록을 세운 미국인이 예수그리스도보다도 더 심한 고행을 한 것이라고 생각한다. 그는 십자가에 십칠 년여를 매달려 있었던 셈이니까. 더이상 살아갈 능력도 없고 살고 싶지도 않은 사람의 목구멍에 억지로 생을 처넣는 것보다 더 구역질나는 일은 없다고 생각한다.

초가 많았기 때문에, 어둡지 않도록 촛불을 잔뜩 켜놓았다. 그녀는 다시 블루멘타그, 블루멘타그, 하고 두 번 더 중얼거렸다. 난 그 소리가 듣기 싫었다. 그놈의 블루멘타그라는 작자가 이 자리에 있다면 나만큼 그녀를 위해 고생할 수 있는지 보고 싶을 정도였다. 그러다가 블루멘타그라는 말이 유태어로 '꽃의 날'이라는 것이 생각났다. 아마도 그녀는 다시 여자가 된 꿈을 꾸고 있는지도 몰랐다. 여성성이란 참 대단한 거다. 어쩌면 그녀가 젊은 시절에 좋아하던 남자와 함께 시골에 간 적이 있었고, 그 기억이 남아 있는지도 몰랐다.

"블루멘타그 말이죠, 로자 아줌마."

나는 그녀를 놔둔 채 내 우산 아르튀르를 가지러 다시 칠층으로 올라갔다. 습관이 되어서 곁에 없으면 허전했다. 나중에 한번 더 올라가야 했는데, 히틀러의 사진을 가져오기 위해서였다. 그것이

328

야말로 그녀에게 아직도 효과가 있는 유일한 물건이었다.

　나는 로자 아줌마가 이 유태인 동굴에서 오래 머물지는 않을 거라고 생각했다. 하느님도 그녀를 가엾게 여길 테니까. 사람이 힘에 부치면 별의별 생각을 다 하는 법이다. 나는 그녀의 아름다운 얼굴을 바라보다가 그녀의 화장품을 잊었다는 걸 깨달았다. 그녀는 그렇게도 여자가 되고 싶어했는데. 지겹지만 세번째로 다시 칠층까지 올라갈 수밖에 없었다. 로자 아줌마에게는 정말이지 필요한 것도 많았다. 아줌마의 친구가 돼주려고 그녀 옆에 매트를 깔았지만, 지하실에는 쥐들이 많다는 소릴 들은 기억이 나서 눈을 감을 수가 없었다. 나는 쥐가 무서웠다. 그러나 쥐는 한 마리도 보이지 않았다. 그러다 나도 모르는 사이에 스르르 잠이 들어버렸다. 눈을 떴을 때는 촛불이 거의 다 꺼져 있었다. 로자 아줌마는 눈을 뜨고 있었다. 그러나 내가 히틀러 사진을 그녀 앞에 가져다대도 아무 반응을 보이지 않았다. 그런 몸으로 지하실까지 내려온 것만도 기적이었다.

내가 밖으로 나왔을 때는 정오 무렵이었다. 나는 거리에 서 있었다. 사람들이 내게 로자 아줌마가 어떻게 되었느냐고 물었다. 나는 아줌마가 그녀를 데리러 온 친척들을 따라 이스라엘로 떠났다고, 거기에는 최신식 시설이 갖춰져 있어서 여기서보다 훨씬 빨리 죽을 수 있다고, 여기에서의 삶은 사는 것도 아니었다고, 어쩌면 그녀는 얼마간 더 살 수 있을지도 모르고, 그러면 아랍인도 이스라엘에 갈 권리는 있기 때문에 나를 불러갈 거라고 말해두었다. 사람들은 유태인 여자가 평화를 찾은 데 대해 모두 다행스러워했다. 나는 드리스 씨의 카페로 갔다. 그는 내게 먹을 것을 공짜로 주었다. 나는 회색과 흰색이 섞인, 멋진 모자 달린 망토를 입고 창가에 앉아 있는 하밀 할아버지 앞으로 가서 앉았다. 삼가 말하건대 하밀 할아버지는 앞을 전혀 못 봤지만, 내가 내 이름을 세 번 말하자 곧 나를 기억해냈다.

　"아, 우리 모하메드. 그래, 그래, 기억하지…… 그애를 잘 알아…… 그런데 그애는 지금 어떻게 지내지?"

　"제가 모모예요, 할아버지."

　"아, 그래, 그래. 미안하구나. 이젠 눈이 보이질 않아서……"

"잘 지내셨어요, 하밀 할아버지?"

"어제는 아주 맛있는 쿠스쿠스*를 먹었는데, 오늘 점심에는 쌀밥에 고기 수프를 먹을 거다. 저녁에는 뭘 먹을지 아직 모르는데 굉장히 궁금하구나, 뭘 먹을지."

할아버지는 여전히 빅토르 위고 씨의 책 위에 손을 얹고 있었다. 그의 두 눈은 오늘 저녁에 뭘 먹을지 살펴보기라도 하는 것처럼 멀리, 아주 멀리, 저 너머를 향하고 있었다.

"하밀 할아버지, 사람은 사랑할 사람 없이도 살 수 있나요?"

"난 쿠스쿠스를 무척 좋아한단다, 빅토르야. 하지만 매일 먹는 건 싫구나."

"하밀 할아버지, 제 말을 못 들으셨나봐요. 제가 어릴 때 할아버지가 그러셨잖아요. 사람은 사랑 없이는 살 수 없다고."

그의 얼굴이 속에서부터 환하게 밝아졌다.

"그래, 그래, 정말이란다. 나도 젊었을 때는 누군가를 사랑했었지. 그래, 네 말이 맞다, 우리……"

"모하메드요, 빅토르가 아니구요."

"그래, 그래, 우리 모하메드야. 나도 젊었을 때는 누군가를 사랑했어. 한 여자를 사랑했지. 그 여자 이름이……"

그는 입을 다물었다. 깜짝 놀라는 것 같았다.

---

* 쿠스쿠스라는 조에 큼직큼직하게 썬 야채와 고기를 넣고 푹 쪄서 토마토 페이스트와 여러 가지 향신료를 넣어 만든 소스를 얹어 먹는 북아프리카의 전통 요리.

"……기억나지 않는구나."

나는 일어나서 지하실로 되돌아왔다.

로자 아줌마는 여전히 정신이 나간 상태였다. 그랬다, 그건 마비 상태였다. 이 단어를 나는 꼭 기억해두어야겠다. 나는 단번에 네 살을 더 먹었고, 그 일은 쉬운 일은 아니었다. 언젠가는 나도 내 나이에 맞게 말을 할 수 있겠지. 기분이 좋지 않았다. 온몸이 조금씩 다 아팠다. 나는 다시 한번 그녀의 눈앞에 히틀러 사진을 가져다대 보았다. 아무 반응이 없었다. 그녀가 이런 상태로 몇 년을 더 살 수 도 있을 것 같다는 생각이 들었다. 그렇게 되지 않기를 바랐지만, 그렇다고 내가 그녀를 안락사시켜줄 용기는 없었다. 어둠 속에서 도 그녀의 안색은 좋지 않아 보였다. 나는 그녀를 위해 촛불을 있 는 대로 다 켰다. 나는 화장품을 들고 입술에 루주를 발라주고 볼 터치를 해주고 그녀가 좋아하던 모양대로 눈썹을 그려주었다. 눈 꺼풀은 푸른색과 흰색으로 칠해주고 그녀가 평소 하던 대로 애교 점도 붙여주었다. 인조눈썹도 붙여주려 했지만 잘 붙지 않았다. 그 녀는 이제 숨을 쉬지 않았지만, 그런 건 상관없었다. 숨을 쉬지 않 아도 그녀를 사랑했으니까. 나는 그녀 곁에 펴놓은 매트에 내 우산 아르튀르와 함께 누웠다. 그리고 아주 죽어버리도록 더 아프려고 애썼다. 내 주위의 촛불이 꺼졌다. 나는 다시 불을 붙였다. 촛불은 여러 차례 꺼졌고, 나는 다시 불을 붙이고, 또 붙였다. 네 살이나 더 먹었는데도, 푸른 옷의 광대가 다가와 내 어깨를 감싸안았다. 나는 온몸이 아팠다. 노란 옷의 광대도 왔다. 나는 단번에 먹었던

네 살의 나이를 떨쳐내버렸다. 모든 게 하잘것없이 느껴졌다. 가끔씩 일어나서 로자 아줌마의 눈앞에 히틀러 사진을 가져다대봤지만 아무런 반응이 없었다. 그녀는 이제 더이상 우리와 함께 있지 않았다. 그녀에게 한두 번 뽀뽀도 해주었지만 그것도 아무 소용이 없었다. 그녀의 얼굴은 차가웠다.

화려한 기모노 차림에 붉은 가발을 쓴, 내가 화장을 해준 아줌마는 무척 아름다웠다. 나는 잠에서 깨어날 때마다, 군데군데 점차 푸르죽죽하게 변해가는 그녀의 얼굴 화장을 고쳐주었다. 나는 그녀 곁의 매트에서 잠을 잤다. 바깥에 나가기가 두려웠다. 밖엔 아무도 없었으니까. 그래도 롤라 아줌마네 집에는 올라갔다. 그녀는 다른 사람들과는 달랐기 때문이다. 그러나 그녀는 집에 없었다. 때를 잘못 맞춘 것이다. 로자 아줌마를 혼자 내버려두기가 두려웠다. 그녀가 깨어나서 사방이 온통 깜깜한 것을 보면 자기가 죽었다고 생각할 것 같았다. 나는 다시 내려가서 촛불을 하나만 켰다. 촛불을 많이 켜둘 수 없었다. 그녀가 자기 모습을 드러내는 걸 마음에 안 들어할 것 같아서였다. 나는 그녀의 얼굴색이 드러나지 않도록 붉은색과 갖가지 예쁜 색으로 자꾸 덧칠을 해주었다. 나는 다시 그녀 곁에서 잠을 잤다. 그러고 나서 그 누구와도 그 무엇과도 닮지 않은 롤라 아줌마네 집으로 올라갔다. 그녀는 면도중이었다. 집 안엔 음악이 흘러나오고 접시에 놓인 계란 요리에서는 맛있는 냄새가 났다. 그녀는 반쯤 벗은 상태로, 지난밤 일하면서 생긴 자국들을 지우기 위해 몸 이곳저곳을 힘껏 문질러대고 있었다. 벗어붙인 몸으로 얼굴에 비누거품을 바르고 면도기를 들고 있는 그녀의 모습은 이 세상 어디에서도 볼 수 없는 색다른 몰골이었다. 그런 그녀의 모습을 보니 기분이 좀 나아졌다. 그녀는 내게 문을 열어주고는 한동안 아무 말도 못하고 그대로 서 있었다. 네 살 더 먹게 된 이후로 내가 많이 변했나보았다.

"맙소사, 모모야! 무슨 일이 있었니. 어디 아파?"

"로자 아줌마 대신 작별인사를 하러 왔어요."

"병원에서 아줌마를 데려갔니?"

더이상 서 있을 힘도 없었다. 나는 그대로 주저앉고 말았다. 언제부턴가 나는 단식투쟁을 하느라 아무것도 먹지 않고 있었다. 자연의 법칙 따위에 얽매이고 싶지는 않았다. 그런 것은 알고 싶지도 않았다.

"아니에요. 병원에 가지 않았어요. 로자 아줌마는 유태인 동굴에 있어요."

하지 말았어야 할 말이었다. 그러나 곧 롤라 아줌마가 그곳을 알지 못한다는 걸 깨달았다.

"뭐라구?"

"아줌마는 이스라엘로 떠났어요."

전혀 예상치 못한 얘기에 비누거품을 바른 그녀의 입이 딱 벌어졌다.

"떠날 거란 얘기는 한 번도 없었는데!"

"그 사람들이 아줌마를 데리러 비행기를 타고 왔어요."

"그 사람들?"

"친척들이요. 거기에는 아줌마 친척이 많대요. 그 사람들은 비행기를 타고 왔어요. 아줌마가 탈 자동차까지 가지고요. 차종은 재규어였어요."

"그래, 아줌마가 너를 혼자 버려두고 갔단 말이니?"

"나도 곧 거기로 갈 거예요. 아줌마가 날 부른다고 했거든요."

롤라 아줌마는 다시 한번 나를 쳐다보더니 내 이마를 만져보았다.

"너 열이 있구나, 모모야!"

"아니에요. 괜찮아요."

"자, 나하고 뭘 좀 먹자. 그럼 좀 나아질 거야."

"아니에요, 고맙지만 난 이제 아무것도 먹지 않아요."

"뭐라구? 아무것도 먹지 않는다구? 너 지금 무슨 소릴 하는 거니?"

"나는요, 자연의 법칙 따위에 얽매이지 않아요, 롤라 아줌마."

그녀는 웃음을 터뜨렸다.

"그건 나도 마찬가지지."

"자연의 법칙 같은 것은 개나 물어가라고 해요. 침이라도 뱉어주고 싶어요. 구역질나는 그따위 것은 없어져버렸으면 좋겠어요."

나는 일어섰다. 인공적으로 만든 그녀의 가슴은 한쪽이 다른 쪽보다 더 컸다. 난 그래도 그녀가 좋았다. 그녀는 나를 보고 예쁘게 웃었다.

"기다리는 동안 나랑 함께 살지 않을래?"

"고맙지만 싫어요, 롤라 아줌마."

그녀는 내 곁에 쭈그리고 앉더니 내 턱을 잡았다. 그녀의 팔에 새겨진 문신이 보였다.

"괜찮아, 여기 있고 싶으면 그렇게 해. 내가 돌봐줄게."

"고맙지만 괜찮아요. 전 이미 갈 데가 있어요."

그녀는 한숨지으며 일어나더니 자기 가방을 뒤졌다.

"자, 이거 받아라."

그녀는 내 호주머니에 삼백 프랑을 넣어주었다.

몹시 목이 말랐다.

수돗가로 가서 물을 마셨다.

다시 아래로 내려온 나는 로자 아줌마와 함께 유태인 동굴에서 꼼짝도 하지 않았다. 그러나 참을 수가 없었다. 남아 있던 향수를 모두 그녀의 몸에 뿌렸지만 냄새를 없앨 수는 없었다. 나는 밖으로 나가 쿨레 거리로 향했다. 그곳에서 색조 화장품을 사고, 그곳에서 제일 유명한 자크 씨네 향수 가게에 가서 향수를 여러 병 샀다. 자크 씨는 이성애자인데도 나만 보면 유혹하려 했다. 나는 세상 사람들을 벌주기 위해 아무것도 먹지 않고 있었지만, 그들에게 신경쓸 필요조차 없다는 생각이 들었다. 음식점에 들어가 소시지를 실컷 먹었다. 동굴로 다시 돌아왔을 때는, 자연의 법칙 때문에 로자 아줌마에게서 한층 더 나쁜 냄새가 났다. 나는 그녀가 좋아하던 삼바 향수를 한 병 다 부어주었다. 그러고 나서 시퍼런 얼굴색을 감추기 위해 사가지고 온 갖가지 색조 화장품으로 그녀의 얼굴을 칠해주었다. 그녀는 여전히 눈을 뜬 채로 있었지만, 눈 주위를 울긋불긋하게 칠해놓으니 보기에 덜 끔찍했다. 그녀의 얼굴엔 이제 자연적인 모습은 남아 있지 않았다. 그러고 나서 나는 유태인들이 하듯이 일곱 개의 촛불을 켜놓고 그녀 옆의 매트 위에 누웠다. 내가 수양엄마의 시체 옆에서 삼 주일을 지냈다는 것은 사실이 아니다. 로자 아줌마는 내 수양엄마가 아니었으니까. 그건 사실이 아니다. 그렇게 오래는 내가 참을 수 없었을 것이다. 향수가 다 떨어지고 없었으니까. 나는 롤라 아줌마가 준 돈과 내가 훔친 돈을 가지고 향수를 사러 네 번 더 밖으로 나갔었다. 나는 그녀의 몸에 향수를 몽땅 뿌려주고, 자연의 법칙을 감추기 위해 온갖 색깔로 그녀의 얼굴을 칠하고 또 칠했다. 그러나 그녀의 몸뚱이는 어느 곳 하나 성한 데 없이 썩어갔다. 자연의 법칙에는 동정심이란 게 없으니까. 진동하는 냄새의 근원지를 찾아 사람들이 문을 부수고 들어왔을 때, 나는 그녀 옆에 누워 있었다. 사람 살려! 이런 끔찍한 일이! 그들은 비명을 질러댔다. 그들은 그전에는 비명을 지를 생각을 하지 않았었다. 살아 있는 동안은 냄새가 나지 않으니까. 그들은 나를 구급차에 실었다. 그리고 내 호주머니에서 나딘 아줌마의 이름과 주소가 적힌 쪽지를 찾아냈다. 그들은 거기에 적힌 번호로 전화를 했다. 전화번호를 보고 나하고 무슨 관련이 있다고 생각한 것이다. 그래서 여러분이 모두 왔고, 내게 어떤 의무도 없는 여러분이 나를 이곳 여러분의 시골 별장으로 데려온 것이다. 하밀 할아버지가 노망이 들기 전에 한 말이 맞는 것 같다. 사람은 사랑할 사람 없이는 살 수 없다. 그러나 나는 여러분에게 아무것도 약속할 수 없다. 더 두고 봐야 할 것이다. 나는 로자 아줌마를 사랑했고, 계속 그녀가 그리울 것이다. 하지만 이 집 아이들이 조르니 당분간은 함께 있고 싶다. 나딘 아줌마는 내게 세상을 거꾸로 돌릴 수 있는 방법을 가르쳐주었다. 무척 흥미로운 일이다. 나는 온 마음을 다해 그렇게 되기를 바란다. 라몽 의사 아저씨는 내 우산 아르튀르를 찾으러 내가 있던 곳까지 다녀오기도 했다. 감정을 쏟을 가치가 있다는 이유만으로 아르튀르를 필요로 할 사람은 아무도 없을 테고, 그래서 내가 몹시 걱정했기 때문이다. 사랑해야 한다.

옮긴이 **용경식**

서울대 불문과와 동대학원에서 석사과정을 마치고 박사과정을 수료했다. 1986년『동서문학』제정 제1회 번역문학상을 수상했으며, 현재 전문번역가로 활동중이다.『연인』『존재의 세 가지 거짓말』『어제』『고문하는 요리사』『나는 떠난다』『그들의 세계는 얼마나 부서지기 쉬운가』『열여섯 더하기 하나』 등을 우리말로 옮겼다.

문학동네 세계문학
일러스트 자기 앞의 생

1판 1쇄 2018년 5월 10일 | 1판 14쇄 2024년 4월 9일

지은이 로맹 가리(에밀 아자르) | 옮긴이 용경식
펴낸곳 (주)문학동네 | 펴낸이 김소영
출판등록 1993년 10월 22일 제2003-000045호
주소 10881 경기도 파주시 회동길 210
전자우편 editor@munhak.com | 대표전화 031) 955-8888 | 팩스 031) 955-8855
문의전화 031) 955-1927(마케팅) 031) 955-2646(편집)
문학동네카페 http://cafe.naver.com/mhdn
인스타그램 @munhakdongne | 트위터 @munhakdongne
북클럽문학동네 http://bookclubmunhak.com

ISBN 978-89-546-5070-0 03860

잘못된 책은 구입하신 서점에서 교환해드립니다.
기타 교환 문의 031) 955-2661, 3580

www.munhak.com